i

imaginist

想象另一种可能

理
想
国
imaginist

issue 22

张悦然 主编

北京日报出版社

卷首　张悦然

　　2011 年，J.K. 罗琳以罗伯特·加尔布雷思的名字向两家出版社投了新写的侦探小说《布谷鸟的呼唤》，随后收到了两封退稿信，在其中一封信里，编辑好心地建议罗琳不如先去读个写作班，或者至少看看《作家手册》和《作家和艺术家年鉴》之类关于出版的书籍。最终《布谷鸟的呼唤》还是以罗伯特·加尔布雷思的名字出版了，销量只有五百本，在英国亚马逊网站上排到五千名之外。据说罗琳更换名字，是希望获得纯粹来自小说本身的反馈，透过罗伯特·加尔布雷思这样一个男性名字，我们可以推测她或许试图摆脱女作家身份带来的束缚与偏见。但这种努力并不成功，"罗伯特·加尔布雷思"在寂寞了几个月之后，最终被宣布只是罗琳的一个新面具。《布谷鸟的呼唤》的销量陡增 507000%。随后公开的退稿信，使这一切看起来像个游戏，把"势利"的出版商和"盲目"的读者戏弄了一把。

　　我们必须承认，每一位成名作家或许都受到那个带给他荣誉的名字的束缚。名字里包含着他的公众形象、写作风格，还包含着他给予读者的一份承诺。早期急于建立自己风格的作家们，致力于把城墙围筑得更高更结实，让自己的王国牢不可破。但到后来想要拓展疆域的时候，城墙就变成了阻碍。即便在创作上，他们可以突破那些阻碍，达到完全自由的境界，但被读者阅读的时候，城墙依然会存在。读者需要穿过一扇门，进入作者的世界。而作者的名字就是那扇门。在一些特殊的情况下，作者的名字甚至构成了一种阅读氛围，一种魔法，使狂热的读者被催眠：我相信这个名字之下的每个字。另一些读者则可能突然感到厌倦，甚至产生逆反情绪：为什么他总在写同样的东西？比如现在的村上春树，每出版一本新书，都会有些读者迫不及待地爬上催眠床，也会有一些读者与他就此挥别。对于熟悉村上的读者来说，抛弃他的名字来阅读《刺杀骑士团长》是很困难的。那些从这本书才开始阅读他的读者，获得的乐趣很可能远比了解绿子和直子、遇见过会开口说话的猫、又曾陪天吾和青豆并肩战斗小小人的读者多得多。如果有短暂性遗忘的药丸，村上恐怕也很希望他的读者在拿起他的新书之前服上一颗，那样他们在阅读中就不会分心和联想，能够获得一份单纯而强烈的愉悦。

但在那些尚未成名的写作者看来，名字所带来的束缚，完全是一种庸人自扰的甜蜜的烦恼。他们还在通过退稿信上的言辞推测着自己的作品和发表、出版之间的距离。更糟糕的是，退稿信这种典雅的回绝方式正在消失，取而代之的是沉默，甚至不知道自己的作品是否被认真阅读过，又到底在什么地方有所欠缺。石沉大海。之所以会沉入大海，是因为石头没有自己的名字，它是和成千上万的石头一般无异的石头。石头需要先被拣选、被命名，才能避免沉入大海。但这需要来自编辑和读者的耐心和勇气，当然，它还得是一块幸运的石头。如果哪天一位缺乏耐心的编辑善心发作，回复了退稿信，他很可能会建议我们年轻的写作者去看看过往发表或者出版的作品，那就是他们的标准。可是看过以后，年轻的写作者或许也不会服气，有的作品好像并没有那么好，只是因为隶属于一个编辑或者读者认可的名字才得以发表。我们可能会说，眼高手低是年轻写作者普遍存在的问题，但是对于每个文学读者来说，谁能否认自己曾有过那种阅读后的失望，完全搞不清这个作品哪里好，甚至因此怀疑起一本优秀杂志、一个著名出版社的标准，最终得出的结论只能是，因为它的作者是一个为大家熟知的名字。无怪乎年轻写作者会抱怨文坛和出版界都太势利。知名作者的作品写得再不好，依然摆在最显耀的位置，而且它们总是可以轻松越过编辑修改的环节，有的作者还会以"谁也不敢改我一个字"为傲。有那么多的文学比赛，随处可见各种征稿启事，可是留给年轻写作者的通道依然十分狭窄。写作以来的十几年里，我曾目睹过很多有才华的写作者放弃了创作，离开了文学，这其中当然有很多个人原因，缺乏耐心、生计所迫或是文学带来的吸引力不足以支撑持久的写作。但我还是经常忍不住会想，要是在他们做得最好的时候，一些肯定的声音适时地降临，事情会不会变得不一样？

Editorial

今年，《鲤》主题书系已经创立十年了。它从一个发现年轻作者、和他们一起成长的新读物，也逐渐变成一本"势利"的主题书。我们总是向一些大家熟知的作者约稿，倒不完全由于工作的惰性，还因为我们信赖他们。信赖那些名字所承诺的文学品质。那些名字凌驾于文本之上，成为了主题书系的文学标准。可这是否有一点可疑？至少它在远离我们的初衷——一份只忠诚于文本的坦诚和尖锐。

所以有了这一辑《鲤·匿名作家》。它的主题版块由十篇小说构成，有些小说的作者是非常著名的作家，有些则很年轻，尚未出版过作品，他们的姓名全部被隐去，只以编号的形式出现。

编号的次序是我们收到稿件的次序，与作者的重要性无关。没有长幼尊卑，没有资历销量。这样做的目的是希望回归文本本身，只用文字和读者沟通。摒弃了所有的外在干扰，读者唯一需要信赖的是自己的阅读感受。"匿名作家"的评选将会持续一年，在完全匿名的情况下，由专业评委和普通读者选出他们心目中最出色的小说。这是一场完全平等的比赛，我们期待着看到那些年轻的写作者证明自己毫不逊色的才华和圆熟精湛的技巧。同时，也必须感谢那些著名作家的慷慨赐稿，他们本可以安全地待在盛名之下，不必再经历这番品评。然而正是他们宽阔的胸襟，才促成了这份平等。据我所知，他们还做了一些努力，藏匿好自己的风格，呈现出不同以往的写作。不知道那些钟爱他们的读者，是否仅凭文本就能够把他们找出来，或许这也能成为阅读这本书的一种乐趣。

　　和《鲤》一起走过了十年，作为编者的我们已经不再年轻。但我们依然记得那份年轻时候的困惑和迷茫：那些先于我们而存在的秩序，像枷锁一般横亘在通往理想的路上，除了套上它之外没有别的选择。任何秩序的打破，都需要漫长不懈的努力，其中也包括一些徒劳但必须存在的努力。我不知道"匿名作家"是不是这样的努力。可是如果我们能给予年轻人一些祝福的话，那么就让它们以这样的形式存在吧。

鲤·匿名作家计划
官方细则

一、主办单位：

《鲤》主题书系、理想国、腾讯·大家

二、奖项设置：

1. 首奖 1 名，奖金人民币六万元，奖杯一座

2. 特别奖 4 名，每位授予奖杯一座

三、作品字数及参赛者资格：

1. 专业参赛者系由主办单位直接约稿产生；同时开放大众参赛通道，投稿者身份、年龄、国籍不限，提交作品须为 5000-20000 字的中文短篇小说，主题、内容不限，须未在其他书刊或网络媒体上发表过。

2. 投稿一个月之内，主办单位会给出是否入围的正式答复。如超过一个月期限未得到回复，作者可自行处理稿件。

四、收件、截稿、揭晓及颁奖日期：

1. 收件：即日起开始收件。

2. 收件截止日期：2018 年 9 月 15 日。

3. 比赛最终结果将会登载在《鲤》2019 年第一辑上。颁奖地点、时间将另行通知。

五、注意事项：

1. 因为这是一次"匿名"比赛，参赛的短篇小说仅根据其文学上的优点进行评估，而不是基于作者的声誉，所以参赛者的姓名或其他潜在识别特征（例如首字母缩写、常用昵称、电子邮件地址等）均不得出现在小说的任何地方。

2. 每位参赛者都同意，在比赛持续期间（即日起至 2019 年 1 月 31 日）严格遵守比赛的匿名保密协议，不得有任何透露自己身份信息的行为，有下列行为者，一经证实，主办单位有权取消参赛资格。

3. 本条第 2 项所称的行为是指包括但不限于：将参赛作品另行发表在其他纸质、电子或有声出版物中的；将投稿作品以实名参加其他文学比赛的；将投稿作品发布在网络的（含微博、微信、各大网络媒体平台等）；作品入选之后透露真实身份以影响评委意见，或透露真实身份进行拉票以影响大众票选结果的。

4. 来稿请发送邮件至 newriting@vip.163.com，在标题中注明"鲤·匿名作家计划"字样。投稿需包含以下信息：(a) 姓名，(b) 电话号码，(c) 电子邮件地址和 (d) 标题和字数，与参赛作品一起提交。

5. 参赛者提交的作品必须是原创的，并保证作品内容符合中国的法律、法规和公序良俗，不含任何诽谤、损害他人名誉的内容。

六、其他事项：

1. 每位参赛者都同意，如果作品入选至初评环节，将授予主办单位以任何与比赛相关的方式使用该作品的权利，而无需事先通知、批准或额外的稿酬。

2. 比赛最终结果公布之后（2019 年 1 月 31 日以后），主办单位不会限制入选作品进一步的使用和推广权利。

七、评选作业：

1. 稿件寄到后，立刻编号、登记、隐去姓名，并分初评、终评两级程序办理。

2. 由主办单位聘请国内知名作家及评论家担任评审工作。为保证竞赛的公平公正，初评评委的身份也将保密，在初评结束（2018 年 10 月 31 日）后方才揭晓。

3. 初评时间及程序：

A. 时间：2018 年 5 月 1 日至 2018 年 10 月 31 日。

B. 程序：初评共分 6 期，每期跨度一个月。按照来稿顺序，在腾讯·大家、《鲤》微信公众号公开发布参赛作品，每月发布 6 篇（含 5 篇专业参赛作品和 1 篇大众投稿入选作品）。由初评评委投票，取当月获得票数的前 2 位晋级至终评。

4. 终评时间及程序：

A. 时间：2018 年 11 月。

B. 程序：终评评委审读所有晋级作品并投票，最终根据票数评出最终优胜者 1 名。

为保护参赛者隐私，主办单位郑重承诺：

未入选作品及被淘汰的参赛者身份，将永久予以保密。

参赛者可在赛后自主选择是否公布身份。

如有其他隐私保护需求，请参赛者在投稿时与主办单位提前沟通。

其他未尽事宜，将另行补充公布。

联系邮箱：newriting@vip.163.com

目录

issue 22

匿名作家

Contents

访谈

Interview

毕飞宇：
凡是可以提供精神可能性的时代
我都喜欢

采访 | 钱佳楠　周嘉宁

毕飞宇，著名作家，代表作有《哺乳期的女人》《青衣》《玉米》《平原》《推拿》等，作品获第四届英仕曼亚洲文学奖、第八届茅盾文学奖、第一届和第三届鲁迅文学奖。在刚过去的 2017 年，被授予法国文学艺术骑士勋章。

毕飞宇从 2015 年起使用手机，但是没有使用微信，我们前期的沟通通过短信和电话进行。之前曾读到毕飞宇说的一个比喻，说乡下人特别熟悉芝麻，芝麻撒在地上是不香的，但是被太阳晒过再用石碾子一碾，整个场地整个山口都散发着芝麻的香气。我们也试图在采访前碾过一遍毕飞宇的作品，但还是遗漏了他和批评家张莉的谈话集《牙齿是检验真理的第二标准》以及 2017 年 11 月发表在《人民文学》上的短篇小说《两瓶酒》。

在我们的坚持下，毕飞宇答应和我们面对面地聊一聊，而不是通过邮件回答问题。但是他对文字的要求很严苛，容不得形成书面的语言有一点问题，保留了自己的修改权利。接下来我们在南京草江门附近一间小小的咖啡馆里聊了四个小时。

《鲤》：去年出版的《小说课》是你在南京大学讲课的讲稿，分析小说的方法很具有实践性，涉及很多写作者关注的细节。能否聊聊你的课堂？

毕：公益讲座我们不谈，我只说小说课。我的课堂一般很小，听众也少，在一些高校里，我只接受十几个人。我一不是明星，二不是领导，三不搞传销，要那么多的人干什么呢？如果你真的喜爱文学，两三个人就挺好。在这个问题上，我已经没有一丁点的虚荣了。讲小说我喜欢小的空间，彼此可以看到目光，我也不用麦克，我喜欢客厅的调调，你在客厅里用麦克干什么？总之，文学是聊天的格局，讨论的格局，不是传达的格局。

《鲤》：你如何选择课堂上讲解的文本？以及你在讲课时假想过理想中的学生或者听众吗？

毕：《小说课》的文本选择比较随机，和我平时的阅读或者与他人的聊天有关。比方说海明威，我选了《杀手》，估计没有作家会认为这篇是海明威具有代表性的小说，但在我看来，《杀手》最能体现"冰山理论"。对于海明威，我既喜欢又不喜欢，他太炫酷了，如果我身边有一个海明威这样的朋友，我们的关系一定会很好，但又是常打架的——你藏这藏那的，把小说搞得那么玄乎，我就得给你抖落出来。

课程最初设置的时候，因为没有经验，我假想的听众就是我自己，一个年轻的、读大学的自己。他不做文学史研究，不做文艺美学研究，他只想写作和交流。

《鲤》：课堂上的学生能不能激发你的思维，以及带来有意思的反馈？

毕：很少有来自学生的刺激和反馈，这是我的遗憾。总体来说现在的学生和我们那代差别很大。我们是在禁锢的六七十年代成长起来的，度过压抑的青春期以后突然迎来了改革开放，自由的空气不是像风一样吹过来，而是像火车一样撞过来，为了配合和火车的相撞，我们强迫自己勇敢，我们的表达必须标新立异，不允许自己使用常规的语法，在课堂上我们也表现出极其强烈的对抗性。当时整个社会大氛围都鼓励年轻人去对抗。我们面对再尊敬的老师也很狂放，不把老师放在眼里，老师们也很宽容。挑战性是 80 年代的特点，否则先锋小说就不会出现。我念大学的时候是 1983 年至 1987 年，我记得 1985 年是观念年，1986 年是方法论年。我特别鼓励现在的孩子对抗，幸福感是从交锋中获得的。

《鲤》：你的大学时代主要从哪里获得快乐？

毕：抽象。这个可能和求知欲有关，我年轻的时候喜欢高度概括的表达，小说是叙事的，太具体，我就瞧不起它。我还记得第一次读泰戈尔的《飞鸟集》，那么短的句子，那么薄的集子，可它的概括能力让你会有错觉，你拥有了整个世界，这是特别夸张的阅读体验。后来我喜欢哲学也和这个有关，在我的眼里，抽象是美的，抽象具有无与伦比的智力之美。我在年轻的时候不快乐，偏于苦闷，原因就在于我对现实一直没有热情。

《鲤》：你对小说的理解在不同的年龄阶段有什么样的改变？

毕：我是先诗歌后小说的，这里头有一个重要的问题，那就是自我的认知，我读大学的时候吃错了药，认定了自己有了不得的诗歌才华，这个就和年龄阶段有关，那时候自信，周边的环境也在培育我的自信，可是，说白了，一个人的自信和诗歌有什么关系呢？没关系。是什么帮助我改变的？是年纪。到了一定的年纪，你就有了自我的认知，一个人的自我认知是极其痛苦的，具体一点说，我必须承认我在诗歌上的平庸，这件事发生在某一天的夜里，这个认知差点让我死掉，太痛苦了。许多人的自我认知出现那么大的偏差，不是认识能力不足，不是这样，是没有勇气去承担真相的痛苦。

现在我五十多岁了，对文学的认识也有了新的变化，最起码，我不会认为小说是个不入流的东西，做一个好的小说家一点也不比做好的诗人容易。还有，我写不好诗歌，这丢人么？一点也不丢人。

《鲤》：你开始写作的时候，文学圈的构架和现在还不太一样，当时的年轻人写作被发现和看到的路径是什么？

毕：我们当时的路径很窄，差不多就是自然生长，像北坡的树，照不到阳光，只有尽量长高才行。那时候我们只是自己投稿，不会托关系，似乎也不存在如此庞大复杂的关系网。当时的情况是，新时期以来的几代作家同时拥挤在文坛，刊物不够，发表哪怕是一个短篇也很困难，我们的命运几乎就取决于刊物的编辑，我本人就是《花城》的编辑朱燕玲在自由来稿中发现的。现如今，60 后的这一代作家已经很少在期刊上发表作品了。另外有一点我也想说，我们这代人在成长的过程中有一个对话对象，那就是体制，后来市场发育和壮大，我们又开始面对市场。最近几年情况似乎有些变化，市场的力量在消退，体制的力量在加强。也许有那么一天，我们的文学里会再一次出现这样的作家，他们对话的对象又成了体制。

《鲤》：你的第一个长篇《那个夏季，那个秋天》和你之后的小说非常不同，曾读到一段有关你谈论这个小说的话，非常动人。你说："我写这本书的时候脑子里有一幅顽固的画面，那就是 20 世纪 90 年代初期的中国城市。这个画面当然是不存在的。我好像站在一座桥上，我的面前是开阔的城市纵深，它是冬天的景象，浩浩荡荡的屋顶上洒满了阳光。这是一个梦幻式的'大全景'。糟糕的是，我对'大全景'从来都不相信。正如我不相信'最后的统计结果'。我只相信局部，因为我们只能在局部里面生存。换句话说，只有局部才可能有效地构成存在。当我走进 90 年代初期某一个城市的'局部'的时候，那是怎样一幅躁动、混乱、汗流浃背同时又人声鼎沸的场景！"能说说你是如何开始写作这个长篇的吗？

毕：《那个夏季，那个秋天》写于 1996 年，出版于 1997 年。这是一个非常失败的尝试。失败的第一个理由就是，它不是我想要写的。当时王蒙先生主编一套新生代作家的长篇书目，编辑让我参加，我答应了。没过多久，我太太怀孕，我正好就请了一年的创作假，在徐州开始写这个长篇。写到一半的时候，孩子出生了，我的注意力就再也没法集中了，很匆忙，匆忙地开始，匆忙地了结。这本书给我最大的教训是，写作永远不能听别人的。那个时候我其实并没有长篇的计划，没到非写不可的地步。

但是，失败的作品也是收获，我的第一个长篇为我平好了两块地，一块地里头长出了《青衣》，另一块地里长出了《玉米》。具体说，母亲的部分岔出去是《青衣》，乡村生活岔出去就是《玉米》。老实说，写完《那个夏季，那个秋天》，我依然不知道将来会成为一个什么样的作家。

《鲤》：现在在你看来，如何判断那个非写不可的状态是否具备？

毕：我的体会是这样的，写长篇需要有身体上的准备，它需要激素。你一定要确定自己已经发情了，确定荷尔蒙开始散发气味了。长篇要得到生理的指示。生理启动以后，有了可以感知的欲望，才能在理性上做好准备。我不知道其他人是不是这样，就我的阅读感受而言，我认为莫言也是这样。我想这样说，除了《那个夏季，那个秋天》，我写其他作品的时候生理上的预备都比较充分。

《鲤》：你在写作《推拿》以后获得了 2011 年的茅盾文学奖，但是你在很多次的访谈中谈到，对你来说《平原》才是最不可复制的小说。你在写作《平原》的时候有没有意识到自己将写出一个如此重要的小说？

毕：嗯，我心里有底，那就是充分，几乎没有盲点。《平原》是 2002 年开始写的，我当时三十八岁。决定写的时候是在山东，我陪太太去扫墓。太太两岁的时候生父去世，她也很多年没有去扫墓，那会儿孩子大了，得给父亲一个交代。从墓地上回来的时候，我们坐在一辆很破的面包车里，在那辆车上我第一次产生了写《平原》的念头。这个念头是基于一种命运感而萌发的。出现的时候一点也不强烈，也不尖锐，非常沉稳，厚实，平平静静的，没有亢奋也没有迷狂。我觉得自己到了该做这件事的年纪了，我可以把控。但是回到南京打开电脑之后我特别的恐惧，不知道我这一脚迈出去之后哪天才可以返回，感觉很遥远。《平原》我写了三年七个月，中间没有断过。我在恐惧的时候不停地给自己做心理建设，我告诉自己，你是一个精壮的男人，你一个人在赶夜路，天总会亮。

《鲤》：《平原》直接面对了你的哪些问题？

毕：最大问题是我必须面对"文革"。伤痕文学之后，经历了新写实，先锋文学，到了新世纪，"文革"书写基本上就已经停止了，我想，"文革"作为一个文学的命题结束了，也许是大家都比较乐观，觉得"文革"这个话题可以结束了。我比较死心眼，我觉得这个问题没结束。在新世纪，"文革"二代的文学是从我这里开始。具体一点说，我面对了这样的几个群体：第一是农民。第二是积极分子，积极分子是一个重大的话题，我们还建立了我们的积极分子文化，这是具有中国特色的，全世界大概就是我们有这样的文化，说到底，我们的血管里有政治恐慌的基因，就担心自己落后，所以要积极。每一次大的社会变革，我们都会诞生大量的积极分子，还要评比，它几乎就是一种荣誉。第三，知青。第四，右派。我必须把这些人物一一呈现出来。这里面最难的就是我如何去处理右派。因为伤痕文学之后有很多反思右派的小说，这些小说无一例外都站在右派立场书写，因为右派是被侮辱和被损害的。实际上，这个问题没有那么简单，右派自身也存在一个异化的问题。问题就在于，我的父亲也曾经是右派，如果我站在反思或批判的立场上，他老人家的感受会是怎样的？你看，一个作家不只是要面对历史，也要面对亲情，这是一个大问题。当然，在这个问题上，历史最终战胜了亲情，这也是作家的责任，还有道义。

另一个大问题是私人的，那就是"哲学癖"，你们这一代作家也许是不能理解的，我们这代和我们的上一代许多人都有哲学癖，《平原》里的右派，顾先生，他就是一个标准的哲学癖，他读了一辈子的马克思。为了写好他，我也必须阅读马克思，花了很长的时间。马克思不好读，但是，只要有了康德和黑格尔做底子，相对来讲还是容易的。对了，为了写好一个养猪的，我还读了许多养猪的书。

《鲤》：说到养猪，你描写养猪的部分非常具体和真实。你在写到各种门类的知识时，往往会采用正面强攻的态度。想请教一下写作的时候如何处理知识？

毕：处理知识和文学训练有关。中国的文学训练和文学教育说得最多的是打开想象，也就是往虚里头走，却没有老师教我们如何把想象还原成生活，还原成真实。我在这个问题上无师自通，我的还原能力是不错的。批评家说我是现实主义写作，我不反驳，但实际不是这样。但是，我有一个特点，那就是尽量把东西写实在了，在这个问题上，我确实很写"实"。很多作家碰到自己不熟悉的地方就虚写，这是大灾难。我带儿子踢球，踢球就存在一个过人的问题，他总是过不去，我就对他说，你的假动作做得太虚，不像是真的，一看就是假动作，人家就不理你了，如果你的假动作做得很实在，很逼真，他就要应对，这一来你就有机会了。我想说，对作家来说，知识是硬道理，尤其是长篇，没有硬货绝对是不行的。

《鲤》：你对长篇结构的处理方式似乎很有特点，《平原》里几乎没有一个核心的主要人物，但又仿佛每个人物的命运都占据主要的地位，看起来不像一个惯常的长篇的结构。

毕：你所说的是我们最通常所见的批判现实主义小说，有一号主人公和二号主人公的分法。在 80 年代，我们这代大学生经常讨论东西方小说结构的差异。往简单里说，也就是透视和散点透视。西方人讲究的是透视，在任何一幅西洋画里，我们都能找到一个点，那就是透视。西洋画就是通过这个方式来完成的。中国人有中国人的审美趣味，我们不讲究透视，我们讲究的是散点。这就出现了一个问题，中国画里的人物怎么也画不好，比例关系都成问题，因为我们不讲透视。可是，到了风景画，我们散点透视的长处就全出来了，大千世界，莽莽苍苍的，无边无垠的。西洋画的风景反而是拘泥、局促。《青衣》和《玉米》，我觉得是标准的西洋画，它是一定有透视的；《平原》和《推拿》都没有透视。

《鲤》：《平原》有没有留下遗憾？

毕：《平原》出版之后我没有再读，不好说，在感觉上，遗憾不多。这里头是有原因的，许多人都说我在写作的时候是个劳模，这个说法挺好的。可我这个劳模只占百分之二十，剩下来的百分之八十我就是个少爷。少爷是不着急的，有纨绔气，爱玩，把玩的那个玩。无论我多么看重小说的哲学意义或美学意义，写作的时候也要满足我的玩心。批评家或者媒体统统认为我认真，也对，但这个认真其实是由玩心造成的，玩的过程也就是发现问题的过程，玩到最后，你很难找到很明显的遗憾。

《鲤》：**玩的过程中有没有写不下去的时候？碰到障碍时会做些什么？**

毕：主要不是靠脑子，硬想是想不出来的，我还是靠身体，用身体去感受。所谓写不下去，一般情况下不是语言表达不出来，而是故事发展不下去，或者说，跑偏了。你得把你的小说人物喊回来，你坐在藤椅上，叼根烟，和他们聊聊，你得自己替他们去感受，让他们之间产生互动的能量，故事就滚动起来了。我一直觉得艺术的思维是特殊的，它和身体有关。举一个例子吧，我以前练过声乐，唱歌的人最怕什么呢？高音上不去，我也很害怕的，可是，状态好的时候，唱着唱着，身体通了，离这个高音还有七八句呢，我自己就知道能上去。我非常喜爱抽象思维这个词，写小说恰恰不是抽象思维，一点也不抽象，它联系着你的身体，很具体。

《鲤》：**但是身体能量会有不可避免的衰竭。艺术能量的衰竭曲线是怎么样的？**

毕：就常态而言，一个人的想象力在三十岁前就会抵达巅峰，思考能力则在四十岁到巅峰，但问题在于，作家的巅峰到底在哪儿，还真不好说。我们几位同行也闲聊过，我们都感慨想象力不如当年了，思考的敏锐程度也不如过往，这些都是真的，可是，综合能力似乎还提高了，尤其在大局观和情绪的稳定性上，都比年轻的时候更好。当然，说一千道一万，人会死，作家的能量会衰竭，这个不在讨论的范围里头。

《鲤》：**《平原》里有大篇幅农村风情的描述。现在有很多生活在城市的年轻人继续描写农村。你认为中国当代文学对农村的讲述可信吗？城市对农村的想象有哪些问题？**

毕：不可信。这里头有一个问题，书写乡村的，大多是城里人，在相当长的时间内，乡下人本身是不书写的。城市的书写者往往有一个误区，不能区分知识与文化的区别。这就带来了一个问题，以为乡村缺少知识就缺少文化，我想说，中国的农民缺知识是真的，却一点也不缺文化。所谓的中国文化，其实都在农民那里。李泽厚说，中国文化是儒释道互补的，互补之后就出现了一类人，那就是中国的农民。我想说，中国的农民是极其复杂的。

《鲤》：是什么造成了作家对农村的想象或讲述不真实？

毕：我们有一个思维上的习惯，用农村或农民去印证政治的好和坏。这个是很无聊的一个工作。记者去采访农民，农民永远都会这样说，过去我们如何不好，现在我们如何好，这个游戏我看了差不多四十年了。这是中国农民儒的一面。可中国的农民真的太特殊了，儒释道互补，这个互补意味着什么呢？在三种价值体系里头自由地穿梭，一会儿精忠报国，一会儿阿弥陀佛，一会儿小国寡民。我个人觉得，我们的大善和大恶就在这个互补里头。

《鲤》：小说如何处理你所说的复杂，或者大善和大恶？

毕：平常心，呈现。在我看来，小说的美学是手表的美学。许多东西的本质在内部，手表相反，它的本质就在表面。人家问你几点了？你把最表面那一层给他一看就知道了，那个表面不是手表的表象，而是手表的本质。

我觉得，对一个小说家而言，表象呈现好了，本质也就呈现好了，千万别以为我们是作家，一定要撇开表象去抓所谓的本质。关于这个问题柯勒律治说过一句极其著名的话，他说："一个人要么是柏拉图主义者，要么是亚里士多德主义者。"前者是本质主义者，后者是表象主义者。拉斐尔画过一幅著名的《雅典学院》，两个人从台阶上走下来，手指向天空的是柏拉图，他强调的是神秘，本质，内在；手面向大地的，那是亚里士多德，他在意的是表象，物，事件。我很不同意柯勒律治的这个说法，不能那样说，他把柏拉图主义和亚里士多德主义采取了两元对立的方式来面对了。在我看来，小说家既是柏拉图主义者，也是亚里士多德主义者。小说是通过亚里士多德去再现柏拉图的。我一直认为，你把表象处理好了，你就抓住了本质，这就是我的手表美学。对小说而言，本质不在你这儿，在读者那儿。读者看到的、想到的是什么，那就是什么。

《鲤》：你曾经提到在南京特殊教育师范学院做过老师，写《推拿》那会儿和推拿院的盲人有着很日常的交往。这种与人产生情感连接的能力对作家来说重要吗？

毕：这个我不知道，但是我和人交往是容易的，和任何人都能搭，和谁都能聊，容易得到信任。我的孩子长大之后我才明白，这一切都因为我是在乡下长大的缘故，都市里的孩子以家庭为单位，乡下的孩子却是以村庄为单位的。乡下孩子的社会性非常强，在乡下，除了早饭，我的午饭和晚饭都是在外面吃，捧着一个大碗，一群一群的，除了睡觉和吃早饭，我们每时每刻都生活在群体之中，乡下的孩子都是群体动物，做什么都一窝蜂。当然了，我的情况也特殊一点，我也孤独，因为我来自教师家庭，放学之后，下午四点到五点，大部分孩子要回家里做饭，喂猪，喂羊，喂鸡，我没事干，那就孤独了，但是，这种孤独不会改变乡下孩子的社会性。我认为我的社交能力是成长的机遇带来的，属于自带体系。

《鲤》：你在 2006 年参加了爱荷华国际写作计划，去年该写作计划五十周年的时候你又受邀回到那里，并且朗读了自己的作品。很多参与过这个写作计划的作家之后都认为驻留的三个月多少改变了自己一部分的世界观。能说说十多年前你的经历吗？

毕：我非常喜欢爱荷华，而这段访问帮助我解决了几个重要问题。第一个问题是日常心态。在我前往爱荷华的时候，我觉得自己厉害得很，名气很大，牛啊，国际化了嘛。我在爱荷华见到了好几位备受尊重的作家，可他们就是普通人，一点也不牛。聂华苓说，好作家永远是普通人，这句话对我的触动特别大。普通人，这不是一个道德的态度，是一个小说的态度，一个美学的态度。我当时就告诫自己，永远要把自己当作是生活中最普通的人，只有这样，你的感知才能保持敏锐，保持真实。否则，因为自利，你的感知会变形。感知变形了，一个作家就玩完了。

第二个问题是文学教育。我在工作坊里听大家的讨论和上课，了解了美国式的授课方式是民主，质疑，讨论，以及任何时候都面对问题的科学思维。艺术的教育不是在灌输中完成的，而是在对话与对抗中完成的。这和我后来写《小说课》有密切关系。教授不是布道者，而是传业者。这才是真正的文学精神。

还有我的英语水平提高了一点点，会买咖啡了。讲一个故事吧，西川去了国际写作计划四十周年的庆典，后来我们正好在挪威见面，西川假装着很愤怒，对我说："我前不久回到爱荷华，Chris（爱荷华国际写作项目主任）说，中国作家里，你的英语和毕飞宇的英语最好！他居然把你的英语和我并列了！"西川的英语水平我们都知道，这是我一生中听过的最荒谬的褒奖。

也是在爱荷华，我第一次知道了身份问题。原先我在家里写作，从不会想到每个作家都是带着身份去写作的。我们讨论的时候经常出现 identity 这个词语。因为经历过殖民，非洲和美洲的很多作家都不再用母语写作了，这是很大的遗憾。所以我们还能用汉语写作是很大的幸运。

《鲤》：你认为中国文学被世界了解的意义有多大？

毕：在我看来，文学本身的意义很有限，文学背后的那些东西才是根本。举一个例子，80 年代初，我们都在看外国小说，这里头就有一个隐含性的东西，通过小说去了解西方的日常。现在有许多中国作品翻译成外语了，我个人觉得，通过我们的文字，外国读者会建立起一个想象的中国，他们想象的中国和我们的中国大体是吻合的，这样的小说就是好小说，不吻合，那就不是。我们是作家，都不要吹牛，时间会给出回答。在非洲，非洲人几乎看不到中国的小说，只能看中国的电影，直到现在，还有非洲人觉得中国人都是功夫高手，甚至会飞。这就没有意思了。为什么我们要把文学分出严肃文学和通俗文学，是有道理的，严肃文学的背后有严肃的命题，有认知的参考性，你承认不承认那些命题都在那里。

《鲤》：小说帮助你理解世界吗？

毕：很有限，本质上说，人类是迷惘的。如果有人问我，你最渴望得到什么，我会说，得到一个精神上的导师，同时我也知道，没有人愿意承担这个无聊的工作。

《鲤》：那通过小说能解决自身的问题吗？

毕：解决不了。我不指望小说解决任何问题。小说只能陪伴你，如果你们关系好，它可以陪你过夜，但你不能指望它陪你生活，这个作品陪你这个时间段，那个作品陪你那个时间段。

《鲤》：你觉得如今的阅读的氛围在发生什么样的变化吗？

毕：要说现在的阅读氛围和我们那个时候相比有什么变化，可能也没有多大，不过有一点肯定是有区别的，那就是研讨的氛围。我们那一代人热衷于讨论，我们习惯于坚持，几个人坐在学校草地上、双杠上对话，讨论的内容几乎和物质无关，如果让现在的年轻人看见了，会觉得我们都在装逼，其实不是的，那些漫无边际，非物质的话都特别有质量。现在的年轻人具体多了，会谈一些具体的东西。我们不说好和不好，就事论事，我觉得有区别。

《鲤》：经历过那样一个时代，你如何从这个时代里继续获得快乐？

毕：凡是可以提供精神可能性的时代我都喜欢，不能提供的我都不喜欢。

视野

荞麦
《地下》

索马里
《迷失的女人》

周嘉宁
《仍然没有人比你更属于这里》

Feature

从 2000 年韩东、朱文小说中的女性，到近年全球畅销的埃莱娜·费兰特的"天才女友"，以及美国多媒介艺术家米兰达·裘丽小说中反英雄主义的女主人公，本期视野栏目讨论的是中西方文学中的女性观念如何以自己的逻辑发生推移演变。

荞麦回到二十年前的南京，和迷惘的青年们一起观看库斯图里卡的《地下》，旁观朱文和韩东的文学现场。索马里以第一人称视角叙述"天才女友"的女性力量如何作用于个人精神世界。周嘉宁分析《第一个坏人》翻译中的缺损，挽留在文化与语言的缝隙中被损耗的情感内核。

地下

文｜荞麦

1
地下 (Underground, 1995)

埃米尔·库斯图里卡
法国／南斯拉夫联盟共和国／德国
170分钟／320分钟(导演剪辑版)

"不知道从什么地方来的什么人。"

　　我第一次看库斯图里卡的《地下》[1]，想当然地以为导演早就死了，或者说接近于死亡，是个老人。这种想法也不知道从何而来，大概因为当时他受到了太大的赞誉。那是2001年，新世纪的第一年，每个人都想去一个更广阔更辽远的世界，却别无他途。他既得过法国的金棕榈，又是什么鬼地方南斯拉夫萨拉热窝的。这里面出现的几个词我们都很喜欢。1999年美国炸了南斯拉夫大使馆，而从新闻里看来，萨拉热窝似乎没有一天不在打仗。我们莫名其妙地觉得那里既炎热又危险，很适合产生天才。库斯图里卡，五个字我们经常读错：图斯库里卡，库图斯里卡。

　　我们在一个破电视机上接一个破VCD，看着模模糊糊的画面，翻译一塌糊涂。可以说，我们没有一个人看懂了。"我们"的意思是：我，和我当时的男朋友，还有他的室友——一个从早到晚不说一句话的夜班新闻编辑。我的男朋友是个记者，我是个新闻学院的学生。当时我二十岁，男朋友二十四岁，我觉得他已经老得不像样了。

我们昼伏夜出。南京的夏天热得要死人。我们只有一台很破旧的小空调。房间里充斥着可乐带着苦涩的甜味。一觉醒来，烟灰乱飞。要饿得不行我们才会出门，在楼下小吃店点一份十五块钱的酸菜鱼，冰可乐。我们无需吃米饭。青春不需要碳水化合物。一日三餐也不重要，重要的是消夜。晚上九点，才陆陆续续有人约，白天的寂静消失了，人一个一个冒了出来。晚上还是很热，但又能够承受得了。大家的工作现在再看都挺正常的：有在外贸公司的，有当公务员的，还有记者编辑什么的，甚至还有个小学老师，女的。但当时却怎么也无法把这群人跟正常职业联系起来。也就是说我根本无法想象这群人工作时是什么样子。我认识的他们都在开心地大笑、喝酒、抽烟、骂脏话。我们谈论电影、小说、音乐这些非现实的话题，虽然谈论的内容现在一句也不记得了。

隔了很多年我不得不承认我过了一个还算比较快乐的青春期。虽然同时又是浪费的、贫穷的。

从某种程度上来说，我们当时差不多就是生活在某一种"地下"，与"地上"的生活有着显而易见的鸿沟，简直像是无法跋涉的时间之河。有段时间我觉得我的二十岁到二十五岁，都生活在另一个平行时空中。那个平行时空因为有太多参与者的同时又缺乏见证人，而慢慢塌缩及至消失了。等那个时空消失之后，我们都来到了地上。

地上的一切都是干燥的、坚硬的，令人诧异。我们与很多人告别，然后与另一些人结婚生子。每个人的命运并不跌宕起伏，但偶尔也曲折离奇。从地上再往地下看，比当时清楚很多，却也充满了不确定、不明白，还有错乱迷糊的记忆。

先回到地下吧。回到新世纪初。回到现场。

当时南京是文艺重镇，人们从四面八方而来。网友聚会，最喜欢安排在南京，北京和上海都不算什么，没什么了不起，不聚气。文艺青年们千里迢迢往南京赶。这里人多好客，小饭馆多（便宜量大），有几个很有名的碟店（红帆、秋明）供应小众电影，这里遍地遍地，都是文艺青年。在南京的每个地方随时都有可能碰见韩东、朱文这些领军人物。不止是他们，各种各样的人都有可能出现在南京。我曾在一个乱七八糟的酒吧碰见了朴树，他自我介绍说："前著名歌手朴树。"带他来的是电台主持人吴宇清，被称为"南京地下音乐之父"，但最出名的技能是买单。2017年，他在南京最繁华的新街口跳楼自杀。断了联系很久之后，我无法想象那个又叫"外外"的男人，买单从不手软，对什么人都抱有一种强迫症似的好意，好像没有什么烦恼，却原来早就不堪重负，破碎了。

南京是我整个青春期的浓缩。我的青春期跟南京混杂在一起，都再也回不去了。我们也无法重返那个南京。也无法重返当时蒙昧的我。蒙昧的激情，构成了南京和青春期共同的魅力。一种强大的情感力量，之后在新世纪的十几年后被统统消耗、瓦解、转变。

我还记得我是怎么进入了那个状态里：我交了一个在业余时间写小说的记者男朋友。我跟着他读了韩东、朱文、鲁羊的小说。我在大学里去上了鲁羊的课，他用沙哑低沉的迷人嗓音给学生们读《铁皮鼓》。"断裂"言犹在耳，文艺青年们都欢欣鼓舞，强烈支持这一议题。他们把韩东、朱文等一众人当作精神上的教父，投射出无限的爱戴。所以，可以想见，有一天我因为一个奇特的原因终于在KTV这一暧昧场合见到了韩东他们时，我的男朋友比我还要兴奋，而不是对有可能发生的任何事情产生担忧或者疑虑。那个时候我立刻明白了：他因此感觉自己与精神教父们产生了一种更深刻的连接。我当时二十岁左右，发现这一点使我对周围的一切产生了抗拒和轻蔑。

在场的人，名字在小圈子里可谓如雷贯耳。但现实生活中见到，如果慎重地抛开那层隐约的光环，不过是一群无所事事毫无魅力的中年男人。仔细算的话，他们当时差不多三十多岁，韩东年长一些，四十岁而已。不管多少年轻人觉得他们是领袖、才华惊人的前辈，他们都并没有获得真正的成功，在成年人的世界里正经历的应该更多的是迷惘、躁动、不安，尤其还在三十多岁到四十岁这个重要的关卡。没有钱，辞了工作，期刊发表的途径几乎被堵死，是依靠着网络初期的传播招揽着教徒。无数人模仿着他们的语气、腔调，也模仿着他们的感受。对于这些二十出头的模仿者来说，现实是可以承受的，可以拿来抒情。但他们都已经不是二十多岁了。

或许因为缺乏现实世界的抚慰，他们对权威的蔑视和对教徒的依赖导致了自我的双重不协调。我的一个女朋友，曾经带着讽刺的语调讲起他们其中的一个："既嘲笑权威，又等着自己粉丝的供奉。"

我在那次的KTV聚会上，像被发牌一样发给角落里一个人，也是一个青年作家。按道理我们应该谈谈文学，并有一些亲密的举动，用来熬过这个夜晚。但我表示出了不合时宜的不耐烦，他因而生起气来："她看不起我！"整个场面异常可笑。而另一边，来自成都的一个男作家几乎是性骚扰地正在挑逗着另一个女生。

泛滥的荷尔蒙。近乎滥交的男女关系。然后这些进入小说，成为文本：鲜活，但带着腥气。是了，就跟海鲜一样。

在很多年之后，我才在各种小说里反思，妄图准确地定位身为女性在其中的感受[2]：耻辱、轻蔑，同时，又有一种奇特的满足。在这个圈子里，女性是至为纯粹的客体，在男性的目光下，女性本身就是一种特权，同时又是一种贬低，她可以被奉为女神，又可以廉价而下贱。这些矛盾的意识反复纠缠在一起。如果要确切地描绘，最经典的就是朱文那篇《段丽在古城南京》[3]。

2
郊游
荞麦
广西师范大学出版社·理想国
39.80元／精装／304页

3
达马的语气
朱文
重庆大学出版社·楚尘文化
35.00元／平装／360页

那个傻B善于钻营，对机会的把握就像动物一样敏捷。当时我们对他也没什么了解，见他疯了似的以爱的名义追求一个被上百个男人搞过的女人感到诧异，诧异之余还肃然而起敬意。段丽没有答应他。那个傻B深受刺激，寻死觅活的，也没能感动段丽，但是把我们给感动得够呛。于是大家一起来给他打气，给他出谋划策。就我们对段丽以往的了解，我们认为她是经不住被人长时间追求的，果然一个月没到，段丽心软了下来。心一软，身体更是全方位地软了下来。

段丽的月经周期像新闻节目之后的天气预报一样，路人皆知。作为她多年的朋友，我们也不得不承认，这时的段丽是一个不折不扣的滥货。

大概灌了十二三瓶啤酒以后，段丽突然一拍桌子，指着我们的鼻子大声骂道："别的不说！你们一个个自己心里算算！跟我睡过多少次！每次我就收一百块钱吧，算算！你们一个个该给多少钱给我！跟我在钱上计较，妈的B，要我怎么说你们！"当时在座的有十几号人，都被骂懵了，竟然没有一个人出来反驳，这样的场面连我看了都觉得意外。我原以为至少坐在我旁边的那两个自视甚高的朋友是肯定和段丽没关系的，因为这两个人平常提起段丽就一脸的不屑，对我这个公开承认和段丽有关系的人也侮辱有加，我一直都忍了。我站了起来，把椅子往后踢了踢，抬手就给了那两个家伙一人一记耳光，宣布和他们断交。那天的聚会就这么乱了，打得一团糟，大家也没有精力再去过问段丽的事情。

朱文笔下的这个女人愚蠢、盲目、傻逼、世俗。他既瞧不起她，又想在她身上写出一种献身于命运和男性还有艺术的单纯，还要写出一种友爱。故事的高潮竟然是一场荒诞、变态、悲哀，简直令读者难以忍受的群交描写。

这篇文章如果从现在这个女性主义意识极其强烈的时代看来，简直匪夷所思。可以说没有一句话不在侮辱女性。可以说这种侮辱简直到了无法忍受的程度。你会觉得作者非常无情、残酷，然而这种残酷又不仅仅针对女性。小说里的男人又好到哪里去呢？这篇小说简直就是一篇极端的檄文，把女人的蠢和男人的猥琐都写尽了。但，就像真实的世界一样，女性才是最终命运的承受者：

> 不管怎样，我衷心希望段丽在外面能混得好。混得不好也没关系，但是得混下去，千万不要再回来。因为只要一回来，她就在劫难逃！一个肮脏、无耻的命运正不急不躁地等待着她。

与此同时的女性写作者在干什么呢？欲望的解放显然不仅仅针对一个性别。"用身体写作"。探索最极限的词语。商业一点的卫慧和安妮宝贝正在营造城市的幻觉，爱和性，星巴克和酒吧。文学一点的女性差不多就是"断裂"这一群人身边的那些女人，是朋友，也或许是其他。他们一起反对消费主义，嘲笑规范的生活，达到了空前的一致。巫昂那首《青年寡妇之歌》里写："被盯得更恶毒／教育得更放荡／舍不得再嫁"。整个创作环境宽容、团结、互相促进，是女性主义的盛开，但这种盛开在今天看来是有点微妙的，可能是"另一种男性眼光下的盛开"。

男人们不再歌颂处女了，他们歌颂"天真的荡妇"，但"天真的荡妇"的内心和身体又有可能是纯洁的处女。就像《段丽在古城南京》，经过前面各种过度的渲染之后，忽然作者怀着一种根本不可能的逻辑，写道：

> 大概过了一个多月我才第一次听当事人提起那个夜晚，但是仍然表达得相当隐晦，他是这样说的，谁又能想到呢，段丽原来是个处女。

这段话非常奇怪，首先从任何逻辑来说，段丽都不可能是处女。这个朋友这样说也可能是一种玩笑。但很显然，在这篇小说中，作者还是觉得段丽有一种近乎可耻的单纯和天真。一种男性端详中的无知和可爱。

所以奇怪的是：即便他的语句和用词这么过分，到最后竟然也不觉

4
美元硬过人民币

韩东
上海人民出版社
25.00元／平装／382页

得他就一定是男权主义者或者鄙视女性，反而觉得他对女性有另一种接近上帝目光的温柔。这种温柔令人没有办法从性别角度去批评。

就像当年的第六代导演一样，他们也非常喜欢写到"小姐"这个职业。韩东有一篇著名的《美元硬过人民币》[4]，提到的 N 市当然就是指南京，因为里面写到的"蓝旗街"正是南京的一条街。这篇小说描写了一个生活很不如意的单身汉，带着老同学嫖娼的故事。这个人自己这么说：

> 多年来他都忙活了些什么呢？睡觉吃饭，靠给报纸副刊写一点狗屁文章勉强度日，跟在有钱的或者有权的后面蹭一些小快乐。

他住在蓝旗街，传说中的"红灯区"，自己却不知道。他没找过小姐，却要装作是个懂行的人，好像已经是尝遍快乐滋味的老手，带着老同学开开荤。"找小姐"这件事竟然成为他唯一可以跟老同学炫耀的技能，而他竟然还根本不具备这个技能。整个故事相当滑稽，过程从女性角度看来也是猥琐不堪，但总体来说体现了当时他们创作的几个重要主题：钱、女人和自尊的三重缺乏。

女性在他们笔下，更加类似于一种资源。如果占有这种资源，是对他们社会性失败的补偿。或者说只有这种资源还是带着一种感性的，而其他那些都更为难以获得。女性是虚无世界的一点温存，但无论以爱或者性的名义，她们都很难取得与男性同等重要的位置。

隔了将近二十年后我再次阅读他们的小说，我一边惊讶于这确实是华语文学中难得的、如同刚被捕上岸还在跳跃的鱼那样鲜活的语言，一边惊讶于小说中人们生活状态的悬空。小说里的"我"大多时候都无所事事，是边缘化的人物，偶尔写到主流的人，就充斥着范本化的想象。作者完全不想去理解那些真正处于生活中的人，只是加以调侃。调侃别人，也调侃自己。他们放松、无用，对社会的疏离，几乎就是新世纪一代文艺青年的共同状态。这样一种舒适的社会空间，现在不再有。甚至之后这种写作风格的继承者们，也不再有这种松弛的心态，反而无一不对被主流生活隔离充满了怨愤，觉得社会被权力、金钱和虚伪控制，而自己一无所获。

如果从现在掉头去看，更近乎奇迹。比如现在，如何想象还有三十多岁接近四十岁的男人，既不成家立业，也不折腾创业，而是闲晃着吗？没有了。现在的男人想要的是：两套房子和两个孩子，妻子全职在家。扎扎实实的生活。闲晃？不存在的，不可能的。

然而不管多么放松，他们也毫无疑问正被另一种野心烦恼，这种野心很显然跟女性没有关系，而是在于创作文学的新版图，掀翻一个旧世界。当时仿佛一切都是可能的，甚至就近在咫尺。

几乎就好像是唾手可得的一刹那，一切仿佛旋转球一般以加速度离开了。这不仅是关于文学，而是关于时代，关于未来……这也是我们那代人的共同感受。

2012 年，莫言获得了诺贝尔文学奖。没有人意识到：这是一个残酷的结论。某种程度上意味着中国文学所有的先锋实验都失败了。至少是：强度完全不够。至少是：没有一个真正完整的成果。与此同时，整个流派也以分崩离析而告终。

我还记得那天晚上，之前我跟朋友都在讨论村上春树为什么不能获奖，得知是莫言获奖后，我们这些无知的人，都在一厢情愿地说："还不如给村上春树。"

之后就是比莫言小说更为荒诞的后续，比如莫言老家的萝卜都被拔光了，比如奖金还不够在北京买房。莫言从此变得更为谨慎沉默。

当时的我已经告别了漫长的媒体生涯，转而去做电影。那是新的权力场，核心在北京。也是因为这种文化的转移，南京渐渐被螺旋着抛出去，成了一个怀旧的城市。虽然我的前男友热爱写作，而且写得也不错，最后出了几本并不重要的书的人却是我。可能80后就是比70后更懂得一些生存的技巧。

我恰巧在2012年，也可能是2013年，因为工作关系见到了朱文。那个曾经生猛无比的年轻人，如今慈眉善目。他当然讲了一个关于莫言的笑话，但也没有多谈。比起以前，他可以说是心平气和。此时，他住在北京略远的别墅里，与妻子、心爱的狗，过着大概是安宁（或许也不乏焦虑）的生活，喜欢谈论佛教，喜欢去凯宾斯基买面包。

虽然我在年轻时就跟韩东他们熟悉过一阵子，但我从来没有见过朱文。他存在于一些女人关于爱情的回忆里，存在于各路文艺青年的崇拜中，他及时撤出了文学圈，进入了影视圈。其敏捷程度，展示了一种聪明和果断。

朱文是不会一直待在南京的，而韩东会一直待在南京。如果要仔细想，一切都是清楚的。南京是什么？是温室，是故乡，是家。他们与南京的关系走向如果核对彼此的性格，简直昭然若揭。无论朱文多么温情地提起他跟韩东当年住在一条河的两岸，但事实上他不会留在这个城市，因为对他来说，如果这个城市是河流的话，那他肯定是条海鱼。他是个精力充沛的工科男，你在他的小说里看不到什么软弱或者踟蹰。他自信，心中有大海的方向。

我对这些人当时的真实状态或者恩怨情仇完全不了解。这一年我三十岁出头，再见到年轻时的偶像，却仿佛是一种迟来的自我省视，一种发人深省的端详。

我想的竟然是：我在二十多岁时应该去读更基础的文学。我应该去学习。我应该锻炼自己的文字。我应该去看世界。我本来不应该把那么多的时间放在南京的每个角落，我不应该在文艺的外衣下虚掷青春。

也就是在这个年纪，我才知道了自己的种种不足。而我的这种不足，大概不仅仅存在于我一个人身上，可能是一代文艺青年共同的问题。文艺这件衣服披上去非常简单，让一切庸俗的事物都有了颜色，当时的环境也鼓励我们这么做。一个好的世界确实应该有很多无用的人。但文艺本身无法掩盖人的平庸和浮躁。我在三十岁左右才清晰地了解到"文艺青年"和"文艺工作者"的区别。

闲晃者必须往前走。我当时的前男友，在我生小孩的同一年，也有了一个女儿。据说照顾了女儿一个月之后，他率先累得进了医院。就像他的精神偶像们曾经的小说里那些被调侃的男人一样，他稀里糊涂地进入了家庭生活。但又不同于小说里写的那样，成为一个平面的可笑的形象。我想他反而是鼓足了勇气。人到中年之后，与生活认真战斗的我们，比任何时候都更像一个勇士。

也是在这一年，我从朋友圈得知吴宇清自杀的消息，还读了一个女孩子写的跟他恋爱的经历，事无巨细，像一篇小说。他带她去咖啡馆，去看电影，去台城长久地散步，他赞美她。一切都那么熟悉，那个时候，这些每天每天都在一对对的男男女女中发生。

韩东开始赞美外外的诗歌，说他是个诗歌天才，虽然在他生前，没有人对他的诗歌有任何兴趣，即使朋友间可能出于友谊评论过几次，也仅仅是敷衍吧。他的死产生了另一个想象的维度：一个一直以买单者身份游走在作家圈边缘的人，竟然比所有人对文学更为虔诚。他写诗，竭尽全力地写诗。我有个朋友曾经跟我抱怨过说他情商不高，有一次在公开谈话上忽然猛烈抨击另一个人的诗歌，"虽然他说的是对的，但是那种场合……"没有人因此意识到他的认真。因为他之前把自己隐藏得太好了，仿佛一个玩票的人。这种对比或许只有我一个人感到了震撼。

文学到底意味着什么？它可能一钱不值，却渐渐成为了我们的命运。韩东在很多年前 <u>《小城英雄之英特迈往》</u>[5] 出版接受采访时说：

"断裂"在当年是一个集体行为，今天已成为我个人的一种宿命。为什么？比如你采访我时要问我有关"断裂"的问题，别人也经常问起我有关"断裂"的问题，我就是一个"断裂"作家嘛。所以，我不想"断裂"都不可能了。既然是一种命运，我就只有拥抱它。我的"断裂"就是和非文学的干扰因素保持距离，有足够的警惕和机警。当初也许是我的选择，而现在我也只能这样走下去，勇往直前、英特迈往——开个玩笑。

如果把时间拉回到新世纪初，我们都不会想到韩东和朱文以后的生活是如此的平静，平静得甚至缺乏谈资。他们都结了婚，但都没有生小孩。妻子看上去都是乖巧贤良的形象，而且都不是文艺女青年。

不约而同地，朱文和韩东都开始进入了影视，因为文学的边缘化，其疆域日渐缩小，而影视的疆域却越来越大，能容纳更多。影视圈就是多年前的文学圈，还是那样，韩东的《在码头》⁶就是小说气质的《在码头》，但朱文却想走得更远，他做了一点实验，又想拍更主流的电影，但主流的电影何其之难，就像主流的文学何其之难。

电影《在码头》的豆瓣短评有几条："总体来说可以看出导演的审美品位，直男的视角贯彻全篇了。""离自己的生活太远，没有办法打通任何一处共鸣的经脉。""陌陌时代的影迷观众，根本无法再回到手机之前、朦胧诗之后的世纪初年代。""本片是国产中年男诗人的群像，把这些玛丽苏病深度患者，盲目自信，热爱微笑展现得淋漓尽致。姑娘们啊一定多读书，一定远离诗人。"……如果时间回到新世纪初，我会根本不懂他们在说什么，什么叫"直男视角"，什么叫"离自己的生活太远"，什么叫"陌陌时代"，什么又叫"姑娘们一定要远离诗人"？然而现在，他们说的我都懂。不管是不是赞同，我知道自己已经切切实实处于曾经科幻小说中才会出现的年份：2017。2018。2019。

我一直记得也反复想起那个场景：那天我让朱文在公司的办公室休息，再次推门进去，他正在半空中打坐。就在那一刹那，我惊呆了，我心想："他浮起来了！他为什么能浮起来？！"我差点要叫起来，感觉往昔所有的岁月一起涌来跟我说"真的可以"……然后我发现他其实是坐在宜家那四十九元的白色方形茶几上，茶几上铺着的布恰巧遮住了茶几以及它的四条腿，一眼看去，他就像坐在布上浮在空中一样。

这不是一个关于幻灭的故事。这是关于所有那些美好的瞬间和幻觉。我们一代人两代人曾经一起拥有过。关于南京，关于青春，关于文学，关于一切无用阴郁却又美好的事物，它们统统过时了。但它们确实存在过，就在一米深的地下。

说回库斯图里卡。2017年的上海电影节上，宁浩宣布将携手电影大师库斯图里卡，以中国为拍摄背景合作新片。宁浩现场表达了对库导电影的喜爱："昨天一见面我就说我是看你电影长大的。听说他要来，我赶紧说有没有计划合作？我太喜欢库导了。"对此，库斯图里卡说："我是最坏的那只坏猴子。因为我能从各种奇怪的角度看到生命当中的力量。我同宁浩合作的这部电影，可能会是一个完完全全的中国故事。"（以上来自新闻稿）库斯图里卡离我们一点都不远，并且会越来越近，渐渐地我在朋友圈看到他，他做了我某个朋友一部电影的监制，<u>我另一个朋友出版了他的自传</u>[7]。他在2017年，也就是接近二十年后也不过才六十三岁。

怎么说呢，我对世界曾经有多么大的误解啊。我以为世界大到没有边，而我们的未来将在无法预测的地方。最后，当所有曾经遥远的东西慢慢靠近的时候，我们终于学会了在地上行走。

5
小城好汉之英特迈往

韩东
上海人民出版社·世纪文景
26.00元／平装／328页

6
在码头（2017）

韩东
中国大陆
97分钟

7
我身在历史何处

[南斯拉夫] 埃米尔·库斯图里卡／苑桂冠 译
湖南人民出版社·浦睿文化
69.00元／精装／406页

迷失的女人

文 | 索马里

　　"一个不爱自己母亲的女人是一个迷失的女人。"

　　费兰特的《失踪的孩子》（"那不勒斯四部曲"大结局）中，莱农的小姑子，出身优越的教授马丽娅罗莎对她这么说。这句话意大利原文是"Che una don na senza amore per la sua matrice è persa"。编辑到这里的时候，我的眉头不可避免拧了起来，同时迫不及待去查看英语译者安·戈尔茨坦（Ann Goldstein）如何拿捏这句，英译本中是"A woman without love for her origins is lost"，安选择将意大利文中阴性的matrice（子宫、来源）翻译成母性的起源，也有"根源""诞生的环境"等多重意思。

　　这句话令我感到无比疲惫，"四部曲"的编辑即将彻底终结，我本以为自己会在一段时间的投射移情或白日幻想之后，充满激情地投向下一本小说的怀抱。但在那一刻，我感觉三十一岁的自己的一部分在这句话前面显形，被这句话拉开了一道口子。

　　小说进行到这里的时候，主角（叙述者）莱农也已经三十三岁，为了多年渴望而不得但突然梦想成真的情人尼诺，毅然离开曾给了她阔绰

（但同时也是精疲力竭的）生活的丈夫彼得罗。她大字不识的瘸腿母亲伊玛科拉塔得知此事，连夜坐车从那不勒斯赶到佛罗伦萨，给了女儿一个耳光，甚至拉着女儿和女婿的手强行让他们和好。连憎恨妻子的丈夫都对丈母娘对待女儿的粗暴方式震惊不已，惊惶地对妻子说"你不应该得到这样的对待"。

那是 1978 年的意大利，出版了一本小说的莱农热烈投身公共讨论，在家庭领域也成了迟到的娜拉；她的好友莉拉已经成立了一家电脑公司，拥有了所有人惧怕的新力量；而她在青年时代曾热烈信仰的左翼理想已经千疮百孔；她的大姑子可以说是左翼运动的圣母人物，私生活领域简直不能更先锋，但"四部曲"里也只有这么一处地方，她面对莱农不由分说地捍卫了自己资产阶级做派的母亲。

这句话于我也犹如梦境破裂的一道细纹，就如你的意识在破晓时分已经先于静止的身体觉醒。我的一部分仍会追随莱农和莉拉的故事呼啸而去，直到她们落入惆怅又必然孤独的晚年；但另一部分的我已经可以辨认出这场催眠般的阅读过程中，自己疯狂渴望投射的是什么，并在其中想侥幸逃脱的是什么，同时有一种毫不羞愧的喜悦。

我是在病房里完成《离开的，留下的》（"四部曲"的第三本）的编辑工作的。父母亲相继重病接受手术，我分别在男性病房和女性病房陪护，见证了男性和女性身体以几乎相同的速度走向衰败。第三本里，莱农成功离开了故乡，莉拉留下了。我当时的状态也有点像这种对立，生理和心理都痛苦地想从遗传的铁链上逃离，但实际情况却是，你只能留下，并战胜留下的恐惧。

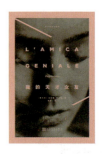

我的天才女友：那不勒斯四部曲 01
[意] 埃莱娜·费兰特／陈英 译
人民文学出版社·99 读书人
42.00 元／平装／330 页

新名字的故事：那不勒斯四部曲 02
[意] 埃莱娜·费兰特／陈英 译
人民文学出版社·99 读书人
59.00 元／平装／492 页

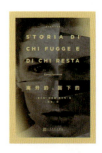

离开的，留下的：那不勒斯四部曲 03
[意] 埃莱娜·费兰特／陈英 译
人民文学出版社·99 读书人
62.00 元／平装／492 页

失踪的孩子：那不勒斯四部曲 04
（即将出版）

后来看到奥登在一首诗(《侦探小说》,1936)里说,"家"就是一个(男)人一定会发生三四件事的中心地带。我们这一代生人,也许很难数得出这三件或者四件事。在出生之后,家庭似乎是我们奋力做离心运动的一个中心点。此刻,在回忆那两间病房时,我必须承认,除了感慨这个"中心地带"的缺失之外,父亲的身体和母亲的身体在我心里唤起的是不同的形象。说得矫情一点,前者的极度痛苦自动被我抽象化了,当我在心里默念"人类的痛苦"的时候,潜意识里推到第一位的似乎还是这个"父亲"的痛苦,"注定"的,普遍的悲壮的痛苦。

他是一个浑身上下散发着权威的男人,尽管权威就像一种色泽,要一点点就够了,因为即使是只有几分钟,这种权威都会出现裂缝,让人隐约看到另一个人,这个人并非那么无懈可击。

莱农的公公圭多·艾罗塔是一位备受尊敬的教授,在她心中象征着理想的男性权威(和她身为门房的父亲形成对比),莱农只有到第四部里才能看到这种权威的光泽的短暂和脆弱。在病房里,面对父亲身上插的各种导管,我也有一种权威被撼动的失落感。

但对于我母亲,在她准备手术之前,我替她准备衣物沐浴。这是成年之后很少能再次见到母亲裸体的机会。面对那日渐松弛的形象,即使在那极度焦虑的片刻,还是能体会到一种震颤:即使从来都忽略(虽然这样的时日也不再多)你和这具躯体的关联,但它(她),明白无误地,就是我的起源。

小说里,莱农一直为自己的母亲的瘸腿、粗俗、没有文化、势利……而自卑,在她母亲后来快去世之前,看着那曾经肥胖而笨拙的身体在白床单下日渐干枯,莱农一度觉得自己像一块石头下的虫子,"受到保护,同时也受到挤压"。

在某种程度上,她的婆婆阿黛尔一直是她更想获得的那种母亲,直到阿黛尔面斥她"经常失控、不理性",并且拒绝让自己的两个孙女和莱农接触。莱农在那一片刻意识到之前的自我投射的可笑，她对婆婆说：

> 这么多年里，我一直觉得，你是我想要的那种母亲，但我错了，我
> 母亲要比你好得多。

以编辑的私心来看，这是莱农在我心中比莉拉要真正迷人而强大的时刻，莱农对母亲的捍卫，正是源于她长久以来的迷失。莉拉和她母亲农奇亚之间从来就没有那些耳光、撕扯和毫不留情的批判，因此，莉拉没有走过每个人都可能要面对的这段歧路，她的优越让我们感觉陌生。

你上了几天学，写了本书，要和一位大学教授结婚，就觉得自己特别了不起，觉得自己是千金小姐了，但是，我亲爱的，你是从这个肚子里出来的，你本质就是这样的，你尾巴不要翘得那么高。你永远不要忘了，假如你很聪明，那也是我生的你，我和你一样聪明，或者比你更聪明。假如我有你这样的机会，我也会和你做一样的事情，明白了吗？

——莱农拒绝家人让她和未婚夫在教堂结婚的建议时，她母亲以其一贯的毒辣口气对她这么说了一大段，而之前和之后的大部分时间里，这个小个子女人几乎都是在沉默地履行自己作为一个母亲（其次才是妻子）的身份。她的话刺破了读者对她的忽略（评论家们几乎都注意到了这段），从侧面也说明了莱农一直的迷失。

母亲的在场。起源的回归。

我母亲在病房里的时候，倒也没有变成一个无助的小女孩，只是本能地关心我父亲术后的康复情况。但我必须承认，因为性别的原因，我对她的身体性的痛苦从来不敢、不曾追问太多，她对我不是"一块石头"，而是我拒绝主动关注的一种相似性。一直以来我习惯接受了这一点，像面容受伤的人恐惧镜子。直到医生例行询问她的病史，我才知道我母亲一共流过两次产（而不是一次），因为政策的原因，结果是她只留下了我

一个孩子。

"哈？"当着医生的面，第一次知道真相的我惊讶地转过头问她，仿佛是面对一个陌生的女人。

如果我们在"四部曲"里徘徊足够久，就会发现"那不勒斯四部曲"本质上并非"女性"的小说，别忘记这部小说拥有数量可观的男性读者，包括诸多男性作家的评论和回应也是这本小说在全球接受史的一部分。

费兰特的野心从来不止于描写一种女性的处境，女性的命运。不同的评论者看到不同的东西，有的看到女性的反抗；有的看到莱农象征的那种不断去成为的、生成性的力量——尽管这种力量大多来自她和莉拉天赋的悬殊；还有的看到"知识"的重要性，知识让莱农一步步摆脱被动，或者说接受自己一直以来的被动。

也有人，包括最后的我，看到的是和自身起源或者局限的抗争。对于莱农而言，她的瘸腿母亲意味着自己的起源——出身、不完美的身体、粗俗的语言，而莉拉是她的局限——在莉拉耀眼的才华面前，莱农永远恐惧自己的表达是一场抄袭，只是把莉拉脑子里的东西用文绉绉的语言表达出来而已，又或者她的每一个选择其实体现的都是莉拉的意志。

在这个层面上，这部小说是超越了性别的。我的朋友吴琦总结过，"那不勒斯"系列里的男人和女人其实没有看见彼此，是单一性别的伊甸园——但这种盲目和障碍，反倒也不是小说要处理的主要困境，或者说要实现的目的。

可以说，"那不勒斯四部曲"是一部最普遍的成长史诗——你可以不成为奥德修斯那样的英雄，就能在这场女性的奥德赛里有一个绝对全知的位置。费兰特从不会让叙事沾染任何道德说教的风险，主人公莱农对自我和他者一刻不停的观察，也没有堕入自我耽溺的误区。莱农的观察都极度干脆，像射出去的箭矢一样没有沉思的空间和时间，最后却都通过无比曲折的道路回到了自己的本源。

"我的整个生命，只是一场为了提升社会地位的低俗斗争。"临近结尾的时候，快六十岁的莱农几乎如释重负地这么说，一个女人这么形容贯彻她一生的紧张和不甘，这几乎是悲壮的。而相对的，莉拉一直都是那么桀骜不驯，从不会像其他人那样妥协，也不会像莱农那样为了庸俗的财富和成功，让自己被重新塑造，她一直在自己的出发点（尽管童年时期在她俩眼里仿佛没有尽头的那不勒斯，此刻在莱农眼里只不过像"一口痰那么大"）——这样的莉拉确实也让我们读者为之迷恋的同时感到害怕，同时充满敬意。

作为莱农自恋镜像的尼诺（是的，当莱农意识到她一直在尼诺身上寻找她以为自己没有的某种东西时，她对尼诺的爱情也结束了），在这本书里招致的最剧烈的批评，不是说他好色或者不忠诚，而是莱农的公婆艾罗塔夫妇说的，尼诺是个"轻浮的"人，一个上层的人眼里，这种轻浮不是情感肉欲的随意，而是——"萨拉托雷的聪明是没有根基的"。

我们在不断或主动或被动地自我塑造的莱农身上体会这种与自身根基（这个词，仍然是阴性的）的复杂关系。而正如别人在她的作品中观察到的那样，当她回到出发点，她就是前进了一步。那曾经把她往下拉的东西，后来成了让她向上走的根基。从我个人而言，这也是费兰特的作品带来的困惑和启示，或者是免于轻浮的唯一方式。

仍然没有人比你更属于这里

文｜周嘉宁

1
第一个坏人

[美] 米兰达·裘丽／周嘉宁 译
广西师范大学出版社·理想国
42.00 元／平装／304 页

　　米兰达·裘丽的长篇《第一个坏人》[1] 在北京的发布会之前，我和 Madi 见了一面。我们保持着工作上的零星联系，而社交软件给人的幻觉是即便几年没有见面却始终觉得以某种方式参与了对方一部分的生活。然而米兰达的长篇出版，便不由郑重地觉得应该面对面见证一下彼此真实的存在。

　　我和 Madi 相识在国内互联网初级阶段的黄金时代尾声。如今重新打开她与搭档 Patrick 的摄影项目 *My Little Dead Dick* 的主页，能够看到 P 对着空旷水域撒尿的照片。下面有两段有关他们照片的评论，其中，巴黎东京宫（Palais de Tokyo）对他们照片的评价是："不无幽默地重温了沃克·埃文斯和南·戈丁的遗赠"（revisit, not without humour, the legacy of Walker Evans or Nan Goldin）。底下有另外一段短短的话："*My Little Dead Dick* 的照片日志从 2006 年夏天至 2007 年夏天——正好从他们遇见的第一天开始。之后 P 和 M 继续一起工作和生活直到 2008 年夏天分手，那一天，中国西部发生了大地震。"网站里的照片拍摄地点从澳门，香港，广州，到拉萨和尼泊尔，到厦门，直至最后 Madi 离开厦门去北京。

我在震后认识了 Madi，这个摄影项目已经完全结束，而在此之前结束的还有她和爱米于 2005 年 6 月在广州一起创办的女性网络杂志 *After 17*。以全女性的班底合力推广女性创作，关注女性成长。Madi 在某次采访中提及这个杂志的精神灵感来自于米兰达·裘丽创立自 1995 年的女性创作项目 *Joanie 4 Jackie*（原名为 *Big Miss Moviola*）。当时裘丽感受到主流独立电影总会有的厌女倾向，很受挫，受到盛行于俄勒冈波特兰的暴女事件启发，始终致力于身边团队建设。自 1995 年起的十年之间，裘丽鼓励女性创作者将自己的影像作品录像带寄给 *Joanie 4 Jackie* 项目，之后她们会收到"连锁信"——她们自己的作品和九部陌生人的作品剪辑在一起的录像带，并附有每位创作者写给其他女性的信件。在前网络时代，女性可以以这种方式看到其他人的影像创作，知道自己并不是孤独的存在。这个项目鼓励很多年轻女孩第一次拿起摄像机，给女性创作者提供了交流的平台。等到这个项目结束时，有超过两百位影像工作者参与制作了二十二盘录像带，之后这些影像在世界各地展出，从朋克俱乐部到现代艺术博物馆。

而我在翻译米兰达·裘丽的第一部短篇小说集《没有人比你更属于这里》[2] 之前没有看过她导演的电影或者参与的艺术项目，所以在没有任何铺垫的情况下，这

2
没有人比你更属于这里

[美] 米兰达·裘丽／周嘉宁 译
重庆大学出版社·楚尘文化
29.80 元／平装／288 页

3
爱情你我他
(Me and You and Everyone We Know)
2005

米兰达·裘丽
美国／英国
91 分钟

些小说轰炸了我的心。里面每个故事都既冷酷又温暖，极其悲伤和抒情地插科打诨，是真正的浪漫与迷人与孤独。所有出场的人物分不出是老人还是孩子，是男性还是女性，世界和情感都用另外一种方式进行了切割与划分。当时我和这本书的编辑曾经考虑过把作者名翻译成米兰达·七月，再三犹豫之后觉得任何形式上的古怪都是我们想要抛弃的。

2013 年 Madi 和我一起做了一个有关米兰达·裘丽的对话给 Vice 中国。她对于裘丽是否能够被国内读者接受始终怀着复杂的困惑，而我却以一种天真的确信和傲慢写过这样的话：

说到底这个世界上是不能缺少怪人的，而怪人们之间也有雷达，就好像是裹在人类皮肤里的外星人那样彼此打探。我对于怪人存着太多的宽容，各式各样的怪人都应该有他们存在的理由，但是有一点很重要，我只喜欢那些无害的怪人，那些善良的人。只有善良的人所表现出来的无情才能打动我，其他的，无非是提醒着我，离这个世界更远一些才好。但是天真的不正确太难了，大部分的怪人都是形式化的假货，古怪也变成标签。而米兰达·裘丽的动人之处在于她的浑然天成，她是形式化的极其反面。

但其实我始终无法解释美国作家乔治·桑德斯提出的裘丽风格（著名的 July-esque）是什么。针对米兰达·裘丽的小说阅读我有一个非常私人的提议——或许可以先打开她执导的第一部电影 *Me and You and Everyone We Know*（台湾的译名是《爱情你我她》）[3]，裘丽自己扮演的女主人公在开头有一段冥想般的话：

好了，跟着我念，我想要自由……
（我想要自由）
我想要勇敢……
（我想要勇敢）
很好，我想要把每一天都当作最后一天来生活。

裘丽的声音有种少年神经质的紧张和诙谐，不确定地踩在认真与玩笑的边界线上。她的声音，肢体语言，形象，语言，思维方式，甚至她的字迹都是一个奇妙的总和。所谓的裘丽风格在我看来或许是：我甚至可以辨别出她的字迹。她有意识地将字迹也融入各种漫不经心的表演艺术作品中，之后你会觉得她小说或者电影中所有人物，无论性别和年龄都在使用这样的字迹，并且都在用她的语气诵读所有的日常台词，不由要怀疑众多的人物也不过是裘丽过分庞大的自我在无处容身以后分裂成的附属品。以至于对我来说，她在 Instagram 上的一段慢动作小视频与她小说中的一段文字也仿佛是等同的，而任何定义都会成为局限。

《第一个坏人》翻译出版之后 Madi 再次问了我用中文转达裘丽风格是否会遇到障碍。在此之前我们聊了各自正在进行的工作。Madi 正在筹备一个播客，年轻女孩相关主题，其中有一些新鲜有力的想法令我精神为之一振。*After 17* 停刊以后，2008 年 Madi 和爱米曾经想要做一个新的电子刊物叫 *Here Comes 18*，这个继承刊物出现过一个短暂的网站雏形，背景音乐是 *No More Little Girls*。然而在那段时间里出现过很多独立音乐和摄影杂志，年轻人发表创作的渠道也很多样化，Madi 质疑是否有继续做独立电子刊物的需要。这个疑虑或许存在很久，直到十年过去，一些以为会兴起的力量过早衰竭。

"你认识什么幽默的创作者吗？" Madi 突然问我，这是她最近想要

4
都市女孩（Girls, 2012-2017）
莉娜·邓纳姆
美国／英国
91 分钟

做的女性创作主题——啊真是一个我从来没有仔细想过的问题，或者我很久没有考虑过幽默的意义和价值了。我有几位在生活中非常好笑的朋友，以不同的形式表现在思维，行为或语言中，然而这些栩栩如生的不可捉摸的东西似乎是被阻隔于创作之外。即便要我以旁观者的身份将这些我认为珍贵得不行的东西描述出来也做不到。仿佛那是无数个稍纵即逝的时刻，只存在于一个个不可复制的语言背景下。这种东西不是快乐，不是任何一种情感的表达，不会引起情绪的共振，不是喜剧，不是忙于制造笑声，不是悲伤痛苦的反义词，不是讥讽，要强调的是绝对绝对不是讥讽。但是它到底是什么啊。它是基于相同的思考领域，视线范围，平等的认知，以及可被联结的情感而构成的。甚至需要绝对强烈的自我意识使其不机械化，但同时又是绝对的筛选，练习和控制的过程。

"像是《了不起的麦瑟尔夫人》那样吗？"

"唔……但是麦瑟尔夫人是个脱口秀演员，某种程度来说过分典型地强调好笑的价值了？"

"不过可以用来解释将自己的生活当作素材进行创作的时候，应该如何处理。同一段素材用不一样的表演方式会是失败和成功的本质差别。所有细节的精确性都是考验。"

"所以米兰达·裘丽算是吗？"

"啊，算！"

美剧《都市女孩》[4]的主创兼主演莉娜·邓纳姆（Lena Dunham）对《第一个坏人》的评价是："So heartbreaking, so tender, so dirty, so funny."心碎和温柔是裘丽风格中始终存在的词语。这里的心碎区别于被碾压之后的破裂，甚至相较脆弱，反而有无畏的伤感。温柔也是出于一种庞大的明亮的爱，是绝对的暖色调。Dirty 这个词语令我非常迟疑，仿佛任何一个现在有的中文词汇都无法解释邓纳姆在此处的定义。有哪个与性相关的中文形容词在某种语境下可以同时具有天真和调侃？裘丽在一次访谈中说她在写《第一个坏人》初期，在一个瑜伽教室里见到一位中年女人，她不由自主地开始幻想和这个陌生女性做爱的情景。小说里有大面积不可思议的性幻想，女主人公将所有本应作用于现实人际交往的情感努力都用于拓宽自我的情感边际，最后把自己变成了巨大的蓄水池。裘丽在与作家希拉·海蒂（Sheila Heti）的对话中说，她在写这些性幻想的时候常常不得不停下来自慰，她们也会交换和使用彼此的性幻想。"哈哈！别再自慰了，回去写小说！"海蒂笑着说。

《都市女孩》有一集，邓纳姆扮演的主人公汉娜和朋友洁莎一起从纽约去乡下看望洁莎的浪荡子父亲，她俩辗转交通工具，天气炎热，汉娜还遭遇着尿路感染的烦恼。在乡下洁莎与父亲剧烈冲突，汉娜莫名其妙在夜晚的郊外和刚刚成年的小男孩做爱，人物都一如既往地被卷在莫名其妙的情绪里。最后的早晨洁莎消失了，汉娜一个人背着包去小镇的车站转车回纽约，继续被炎热的天气和尿路感染折磨，在车站蹲下来小便，结尾的时候发出一声短促的疼痛的，"哦。"

一个可爱的烦恼的讨厌的尴尬的女孩。你，我，她。

以及最后一个词语，funny。在中文的转述中一定会缺失的 funny。不是好笑，幽默，有趣，不完全是。更接近于不无好笑，不无幽默或者不无有趣，以此来减轻所有这些形容词的重量，因为这里有一种过分轻盈的东西让我甚至都不舍得用稍微确切一点的词语去损伤或压抑。

所以裘丽风格在变成中文的过程中必然是有缺损的，我非常遗憾，却在脑子里浮现出裘丽领着我们在一个小区里郊游的画面——很难想象和裘丽去其他地方郊游，可能就是会在天气还不错的居民小区里——沿途风景突然卡帧，某一段变成低像素，失真，走音，但也不失好笑。

2014 年米兰达·裘丽做了基于社交软件的项目 Somebody[5]。宣传

5
Somebody（2014-2015）

语是"发短信差劲，打电话尴尬，写邮件老套"，所以她设计了一个非常裘丽风格的社交软件。简单来说，注册登录以后，你如果想发送信息给你的朋友，这条消息不会直接传递到她那里，而会传递到她附近同样使用这个软件的人的手机上，这位附近的陌生人如果点击接收，就得负责把这条信息传递给你的朋友，而且你还可以备注以什么样的语气，神态和姿势去传递这条信息。这个项目是与服装品牌 MiuMiu 合作的，之后拍摄成了一个十分钟短片，讲述了几段信息传递的故事。人类交流中的尴尬，错位，缺失因为信息无效率的传递和延误而被进一步放大，却没有一丁点讥讽，反而因此觉得所有人的孤独与快乐都以某种命运共同体的形式存在，以及被传递。

所以一旦想到在文化与语言的缝隙中消失或者跌损的东西，想到卡顿和无穷无尽的误解，一方面我能够想象米兰达·裘丽用她渗透式的语气说，"没事，没事，好了，好了，下面请跟我念，我要自由……"一方面却也认为米兰达·裘丽或者莉娜·邓纳姆是否能够被中国女孩接受不是那么重要或者了不起的事情。然而我的朋友们，正在此时，正在此地经历着一切的你们，你们的笑，你们的叹息，你们发出的那声短暂疼痛的"哦"才是最最重要的。

新文人

Column

万物皆流

新文人时代

张佳玮 专栏

I

打开手机，手指划拉一下，点开一个页面——来自APP，来自公众号，来自网页，来自社交网络？谁知道呢——开始阅读。手指划拉几下，页拉到底了，读完了。地铁也来了。菜也上了。跳出来一个"我到了你在哪儿呢"的微信提醒。于是阅读终止了。这是 2018 年的典型阅读情境。这是 2018 年典型的文。无数创作者对此情景心知肚明，所以写出来的文本，也是为这情境服务的：他们就是 2018 年的典型文人。有点难过吗？斯文丧尽吗？倒也未必。

在世界的想象里，总存着一个理想化的阅读场景：高耸入云的图书馆，皓首穷经的读书人。自然也有理想化的写作场景：光影迷离的书斋，满桌文震亨笔下描绘的案牍器具，大师在其中奋笔写作，长卷浩繁。很理想，然而未必实在。

柏拉图与孔夫子那个时代的许多大师，许多都述而不作。他们自己讲，有人负责记，负责整理。后人读了，仿佛读课堂讲义。《伊利亚特》与《奥德赛》，最初是口头文学。罗马诸位大诗人所写，也不是用来读的，而是唱的、吟诵的。苏轼有名的《记承天寺夜游》，全文八十五字，一条微博的长度。实际上，他老人家《东坡志林》序言道：

> ……其间或名臣勋业，或治朝政教，或地理方域，或梦幻幽怪，或神仙伎术，片语单词，谐谑纵浪，无不毕具。而其生平迁谪流离之苦，颠危困厄之状，亦既略备。然而襟期寥廓，风流辉映，虽当群口见嫉、投荒濒死之日，而洒然有

以自适其适，固有不为形骸彼我，宛宛然就拘束者矣。……

——文人风流，但搁现代，算碎片化阅读。

中国文人早期笔记，也散碎得很：中国文人，向爱写笔记。班固《汉书·艺文志·诸子略》里，说类似文字是街谈巷语、道听途说。后世名家，则琐闻、小序、清谈、掌故，聚拢一堆，就是笔记小说了。

在明朝之前，笔记小说其实是文本作品的主流。《庄子》《世说新语》《搜神记》，大致都是如此。甚或《太平广记》之类，也是短篇作品。宋朝时更是热闹，

欧阳修《归田录》就是典型:大文人如他,既要编史书流传千古,也要写掌故记录日常。洪迈尤其闲得无聊,《容斋随笔》《二笔》《三笔》,写个不了。

几乎可以说,在公元15世纪之前,世界上大多数人类,没有阅读的习惯。少数人爱读书,但读的基本也是经史子集、细碎论述。

瓦尔特·本雅明先生有过一个统计:19世纪20年代,巴黎有阅读(书籍或报纸)习惯的,只有七万人。剩下的巴黎人不读书:一半是因为文盲,一半是因为没这习惯。当时最畅销的书,是欧仁·苏《巴黎的秘密》,是本带有八卦色彩的小说;大仲马就是被这书启示,才打算写《基度山伯爵》的。他的编辑劝他写一个以巴黎上流社会为背景的复仇故事,"因为市民都想窥探上流生活的隐私"。而且,《基度山伯爵》这些不朽著作,是连载出版的。可以想见,当日巴黎市民也一边读大仲马,一边咬牙切齿:"还不快更新?等死我了!"——没错,大仲马与巴尔扎克,最初也是写连载应付出版商的勤奋作者呢。

中国市民读物大兴盛,众所周知,是明代的小说。明朝开国到正德年间,《三国演义》和《水浒传》为首,当时一度被合为《英雄谱》,是歌颂英雄传奇。

正德到嘉靖年间,第二代,民间刊刻发达,神魔小说发展,于是《西游记》出来。其他演义类继续,比如《宋书志传》《大宋中兴演义》。第三阶段,隆庆万历阶段。《金瓶梅》出现。从描述英雄神魔,到凡人故事。当然,伟大的色情小说如《如意君传》,也是这时候出来的。到这时,《三言二拍》出现了。——即,明朝小说流行的历史,是先历史剧,再仙侠剧,最后,大家都看上婆媳剧家庭伦理剧了——今时今日的电视剧发展,也差不多是这逻辑。而且,即便到明朝,读书人也只占总人口的极少部分,老百姓更多了解书本内容,是靠听话本、听评书。直到20世纪上半叶,中国都存在大量文盲。夸张点说,20世纪中叶之前,中国城市居民识文断字的水平,和今日北京上海会英语的比率相近。说书与唱曲,是普通市民的重要娱乐。文学主要靠口头传颂,而不靠书籍。说书的先生,自己都未必识字,只是口口相传。新中国成立后,曲艺人学认字,能读三列国(《三国演义》与《东周列国志》)的人,都算是秀才了。

所以,真相是:在人类历史的绝大多数时光里,阅读是件奢侈品;写作,亦然。所以在20世纪之前,写作者针对的阅读者,是少数受过教育、有阅读习惯、经济优裕的中上层人士——毕竟在人类绝大部分历史上，普通百姓基本不识字。

重新描述 2018 年。就在三十年前，一个写作者用纸笔写作，他所面对的对象，是有阅读报纸与书籍习惯的人们。今时今日，一个写作者用键盘，甚至手机虚拟键盘或者语音来写作。他面对的对象，是无数终端。互联网领域有一个词，可能让写作者不适，但是：这个时代的写作者，就是"内容提供者"。

胡适先生是唐德刚先生的师父。胡适晚年写《柳如是传》，唐德刚帮衬着。到得 20 世纪 90 年代，唐德刚喟然感叹：有数据库了，有互联网了。师父二十年的功夫，如今一个下午就做完了。陈寅恪先生曾去见历史学家夏曾佑先生，老人说："你能读外国书，好；我只能读中国书，都读完了，没得读了。"陈先生当时大惊失色，想书浩如烟海，怎么能读完？东方朔吹过，"三冬，文史足用"。因为那是西汉，书很少。

实际上，古代的书，分正经书与闲书。闲书是读不完的，但正经书却没那么厚：比如，考秀才的人，那是要背熟正经书的。许多古书本来不厚，但一本古书加了注释和序跋，那就厚了——中国许多古人做学问，是硬生生把薄书给

弄厚的过程。如果只读最初的那几本薄书，则无外乎经与史。那的确薄一些。在古代，书确实少。孔子读书都要韦编三绝。蔡文姬的爸爸蔡邕为当时大文士，家里藏书不过八百。蔡文姬说她能背出家中遗失的藏书四百篇，曹操大喜过望，派人跟着抄。举个形象点的数字吧：

——《史记》130 卷，52 万字；《资治通鉴》294 卷，300 万字。

——金庸全集，差不多 900 万字。而那几乎是半个世纪前的产物了。

我们处于一个文本喷涌的时代。糟糕吗？也未必。

在人类历史的大多数时间里，因为普通人民的文化消费如此之低，所以很难养活创作者。也因此，19 世纪之前欧洲的大音乐家、大艺术家，必须依附赞助人；中国著名的文人，若非本身就是官员（比如唐宋八大家），便是商业图书作者（冯梦龙们）。曹雪芹可是相当穷困的。

2018 年呢？因为世界需要更多的文本，所以文本创作者有更多活路——当然您可以说，因为阅读受众群整体质量的下沉，精美纯粹的文字艺术少了消费者；但实际上，精美纯粹的文字艺术，在任何时代都不是最主流：还是那句，曹雪芹的稿费，肯定不如冯梦龙多。

我比海明威幸运的一点，大概就在于此：
我能够在巴黎靠写中文养活自己过日子。
科技时代，允许我们有一点自己的选择。

2

在到巴黎之前，我做足了心理准备，将可以想象的磨难当成铠甲，给自己裹上。待了几年后，觉得上一代留学生会慨叹的最大障碍，即孤寂感，对我而言，问题不大。一来如今中国留学生遍布世界，找乡谈不难；二来网络通讯过于发达，跟父母随时视频亦不费事；三来我在上海时，本就是自由撰稿人，也习惯独往独来。

第二年开始，换住到了十三区，离亚洲超市近了，买食材方便许多，生活里诸般细节也算踏实下来。中国人，只要能吃口踏实的，便觉得怎么都过得下去。

大概在2013年初，一个冬天的下午，一个同学问我："来巴黎失望吗？"

我愕然："还好啊。"

她："我觉得，跟我在电视里看到的巴黎不太一样。有点失望。"

我侧头想了想，说："可能因为，我来巴黎前，看的都是 19 世纪那些书，想象的是 19 世纪的巴黎。所以现在觉得，还好。"

我有位同学，俄罗斯人，叫安杰利娜，说自己三十七岁了。在俄罗斯，她是唱花腔女高音的，理所当然，长了一副花腔女高音的魁伟体格，比我还壮一圈。但人声音极温柔，说话时声音如棉絮，细细碎碎。每次谈起来，她便多愁善感，明明体格魁梧，还微笑着，却爱说忧伤的话题，眨蓝玻璃般的眼睛，神情小鸟依人，翻来覆去，用她断断续续的法语说："我来学唱歌，因为老师说我天赋好，但许多东西，俄罗斯学不到，到这里，或者意大利，如果可以学习一下，还有机会。啊，我到巴黎，也是想

找到真爱的……可是真爱很难找……男人大多数，都只想跟你玩儿，但不想娶你……但我还是觉得，我能找到真爱……"

还有一位同学，是委内瑞拉人，按读音，名字该叫列奥诺尔。在故乡，她是作品不少的建筑师，有一位跟她熟的同学相信，她一定超过四十五岁。人很热情，上课活泼。她说来巴黎，除了修建筑方面的课，就是来看蓬皮杜中心那几尊耶稣·拉斐尔·索托——委内瑞拉史上最伟大的艺术家——的作品，那几尊涂色钢管作品："看了这个，就觉得来这里是值得的。"

意大利姑娘弗朗切斯卡，1992 年

生的女孩子，办事特没溜，出门现金揣一大包，晃荡着走。米兰人，但有两年没在米兰待了——之前的夏天在印度度过，再之前是佛罗伦萨，再之前是柏林……她做什么的？唱歌的，有歌剧或群唱表演时她就去，好的时候一个月唱六次，糟糕的时候一年唱两次；收入差的时候，唱一晚上累岔气了，只有十五欧元。她承认自己做唱歌这行很麻烦，因为意大利唱歌的太多，而她父亲是工程师，与艺术界并无瓜葛，想帮忙也帮不上。她得每周去一些地方（近来常去匈牙利）唱歌，然后赶回巴黎上课，逛博物馆。我问她对巴黎的感受，她说很自在。

"这里有许多跟我一样的人！"

全世界都说欧洲人慢慢悠悠，好读书，好逛博物馆。这三个特质，其实相辅相成。对比国内，他们确实逛博物馆如逛影院，读书读报如玩手机，在等那慢吞吞的公车时，在鸽子影里随便翻点儿什么。文学、音乐、艺术、知识这些仿佛镂刻着古典花纹、藏在小羊皮本子里、让人忌惮的词汇，在这里并不那么吓人。在欧洲人慢悠悠的生活里，这一切不是会吓退人的大部头，而是美妙的感官享用。

一个给我上过法语课的私教，本身在修自己第三个博士，他的课题很是奇怪，"东亚海盗史"。他操持着英法日韩四国语言，教教课，修修论文，业余在一个日本料理大阪烧店里做厨子，每逢有关于日本的展览，他便拽我一起去看。

为什么要研究这玩意呢？"你不觉得这个很好玩吗？！"

20 世纪 20 年代，海明威初到巴黎。他去到著名的莎士比亚书店——现在你从圣日耳曼大道转上但丁街，看见双桥后左转，还能看见那个老名胜——借了书，回家，和他第一任太太有如下的对答：

"我们将有全世界的书可读，我们去旅游时，还能带去读！"

"我们这样，不会占别人便宜吗？"

"当然不会！"

"他们书店有亨利·詹姆斯吗？"

"当然！"

"天哪，"海明威太太——几年后他们将分手，而海明威将在《流动的圣节》里怀念她——坐在那没有热水、没有家具的房子里微笑，"你能找到那里，我们太幸运了。"

海明威，那时是个刚丢了记者职业、带着战争留下的创伤、还丢了小说手稿的年轻人，生活中唯一的慰藉，乃是刚拿到的一堆新书，点头说："我们总是幸运的。"

　　我比海明威幸运的一点，大概就在于此：我能够在巴黎靠写中文养活自己过日子。科技时代，允许我们有一点自己的选择。

　　如果不拘泥于文人、书斋、皓首穷经的优美幻想，而观看历史，几乎可以这么说：2018 年，是对一切以写字为生的人而言，最好的年份：这个世界需要文字产品，一如两千年前的世界需要麦子。当然，反过来说，世界的确在一步步走向庸俗，因为在 19 世纪还无力消费文学作品的普罗大众，在 2018 年也需要点什么来慰藉他们——但那毕竟不是他们自己的过错。

海波尼亚籁歌

包慧怡 专栏

I

离开上海的深雪，重新滑行入海波尼亚的凛冬。剥开石楠的枯骨踏足那座二月的骨花园，夜晚的鹅卵石路闪烁不可言喻的光华。暮色中的圣三一学院美得令人心悸，灰色雉堞和钟楼的侧影勾勒着鬼魅的外形。都柏林，在这座灰色城市居住多年，此刻却是我第一次栖身它灰色的深心，在离开近三年后的今天。虽然严冬夺走了所有的树叶，学院的深心却翻动着青翠的碧意，早春即将在花瀑中炸响，但此刻一切静默，一切含雨，一切无色。

抵达当日，女孩们带我坐在满是镜子、甜品塔、花朵墙纸的 Ladurée 喝下午茶，马卡龙上的树莓和玫瑰花瓣仍沾着露珠，即使不再能带来往日光阴，马德莱娜小蛋糕仍散发危险的香气。此前，F 和我在 Parfumarija 再次吸入 MDCI 的美丽海伦、五月心、红衣主教之罪，最后却买下了带有利摩日瓷像的托普卡

Fil súil nglais
fégbas Érinn dar a hais;
noco n-aicébá íarmothá
firu Érenn nách a mná...

有一只蓝眼睛
将回眸看着爱尔兰；
它将再也看不见
爱尔兰的男男女女……

——11 世纪中古爱尔兰语匿名抒情诗

匹琥珀，一座男香；她则买下 Frédéric Malle 的一轮玫瑰，"此玫瑰之后再无玫瑰"。所以只是为了再次被美好的物质包围，再次和女孩们继续三年前未说完的絮语而重返吗？生命寂静无光，离开海波尼亚后，我只能在死去的物象中做梦。夜晚降临，S 带我穿过格拉芙顿大街两旁的迷宫小巷，进入一家镜子更模糊，枝形灯更高，杯盏汇成水晶河流的法餐厅，天花板垂下捕梦的圆球，第一杯酒沾唇之前我已回到 Belle Époque，回到那个凭着青春的幻觉和天才的错觉

就能活过所有灾难的年代。时差在永恒中消失，或者永恒在时差中显现，我的心中流淌着疲惫的温柔，对那晚说了什么一无所忆。

但是 X，那个我视作海波尼亚之光的小姐姐，她在寒夜里逃离她完美的婚姻，完美的丈夫和儿子，滑入我跳动着虚假火焰和真实暖意的壁炉客厅，蜷缩在沙发一头落地灯的伞状光晕下，告诉我她在新工作中的绝望，她和女友的性，她和肤浅而美貌的爱尔兰年轻男孩的爱，以及多年来她的婚姻如何是一场

心照不宣的 open marriage。她用诱引、空白、言语的倒影、不可追问的隐喻，将我织入叙事之网。我摸不到这份绝望的核心，只能隐约触碰到它外缘的冰凌，无言以对，内心又充满怜惜。在海波尼亚，为了活下去，一切都可以并且应当被解构、重塑和重述，不是么。十年前我过着类似的生活，却再未能像二十岁那样抱着死的欲望去爱。百合心（cœur d'artichaut）——一种外表复杂，内心空洞的生物——不是应该译作朝鲜蓟之心么？依稀记得零八年是我的百合心之年，正午和一个男孩分开（因为他承认"无法在六月为我种出黄水仙"之类荒唐又正当的理由）午夜就躺在下一个的床上，手指抚过后者宿舍里顶天立地的书架上一排排古希腊语精装本的书脊，想着身下简陋的板床会在哪一瞬散架；没多久又和黄水仙男孩坐十六小时火车去了西安，在空无他人的午夜影院后排抚摸他的性器，心里思念着某个两年前就放弃我的人。裹挟一颗百合心行走的人步伐总是狐狸般轻盈，轻到让自己害怕，轻到万物成为一切更重之事

的先声和惩罚。那一年我不快乐，一点也不，只是写了很多诗。王尔德说有两种悲剧，得不到渴望的和得到渴望的一切，后一种自然是更绝望的。那一年我仍被学院保护着，只是学院再也不能让我看见希望。

我也以我的方式小心翼翼地爱着 X，她实在太闪亮，就算有裂痕，也是暖着玫瑰茶的温润瓷壶，谁不想在那样的瓷上留下刻痕呢，一个指甲印也好。我知道她终会获得新生。S 也是。那天晚上我们在两年前接吻的街口告别，S 要回到丈夫和比天使更柔嫩的女儿身边，我则回那片王尔德与贝克特躺着看黑鸟的三一学院的草坪。十多年前我已发现女孩的嘴唇吻起来比男孩更甘甜，绵软又有弹性，吻的时候仿佛四片云在打招呼，仿佛打开云的深渊，但在 S 之后我没有再吻过别的女孩。三十岁之后，罗曼司变得越来越不重要，和世界的关系越来越植根于文献、丈夫和猫，还有飞行。飞行一次次把我带离原地，投放到地球各个角落的一个又一个原地，至少在降落前，我仍相信自己正去往未知。

2

但是和 H 爷爷的会面令人心碎。去年夏天他从海波尼亚飞到英国看我，我们一起在勃朗特姐妹故居用铅笔抄写《呼啸山庄》，漫步于艾米莉心爱的哈沃斯荒原，看狂风撕扯沼泽棉花的白发，然后一起前往泰德·休斯出生的乡村，很费劲地找到了荒草丛生的普拉斯墓。那是一座新墓园，休斯的家人在半个多世纪后依然未能接受这个因自杀而让休斯背上骂名的诗人媳妇，将她迁出了家族墓地；一如她的读者至今未能原谅休斯，一再从她墓碑上（刻着他为她选的墓志，出自《西游记》的句子）刮去他的名字。隔壁的教堂墓地正举行社区摇滚节，对自己的美貌毫不在意的少女们盘腿背靠着墓石咀嚼三明治，小孩子们叉开腿骑在一座雕着天使的石棺上……这是摇滚节的最后一天，墓地里飘散着残余的香肠和啤酒味，我们在墓碑丛中度过了宛如永生的一天。回国后他很快寄来了新写的诗，我却整整七个月完全没有回信，对诗的珍重也不足以解释这样的失礼。此刻我只有尬笑着道歉："这半年我活在深屎里……""没事，我已经了解你的节奏了。你浮上来吸一口气，然后潜下去，最终你会再次出现

在某处水面。"坐在我们长谈过无数次的 Neary's 酒吧，喝着不知道第几杯 hot port，我听他说着妻子的眼疾、妻子姐姐刚做完的大手术（"下周二就会知道，是否还能够化疗"）、九十岁母亲日益丧失的行动力和倔强的脾气、过去几个月在北爱与爱尔兰之间无暇喘息的往返："人们倾向于以为，疾病只是'常态'之间的插曲，是一个只要挺一挺就会过去的阶段。而我逐渐意识到，从今往后或许它就是常态。"

我没有告诉他几个月前做的噩梦。在梦中，我和爸爸一起踩着一辆双人脚踏车，妈妈坐在后排，我们正赶路去别处。我一直踩一直踩，只觉得越来越费劲，仿佛身边的爸爸完全没有用力，仿佛爸爸已经不在了——然后在梦的褶皱中恍然意识到，爸爸当然已经不在了，二十多个月前就永远不在了。迟钝地意识到这个事实，身体和心彻底空了。在梦的结尾，我依然一个人不停地踩着踏板，心里想着妈妈啊，我们是所谓的孤儿寡母了。妈妈真可怜啊。

H 说，兰花和柠檬树都还活着，植物总有更坚韧的生命。他和妻子住在一座教堂里，确切说是教堂的一部分

中——整座教堂被改建成十几间公寓，于是每户人家都拥有了信仰的某个部件，玫瑰窗、祭坛、中殿墙的残骸——柠檬树养在原先唱诗班安置管风琴的悬石上，每到深冬就结出由绿转黄的果实，隐匿在窗玻璃后，躲开崩坍中的世界，一宗私人奇迹。H在诗中写过，"黄色是我的色彩"。我以为能够在二月初的都柏林看见第一批绽放的黄水仙，然而没有，倒是临走前在凤凰公园有鹿群出没的老松树底下看见了第一批星罗棋布的芽——准确地说是叶片，深绿，肥厚，笨拙地向上抽着水分的黄水仙叶片，谁能想象这些圆叶尖中孕育的泪滴状春天？

3

两年前的毕业典礼之后，我以为近几年不会再踏上海波尼亚的国土。可是重返的契机总会随时出现：偶然间与一名来访复旦的爱尔兰教授交换了诗集（他送我他编辑的阿什贝利，我送他我翻译的毕肖普），然后在双方同事的促成下有了这次研讨会——会议主题和我的专业一点关系也没有，"世界主义者"（cosmopolitan）这个词要到17世纪中叶才初次在英语中出现，中世纪研究者轻言这个词便是犯了年代误植的错误——可我还是写了这篇名为《中世纪"世界主义"：中古英语抒情诗中的异域》的论文（好吧，其实是在前往都柏林的飞机上才写完，确切说是研讨会当天凌晨四点才在旅舍写完最后一段）并蹭进了会议，为了去岛上"探望导师，再和老朋友们喝几杯"（真的吗），或者在未来的某个时刻把它译成中文投给某期刊（哈！）。那位教授甚至在会议之外安排了我和H爷爷，以及另两任爱尔兰国家诗人的诗歌朗诵会，多少令人不安，因他们都是我穷尽一生只希望多少可以接近的写作者。其中唯一的女性P见到我便握着我的手说，你记得吗，今天恰好是圣布丽吉特节。

我当然记得。布丽吉特是爱尔兰女性的主保圣人，诗歌、井水和矿物的守护者，她的节日也被称作"诗人之春"（Imbolc）。两年前的圣布丽吉特节前夕，收到 P 从都柏林寄来的组诗《堪舆》八十一首中的最后两首，并附言："我将《堪舆》献给圣布丽吉特，一位藏在多重伪装下的异教缪思，也愿她对你的劳作充满善意。"那夜，上海落着罕见的鹅毛大雪，但没能像今年这样积起来。P 不知道那时还没出版的《堪舆》英文版将由另一名我们都不相熟的女编辑交到我手中（这位爱尔兰姑娘后来嫁给了上海新郎），也不知道收到她邮件的时候我正在给手头刚译完的她的诗集写序；我则不知道，不多不少一个月后的这一天，我将以 P 多年前一样的方式失去父亲，带走他们的是同一种疾病。

我只是还没有办法像她一样，用诗歌去诉说这份丧失。也许永远不会有那么一天。那样也好，诗是遗忘居住的地方，而我选择铭记。

4

临走前两天是乔伊斯的生日，天晓得这个人怎么会是水瓶座（2 月 2 日）。虽然近在咫尺，四年多中竟然一次也没有去过乔伊斯中心，"因为《芬尼根守灵夜》没读完啊"；"老实说，《尤利西斯》也没读完"。在都柏林的第三年，出版社给我寄了《芬尼根守灵夜》中译本的第一卷，我读到了比读原文时更往后的章节，但依然没读完，而且还在回国前把书送给了药店老板。这家名叫 Sweny's 的药剂店仍像一个半世纪前那样坐落在林肯小广场，出售各种用古董棕瓶装的神奇液体，以及《尤利西斯》中令布鲁姆魂牵梦萦的柠檬香皂，用的还是 19 世纪中叶的老方子——真的特别好闻，每次回国前我都会买上一打，送人和洗手之外，放一块在书桌上，走神的时候拿起来吸一鼻子，骗自己说获得了乔伊斯的专注力加持。2015 年布鲁姆日那天，我刚交了论文在等答辩，那日就和 S 一起头戴圆草帽，穿着放荡的曳地裙跑去 Sweny's 听朗诵（乔伊斯中心安排的布鲁姆日庆祝的一部分），大部分时间我都醉得没听进一个词。但是药店老板从一只老抽屉里取出一块柳树皮放到我们鼻子下："百年老药材！……"又攀上梯子从药剂柜顶拿下各种语言的《尤利西斯》译本给我们看，自豪地说中译本是译者本人送他的。于是我一冲动就把书包里死沉的《芬尼根守灵夜》第一卷送给了他（为什么会随身背着啊），等我想起来这书不是我译的（戴从容老师对不起哦），已经在对面酒吧边喝第五还是第六轮燕麦酒边听一位美貌绝伦的女演员斜倚在沙发上表演"莫莉的独白"，我们头上的帽子早已不见踪影……

还是没有完整读完他《都柏林人》外的任何作品，倒是对他写给诺拉那封命名了十多种屁的露骨情书印象深刻。一起来开会的同事是乔伊斯专家，所以终于与她一起来到这个中心，乔伊斯并没有在这里住过，但大门是从不远处的埃克莱斯街 7 号（书中布鲁姆的真实

地址）拆下来的……文学朝圣总是无法摆脱滑稽的成分。但逡巡于此地幽暗的房间内，穿梭于旧照片、旧衣物、旧手稿的鬼魅丛林中，还是想起了乔伊斯与天主教爱尔兰决裂后再未踏上故土，想起诺拉爱上并终身追随的是乔伊斯那副美妙的男高音歌喉而不是他的小说，想起了玛利亚在《泥土》（《都柏林人》的第十个故事）结尾颤抖着唱出的那支歌——在本该唱第二节的地方，玛利亚把第一节歌词又唱了一遍，但是没有人纠正她：

我梦见居住在大理石厅堂
身边簇拥着诸侯和仆佣，
在四壁围起的所有人中
我是那骄傲与希望；

我的财富数不胜数，能夸耀
一个古老高贵的姓氏，
但我还梦见（这最叫我欢喜）
你依然爱我如初……

是的，我希望能让爱重现，在一切的一切中。我不那么在意获得爱，因为所谓被爱的意思不过是成为特定的人生命中一个特定时刻做梦的原料，但我需要亲自去做完我的梦，去梦见所有的死者，去梦见所有正缓缓步入死亡的美丽生者，去梦见，去深爱所有的异乡和故土。

月待山前

在旧书店邂逅
津田青枫

苏枕书 专栏

　　新岁头一日，收到东京相熟旧书店主人的来信，说御所附近的汇文堂已正式闭门，前一阵东京古书拍卖会上看到他家出品了非常好的书籍。我对汇文堂很有感情，了解京都中国学研究的人几乎没有不知道这家店的，来京都时也没有不去瞻仰门前内藤湖南所书匾额的。而自从汇文堂老夫人病重，店里经营就越来越艰难，不知她现状如何，若她健康，断无闭门之理。念及此处，又不忍也不愿继续想下去。年轻主人似对中国学不甚感兴趣，接手书店后，店内书籍方向有所转变。很长一段时间内，店铺营业时间都很不确定，路过时多是门庭闭锁。去年春季古本市，年轻主人也来出摊，出品佳书甚多，当时紫阳书院的主人还悄悄对我说："他很努力呢。"那天日记里写，"近年不少书店都经历了换代的挑战，一晃好几年过去，看到从前年轻茫然的主人逐渐从容自如，就很开心。"没想到还是听到了这样的消息。

　　数年前曾在雅虎拍卖偶遇汇文堂，当时是为友人拍下江户时代琴学研究资料《玉堂琴谱》刊本，收到时才看见信封上的"汇文堂"印章。莫非今后会转向网店经营？再去搜索他家，却发现用户名已不存。在线拍卖的店主大多对自家背景讳莫如深，因为常会拍出与古本屋定价相差很大的价格，怕被不喜欢拍卖的同行指责为扰乱市场。也曾买到过留学生所经营店铺的书籍，亦在寄来的包裹上费心掩藏姓名，好比谜语。某次与一位旧书店老板电话购书，对方一听我要买某书，立刻警觉："你是要拿去拍卖赚钱吗？你是谁？"我大惊，张口

结舌，说并非如此。后来误会解除，对方反复道歉，说近来有不少留学生买走他的书，又在网上高价拍卖，并非是为自己阅读。我道："请放心，我买书是为自己看，不为卖。"对方很不好意思："通过倒卖书挣点钱，也无可厚非，我也靠书生活，就是有时难免看不惯一些完全将书当作商品的狡猾的人。"有旧书店主人曾在网上抱怨："最近姓名、所属都不说，直接上来问有没有什么书的人越来越多了。我想他们大概不理解什么叫诚意。"传统旧书店做生意，往往先从交朋友开始，双方觉得合适，才有长久的往来，否则会出现有钱也买不到书的窘况。汇文堂闭门的消息迅速在

一些书友之间传开，听说对内藤先生所书招牌感兴趣的人有不少。不论书还是物，皆为有力者得之，此为世之常理。但想起当年老夫人在灯下与我追念往昔的温声细语，私心还是希望这张看板能在他们家多留一阵。

这些年京都闭门的旧书店有好几家，多是因为老店主突然故去，后继无人。比如二条通上、东大路与川端通之间，中井书房隔壁的水明洞，2015 年就因此类变故而不得不闭店。那一带从前稍往东走一段，曾经有一家美术书专门店"奥书房"，后来搬到了美术类书店、古董店很密集的东山区古门前通。中井书房的爷爷也常感叹生意艰难，东大路与川端通附近本就冷清，今后恐怕更寂寞。好在水明洞的网店还在继续，曾经也在雅虎拍卖上出品过不少佳书。他家和刻本、金石类、名人手札一类收藏颇丰，曾见过他家有狩野直喜写给津田青枫的一幅匾额，虽然买不起，但很向往，也为我了解狩野及青枫之间的往来提供了一则资料。

津田青枫是生于京都的画家、书法家，也写随笔与和歌，父亲是花道去风流一派第六代家元西川一叶，兄长一草亭是去风流第七代家元。日本传统家庭实行长子继承制，其他儿子或者自谋生路，或者做别人家的婿养子。青枫初学日本画，后师从浅井忠等人学习西洋画，1907 年留学巴黎，在朱利安学院（Académie Julian）跟随让-保罗·洛朗斯（Jean-Paul Laurens）学画，两年后回日本。1929 年在京都开辟洋画塾，与河上肇成为好友。因为受到河上的影响，开始参与劳工运动，创作过一些反映社会矛盾的油画，还以小林多喜二的死亡事件为主题，创作了《牺牲者》，因此被警察告发，险些身陷囹圄。据他回忆录称，因为无法继续靠画油画挣钱，转而画日本画。他与夏目漱石关系也非常亲密，是漱石的油画老师，为其设计过一些封面。

青枫在《老画家的一生》中回忆与京都诸位学者的交往：

河上肇等人常常聚集在永观堂附近青枫寓中，画画写字，再去哪里转转，这个集会叫翰墨会，河上肇之外，还有经济学部的河田嗣郎博士、文科的狩野直喜博士、法科的佐佐木惣一博士、商科的竹田省吾博士等等。

青枫教大家画画，虽然这些大学教授在自己的专业上都很厉害，但画起画儿来就很幼稚，当然也都很有个性。河上肇非常谦逊，很熟悉中国画，也会作汉诗。

狩野先生天真浪漫，是诗人，虽然在课堂上非常严肃，令学生恐惧，但翰墨会上的狩野先生非常可爱。他喜欢写字，写字时，偶尔袴的腰带都松开、垂了下去，也不管，继续沉醉地写。衣衫沾满墨汁。这时候就像小朋友玩水一样，谁的话都听不见。同样，要是对什么没兴趣的话，他就在那儿打瞌睡。不过他画的画儿实在糟糕，完全不明白物体的形状。狩野先生就负责帮别人画好的画儿题字。翰墨会开了好几回，对津田与各位老师而言，都是非常愉快的时光。

河上肇在随笔《牡丹饼与七种粥》中也回忆了翰墨会的往昔：

大正十二年（1923年）9月，津田青枫把三个孩子丢在东京，带着一位年轻女子搬到了京都。当时我还是京都帝大的教授，某日他突然来访，与他来往也始于当时。后来我们每月都会到青枫赁居的寓所聚会一次，作翰墨之游。

常去的除了我之外，还有经济学部的河田博士与文学部的狩野博士，有时还有法学部的佐佐木博士、竹田博士，文学部的和辻博士、泽村专太郎等人。总是早上聚齐，玩到黄昏，会费每人五元，午饭是叫的外卖。已成故人的有岛武郎每来京都，都会住在一家朴素的旅馆里。那家旅馆的女主人也常来相聚，帮忙磨墨、布菜。

我在翰墨会上最初学习的是在画笺纸上画日本画。在半截红毛毡上铺开纸，青枫画一株老梅，然后让我添几笔竹子。我总是极为踟蹰，像幼儿园的孩子一样，战战兢兢不敢下笔。后来渐渐胆子就大了。青枫与和田博士还有我合作画山水画，狩野博士就题字。和田博士专门画画，狩野博士专门写字，我画画和写字都会试一试。大概是聚集的人很合适，没有一人手上闲着，有人写大字，墨汁一会儿就没了。旅馆女主人就专门帮我们磨墨。那正是我埋头研究经济学的时代，每月一次清游，实在是沙漠中的绿洲，忙中偷闲，没有比这个更快乐的。那是我一生中见过的最美丽的梦。

但遗憾的是，河上肇再也没有重见翰墨会的清梦，出狱后也与青枫渐行渐远，乃至断绝来往。狩野直喜《半农书屋日记》中也有翰墨会及关于青枫的零星记录，如 1925 年 3 月 8 日："日曜日。午后偕河上教授访津田君。河田、佐佐木二君亦至。皆学画今天君者。河田君技尤秀。河上、佐佐木二君次之。各挥毫写兰竹。津田君在侧指授。予亦乘兴作大字，以笔非常所用，殊觉拙劣，愧何所言。但终日对山谈书画，顿忘尘俗，是则近来罕有之事。"4 月 3 日："九时津田青枫君来。"4 月 5 日："午前访津田氏，为翰墨之游。"5 月 10 日："午后至若王子津田君，画话偕字，亦浮生半日之闲矣。"5 月 22 日："午前在家读书。午后至美术俱乐部，观津田君等三条会会员作画。"6 月 9 日："午前津田青枫君来，示以其兄所作父像赞，求予删改。"6 月 28 日："午后访津田青枫君，为翰墨会，夜更归家。"9 月 27 日："午前河上教授偕津田青枫持三条帖来，求予题笺。……河上津田两君又至，余为题书一帖。青枫君亦作予书斋图。"《书论》（第 38 号，特集，狩野君山）扉页有这幅《君山先生书屋图》，题云："大正乙丑（1925）初秋，偕河上教授访君山书屋，谈艺乐甚。主人出纸求画，乃为挥洒，所见如此。学士室中唯有书卷，尤可美也。"画幅窄长，背景为富冈铁斋山水图，几上有文房用具，散落两函汉籍、三册洋书，应该是写实之作。青枫还画过夏目漱石、河上肇的书斋图，那些更为有名。

青枫虽然不算日本近代最一流的画家，但他作品自成一格，有文人、学者气，颇不俗，设计的图书装帧及纹样水平亦高，芸草堂近年曾重版过他的纹样集与散文集《漱石及十弟子》，肯定他的地位与贡献。他非常长寿，活了九十八岁，写了不少回忆录，最后一本是《春秋九十五年》。虽然他晚年搬到东京，与河上肇等京都友人也不再来往，纪念馆开在山梨县的笛吹市，但他在京都还是留下许多作品，偶尔会在旧书店邂逅。

前不久在喜闻堂网店见到青枫的一幅《早春红梅蕗薹图》，题良宽长歌，画一大束稻草捆着的红梅，与今日花店所见冬季风景别无二致，并两朵嫩绿蕗薹，画风典雅，笔触细腻，是他作品中的上乘之作，虽然错失购买的机会，但能看到已很满足。蕗薹即蜂斗菜，花蕾可食，是初春最先钻出积雪的新绿、初春的季语，也是京料理常用的时令蔬菜。上周去平安神宫附近的国立近代美术馆看梵高展，路过山崎书店，又见书架上挂着一幅青枫的蔬菜图，是他钟爱并大量创作的题材，设色清浅，品格不俗。见我流连，山崎先生道："你若喜欢，便宜让给你。"之前在他这里见过青木正儿的山水画，虽然喜欢，但也踌躇，是否要开拓绘画方面的兴趣——那幅画自然早已卖出。世上珍贵的书籍、绘画当然有许多，邂逅美好的事物，为它们驻足、心折，都是美妙的经历。至于是不是一定要买回去据为己有，则需再三斟酌。

最大的原因是贫穷，再者是因为老师们常常告诫，不可兴趣庞杂，购买、掌握资料都应以研究为目的，而不仅仅是为了享乐主义的"趣味""欣赏"。我对书与资料当然有占有欲，总希望带它们回家，默默吃掉，再为它们写点什么。有时遇到很好、很有价值，却不在自己一向关心或研究范围内的书或资料，会提醒自己冷静一点，努力不去买，希望它们被更合适的人买走，得到更好的研究和更多的爱。

＊本版块网络首发平台：「腾讯·大家」微信（微信号：ipress）

小说

Fiction

匿名作家＊

第一辑 （*001-010*）

《海雾》

《半明半暗之间》

《信徒》

《暮》

《罗曼罗兰》

《乞力马扎罗的雪》

《咖喱长濑》

《王府井》

《我们是怎么走到这一步的》

《深吸一口气，憋住》

海雾

文｜匿名作家 *001* 号

不必害怕：

这岛上尽是声音，音乐，很好听的，不伤害人。

有时候有千种的乐器在我的耳畔铮铮地响；

有时候，我恰从长睡醒来，

有些声音能使我又瞌睡起来；

随后，在梦中，我觉得天上的云彩裂开了，

露出了富丽的东西，就要落在我的身上；

以至于，我醒了之后，

哭着愿意再回到梦中。

——莎士比亚《暴风雨》

去野海要绕过那一趟狭长的铁栅，前几年是不必这样做的，低矮的树丛里有一道坦途，看海的人们从这条路上走过去，潮湿的尘土散落在脚踝上，再任由海水冲刷干净。那时每年虽然也有人溺亡，但没人将责任归咎于这片海。投入大海的人们总有许多种理由，有时是半阴的天空，有时是海草与浪，载着他们吞吐着咸与苦，再缓缓驶向深处。但哥哥却说，死在海里的人终归是要漂上来的，远远看去，像一只白色的筏子，

是远游之父，也是航海者之友，上下浮潜，回旋或者等待，海水进入人的身体后，人就会变成海的一部分，我们终究都要回到那里去。

她自然相信哥哥的话。哥哥患有哮喘，不能经常去看海，海雾会堵住他的气管，让他失语、高烧、说梦话，所以她只能独自来到这里，天色将晚，风与海浪的声音混淆在一起，十分嘈杂，像是一场飞溅起来的争吵，两艘小船被丢在海边，一位推着自行车的中年女人朝

她走过来，深蓝色的纱巾遮住几乎全部脸庞，虽然看不见她的样子，但她知道这个女人是谁。这个女人常年依靠这片海过活，也是海的一部分，自行车后面绑着泡沫塑料箱子，夏天卖雪糕，冬天卖煮熟的玉米。她曾买来一穗玉米，只吃了几口便吃不下了，猛烈的风迅速将玉米所散发出来的热气带到海的深处。她将半穗没啃完的玉米埋在沙子里，天很快便黑下来，她回家时，正遇上施工的工人从卡车上卸下废料，再一点一点将铁栅搭建起来。

那天也是她第一次听见那个遥远的声音。学校放暑假，她从外地回到这座海滨城市，每天睡得很晚，直到第二天中午才起床，半梦半醒，闭着眼睛刷牙时，她忽然想起一个人，韩晓斌，好像是年少时的邻居。有那么几年里，他们一起上学，后来她跟着家人搬离至此，她想，已经很久没有他的消息了，不知道他如今身在何处，这一刻是不是也还没睡醒呢。就在这时，她清楚地听见窗外有人喊了一声，韩晓斌。那个声音跟她的声音有点像，但又不完全一样，她的声音有潮湿的气息，匀称而平稳，那个声音要更加急促、尖利。她以为自己仍处于梦中，便没有睁开眼睛，继续刷着牙，上上下下，然后她又听见两声，

韩晓斌，韩晓斌。她心里一惊，顿时睁开眼睛，却只看见镜子里的自己，头发蓬乱，眼睛通红，嘴角流下一道牙膏沫。

她问坐在沙发上看书的哥哥，外面是不是有人在喊？吵死了。哥哥说，没听见，是在喊你？她说，当然不是，可能是你耳朵不好使吧，我就听见了。哥哥说，你的头发怎么还没洗呢，都几点了，你未来的嫂子马上就要过来了，能不能重视一下。她说，可我真的好困啊。

商量婚事时，她坐在未来的嫂子身边，谨慎地附和，说话声音很低，显得有些局促，仿佛这不是在她自己的家里。她悄悄打量着她，五官长得很精致，眼睛虽然不大，但睫毛真长啊，一闪一闪，每次眨动眼睛都能煽起一阵好闻的清新味道。她想，哥哥可能爱上的是她的睫毛吧，像青苔一样。她跑去厨房切水果，一个橙子切成六瓣，然后给苹果削皮，也许是放置的时间有点长，苹果失去水分，表皮微微发皱，她很小心地用刀一点一点推进，这时她听见外面又有人在喊，韩晓斌，我不等你了。果然，这里也有人叫韩晓斌，真巧啊，不会真的是我认识的那个韩晓斌吧，当然不会了，她心里想，这种巧合是不会发生在我身上的，她从未遭遇过任何小概率事件。

苹果削好皮后，她将之分切成块，

刀子切入一半，再一抖手腕，果肉便落入碗里。韩晓斌，她想着，这个人在她的记忆里逐渐明朗起来，很聪明，不怎么学习，成绩却也不错，好像还很听话，不像其他男孩那么顽皮。他最大的特点是十分守时，像闹表一样，做任何事情从不迟到，以前每天早上的同一时刻，韩晓斌都会在她家平房的门口喊她的名字，然后一起上学去，踏着一条满是黄泥和野草的土路，雷打不动，直至他们搬走的那天。

她一点点陷入从前的回忆里，但很快又回到现实之中，因为苹果切完了，她将苹果核塞进自己的嘴里，拽开厨房的拉门走进屋子，转过身来正准备把门关上，这时候，她又听到了一个声音，这次不是女孩的声音，而是男性，一个很年轻而清爽的声音，像阳光，也像阳光里飞扬的灰尘，这声音也不是从外面传来，而是仿佛就在她耳边诉说：你别着急啊，以前那么多年都是我等你呢。

她彻底懵了，咬着苹果核一动不动，然后缓缓转过身子，动作僵硬，极不协调，她回过神来时，发现她的哥哥、父母，以及未来的嫂子都盯着她看，眼神里充满困惑。哥哥问她，又切到手了？她摇摇头。哥哥又问，还没睡醒啊？她走到茶几旁，丢开苹果核，摆出一副难以置信的表情，说道，你们没听见吗？哥哥说，听见什么？她说，没听见有人说话呀？哥哥说，听见谁说话，我们一直在说话啊，刚才正在聊你小时候的事情呢。她嗔怒道，你们就能在背地里说我坏话。然后就又坐回到未来嫂子的身边，用牙签扎起一块苹果，慢慢举到嘴边。

晚上从海边回来，她在黑暗里望着天花板，收音机在放一首很老的粤语歌曲，唱得凄婉，窗户半开着，咸腥的风一阵一阵反复吹进来，也能带来一丝凉爽，她的头枕在双臂上，想着白天里发生的事情，那些纷至沓来的声音，到底是怎么回事呢，难道是我幻听了，不会吧。那个声音那么真切，她听得清清楚楚，尤其是最后那个男人的声音，在他说出那句话时，她连自己鼓膜的震颤都能感受得到，甚至还嗅到了一点他身上的味道，很难去形容那是什么样子的，但跟海边的气息完全不同，要更强烈，更莽撞，也许跟太阳、泥土和洗衣粉有关。最后她吐了口气，想道，韩晓斌，我的天啊，那么遥远的名字，真不知道我是怎么想起来的。

她躺下很久都没有睡着，后来听见外面的地板有动静，虽然踩在上面的脚步很轻，但仍发出不小的响动，海边就这一点不好，新铺的地板用不多久，便会掺上湿气，轻微膨胀，经历几个来回，其间的缝隙变得大小不一，踩上去会有刺耳的裂声。听到地板所发出的那些声音，她便知道，那是哥哥起床了，他很心细，记得哪块地板发出的声音大，走在上面时便会刻意避开，他走得很慢，地板发出的声响节奏也慢，嘎吱嘎吱，像电视剧里那些旧摇椅发出来的，她能想象出门外哥哥的那副样子，皱着眉头，不敢迈步，极力控制呼吸，生怕咳嗽起来。想着想着，她忍不住捂嘴偷笑，然后轻轻下床，悄悄走到门前，猛地将门一把拉开，一阵过堂风在屋子中央旋转起来，她嘻嘻地笑着，站在外面的哥哥抬起头，抿着嘴，无奈的眼神落到她的脸上，然后便咳嗽起来。

哥哥靠在窗户前，风吹着他的后背，她倚靠在床头上。哥哥说，白天你是怎么回事？她说，我听见有人说话，你没听见吗？哥哥说，谁说话，没有见。她说，你还记得韩晓斌吗？哥哥摇摇头。她越过哥哥的影子望向窗外，天空是墨色的，海在两公里之外，浪的声音并不太真切，若有若无，但雾气已经渐渐笼罩过来，稠密而混沌，在岸上蜿蜒，也会随着风去追逐夜间的人们，并试图将其拥入湿润而沉滞的怀抱。海雾往往消

散得快，用不多久，又会变成低低的云，悬在半空，在每个人的头顶上徘徊；时间与话语会在雾气里裂开，黑夜与白昼被逐渐稀释，再凝结成一个个模糊不清的片段，从身边掠过去，发出一阵温柔的噪声，使人沉沉欲睡。

她说，韩晓斌嘛，你忘记了，从前总在大门口等我一起上学的。哥哥想了半天，说，记不起来了，你每天起得太晚，我出门要比你早得多。她说，好吧，那你也应该见过的。哥哥问，他怎么了？她顿了顿，说，也没啥，忽然想起这么个人来。哥哥又说，他跟你说话了？她说，没有啊。然后又低声嘟囔一句，反正也不是跟我说。哥哥说，我要结婚了啊。她说，是啊，你要结婚了，婚后就要搬走了吧。哥哥说，对，其实不想搬走，但也没办法。她扭过头来认真地问道，你真的不记得韩晓斌了吗？哥哥低头想了很长时间，然后说，风太大了，我帮你把窗户关上吧。

哥哥离开房间之后，她仍旧没有睡着。她想了很长时间，韩晓斌的样子浮现出来，穿着干净的校服和黑色球鞋，头发不怎么好，又枯又黄，土一样的颜色，她想起了他走路时的样子，背着书包，双手扶在肩带上，脑袋微微侧过来听她说话，眼睛却不看她，仿佛一边聆

听一边在思考着，偶尔也会向她发问，她想起他曾经问过的一句话，她甚至连他说这句话时的语气也想起来了。他问道，你要多久才能回来呢？那时大概是在她临走之前，她早已忘记了自己是怎么回答的，因为她也不确定自己要多久才能回来，更不知道自己还能不能回来，家里也没人知道，那时每个人的未来都是不确定的。她的哥哥脸色苍白，只要醒着的时候，便在咳嗽，家里常年都是中药的味道，烟气弥漫，十分呛人，无论何时，她在家里只要一闭上眼，就会有眼泪簌簌流下，每天晚上她都是这样睡着的。而她的父母呢，他们当时好像总是在打架，从早到晚，半夜也会争吵、相互攻击，辱骂声、摔门声、炉子里燃烧的声音、碗碟破碎的声音……吵得她无法安眠，有很多次，她只是合上眼睛等待天亮而已。那么，难道真像他哥哥所说的，她每天起床都很晚？怎么会呢，她又回忆起来，每天的第一抹光照进室内时，她都是迫不及待爬起床的，仿佛只要走出这扇大门，便可以暂时逃离屋内的烟火与黑暗。那么，她现在又不敢确定了，韩晓斌每天是什么时候来找她一起上学的呢，以及，他真的问过她那句话吗？

在哥哥的婚礼上，她显得尤为孤单，嫂子及其家人已将一切安排妥当，没有什么事情需要她去忙碌，只需扮演好观众的角色。她去得很早，坐在第一排，衣着鲜艳，椅子上挂着双肩包，嘴里含着一颗玉米糖，扭过身子去看盛大的入场仪式，巨大的音乐声传来，一首庸俗的外国情歌，哥哥举着花束从远处独自走来，很多束光追逐着这位新人，粉色、黄色与紫色，不停闪烁，气泡和烟雾在空中飞舞，梦幻般的景象，他走得有些踉跄，偶尔向两侧点头示意，害羞地微笑着，她虽然在台下，却也能感同身受，觉得有些难为情，于是低下头去，正好看见玻璃地面上映出哥哥的三道影子，高低不等，从同一个原点生长出来，像三位肩并着肩的朋友。

哥哥站定在舞台上，捂着嘴开始咳嗽，穿婚纱的妻子正一步一步走过来。她还在想那地上的三道影子，那个声音也在这时传来，男孩一样的声音，这次他讲得很慢，没有什么语气，机器一般地叙述，仿佛可以长久地讲下去，他说：一开始有三个朋友，他们在树林里结伴而行，阳光穿过缝隙照到他们身上，每个人的脸上都有一片树叶的影子。

舞台上，主持人登场了，形体动作庄重得有些夸张。她听见那个声音继续说：第一个人问，我们这么走下去会不会迷路，第二个人说，不会的，无论多么繁盛的树林，总会有边界吧，我们走出去之后，就会有新的道路，或者没有。第一个人又问，边界之后又是什么呢。第二个人说，沙漠、海、村子，或者没有。第三个人始终没有说话，微笑着聆听，但步伐却很坚定。

她彻底愣了神，笑容僵在脸上，目光凝滞，双手还在鼓着掌，即便所有人都已经停了下来。台上的主持人开着她的玩笑，说她可以先休息一下，手都拍红了，美好的祝愿不要一次性都送过去，细水长流嘛。人们满含笑意地向她望去，她满脸通红，十分愧疚，险些落下泪来，觉得自己被所有人戏弄了一番。

典礼结束不久，她没跟任何人打招呼，便从酒店自行离开，许多人在她身后吵闹，敬酒，祝福，她还在想，刚才是谁的声音，那个故事又是怎么回事呢，我是在做梦么，三个朋友，树叶的影子，新的道路。我一定是还在梦里。我一定是还在梦里。

假期结束，她返回学校，开始跟班级里的一个男生谈朋友，他来自更北的地方，说话声音低沉而富有磁性，身体强健，喜欢在清冷的早晨跑步。那天他

们在阅览室里翻杂志，然后又去校门口吃打卤面，饭后他们在学校周围散步，建筑的阴影投落在他们身上，大部分时候都是她在说话，她给他讲述傍晚时的海，远远地逼迫过来，视野变得越来越窄，没有金光，也没有海鸥，只有夜与雾，它们互相缠绕在一起，分不出彼此，风吹过来，木头和石头轻轻相撞，人与树的影子都慢慢被吞噬掉。然后呢，他问道。然后我就回家了呗，她笑着说。他附和着说，真想去看看啊，我的老家只有雪，半年都不化，黑泥似的脏雪，满街都是，不入夏不开化，但倒是也不滑，被人踩得结结实实，好像大地本来就应该是那个样子。她重复说道，大地本来的样子。

他们拉着手走在一起，她偷偷在看他的侧影，跟哥哥完全不同，他健硕、有力而优雅，胸腔宽厚，仿佛可以控制好自己身上的每一个部件，她从没见过这样自信的人。她对自己说，在经年的黑雪里，除此之外，你无法长成任何其他形态。走回到寝室门前，他目送她上楼，走上二层，她忍住没朝窗外看，走到三层，她站在窗前向外瞥视，发现他正仰头张望，双手抄在裤兜里，然后朝着玻璃后面的她挥了挥手，她也挥手作为回应，然后他扭头走掉，左手半掩着

点了一根烟，步伐轻快。他太自信了，知道刚才在楼前绝不会是今晚的最后一次告别，知道她会隔着玻璃看自己一眼，这么一想，她又觉得很疲惫，也觉得自己晚上说的话太多了，像他那么自信的人，怕是听不下去那么多话的。

睡到半夜时，她忽然醒来，觉得口渴，便下床去倒水，刚找到一只拖鞋，听见有人说了一句，你慢点儿，等等我啊。她先是笑起来，猜想这是寝室里的哪位同学说的梦话呢，挨个数过之后，她忽然打了个激灵，这个声音并不来自任何一位同寝室友，不是天南海北的方言，她忽然想起，这声音跟夏天在家里听到的一模一样，跟自己的嗓音接近，却也有些差别。她独自一人站在寝室空地的中央，发现室友都在睡觉，内心怦怦乱跳，既紧张又害怕，她咬紧嘴唇，闭上双眼，使劲想再去听到什么声音，然而却只有室友们轻微的鼻息。她对自己说，一定是听错了，要么就是隔壁同学说的梦话，于是她缩回到床上，搂紧被子，直到阳光穿透窗帘，才彻底放松下来。室友起床后看着她布满血丝的眼睛，问她是不是没睡好。她点点头，说昨天半夜醒来后一直也没睡着，然后扭过身去，决定逃掉上午的课。整个上午，她躺在床上做了一些朦胧的梦，由很多碎片组成，在梦里她只是个旁观者，一切虽然离她很近，但任凭她做何种努力，却也都无法触及，她只觉口干舌燥，一句话也讲不出，猛然惊醒时，那些梦竟然一个也想不起来了，像奔涌而来的海浪，消逝时了无踪迹。

接到男友电话后，她迅速爬起床，随便把头发扎上，准备下楼去取男友买回来的午餐。经过三楼的玻璃窗时，她想起昨天分别时的场景，便没有往下看，她走得很慢，一步一步迈下台阶，头脑昏沉，经过二楼的玻璃窗时，两个同学正从楼下往上走，她们问她怎么没去上课，身体还好吗，她点点头说，稍微有点不舒服，但没大事，其中一位同学又笑着说，他一直在外面等你呢。她听后很不好意思地笑了笑，继续往下走。走出不过几步，她又听见有人说，他一直在外面等你呢。她回头看去，发现刚才那两位同学已经走远，背后的楼梯空无一人，二楼的玻璃窗敞开着，内陆干燥的风灌进来，她身上冒出来的冷汗被迅速吹干，她觉得有点冷，但仍继续向下走，到一楼大厅之后，她鼓起勇气，拽紧袖子，咬着牙奋力向前迈步，这时，她又听见了一个男孩的声音，稚嫩，虚弱得有些轻佻，但也不乏温柔，他说，他一直在外面等你呢。她惊恐地睁大眼睛，发现身边经过的同学们毫无反应，她想，必须要找出这个声音的来源，女生宿舍楼里怎么会有男孩的声音呢。她环顾四周许久，西侧挂在墙上的钟停掉了，指针永远指向三点二十五分，楼梯间的角落处堆着几十个颜色各异的暖壶，有的还冒出几缕热气，宿管阿姨窗口旁的黑板上贴了一层又一层的广告，失物招领旁边是考研辅导，再旁边是近郊一日游，私家园林的照片在上面，光秃秃的矮山和半截野长城的照片也在上面；她站在女生寝室楼的大厅里，表情凝固，门外的男友又在向她挥手。

她听到了越来越多的声音，有时是几个声音相互之间在进行对话，有来有往，有时更像是对她单独诉说，毫无头绪。她甚至听到了婚礼上那个故事的后续，依旧是那个声音，不紧不慢地继续讲述：第三个人始终没有说话，微笑着聆听，但步伐却很坚定。他们继续向前走，走过夜晚、萤火、泥潭、嗡鸣、曙光与时间，经历争吵与和解，然后他们遇到了一条岔路，三个人决定分道扬镳，各走其中一条道路。

她想，这是故事的结局吗，那些曾并肩而行的，终究要独自选择一条无人陪伴之路。这个故事她听了一遍又一遍，

每次都是到这里戛然而止。三条岔路在她脑海里逐渐显现，变得真实可触，一条泥泞污浊，一条细窄茂密，还有一条，她始终也看不清楚。

与此相应的是，她好像越来越听不见那些真实的声音，无论是老师讲课说的话，还是同学们的闲聊，男友的问询，耳畔的音乐……她总要强迫自己集中精神，才能听见其中的一小部分，那些句子总被虚空中传来的声音毫不留情地截断，没有任何预兆，她要凭借经验才能分辨出哪一种声音才是此刻她所需要聆听的。而她越是皱紧眉头全神贯注，在旁人看来，就越是心不在焉，她疲惫极了，很少说话，轻飘飘地走路，跌倒，自己再爬起来，愣在原地，直到很久之后，才有人发现她，像一座颤巍巍的塑料雕像，在风里前后摇晃。

她很多天都没有睡过好觉，也在反复地思考，怎么会变成这个样子呢，没人能给她一个合理的答案。她觉得自己的精神正一点点耗尽，她需要一个漫长的假期，无所事事，只与山海为伴。在此之前，男友也曾带她去附近城市散心，他们逛了园林、纪念馆与教堂，教堂外面栖息着许多灰白色的鸽子，皮毛光滑，眼神呆滞，行动笨拙，等待着被饲育，没有食物吃的时候，它们会去啄地面上

的烟蒂，不断叼起来又再吐出去。他们进入教堂内部参观，两侧的青砖墙上挂着许多打印出来的劣质照片，图像很模糊，诉说着在过去的一个时代里，这座城市里的人们是如何去生活的，她盯住其中一张看了半天，那是一条旧时代商业街的全景，繁体字招牌挂在街的两侧，有人在门口讨价还价，还有人侧身挑着扁担经过，来往者众多，热闹非凡，照片的像素很低，每个人的脸都只是一团马赛克，但她努力地想要去辨清楚每个人的脸庞与去处，她想，我的命运和所有人一样寻常。她盯着看了很久，也想像照片里的人那样，永远静止在某一时刻，成为一座时间里的雕像，没有声音能驻留在其中。男友一直在身后默默地看着她，几次伸出手去又都缩回来，像一位不忍心打扰他人午睡的好心人。

吃过晚饭，他们又在商场里逛了几圈，便回到酒店休息，男友很快便睡着了，响起轻微的鼾声，她却久久无法安眠。换一个城市的话，那些声音真的就会消失吗，她不敢确定，内心却抱着一丝希望，这种希望也可以置换成一种等待，她在等待那些声音的到来，不敢入睡。后半夜里，她爬起来去卫生间，听见隔壁哗哗的流水声，困意袭来，她想，这次应该能睡个好觉了。于是，那个声音又传来了，这次不是说话声，更像是从收音机或者电视机里播放出来的，或者事先用磁带录好再播放给她听的，语气夸张，带着刺刺啦啦的电流噪声，她听见一个男人用力喊道：你给我等着，迟早我们会再见面。

她坐在马桶上，想要努力保持镇定，但却克制不住自己的绝望，浑身不停地发抖，隔壁的水流声停止了，她扶着洗手台勉强站起身来，拧开水龙头，让水流声继续。她看着镜中的自己，冒着虚汗，大口喘着气，脸色发白，像是泡在海水里的人。她理了理头发，一步一步挪回到屋内。男友听见响动，睁眼问她怎么了，她神情恍惚地回答说，没怎么，你继续睡吧。男友问她，是不是又听见什么声音了？她回答说，没，听见水流声了，唉，可能是我忘记关水龙头了。男友说，我去关水龙头，你过来躺下睡觉吧。她说，你好好休息吧，白天很累，我想看会儿电视，不用管我。她打开电视，调成静音状态，拿着遥控器来回换台，专心致志地看着电视里的购物广告，只需六百九十八，好睡眠买回家，她想，我需要一个好的睡眠，然后又是一个女性内衣广告，十天塑造挺拔完美女人，她想，只需要十天。再接下来是一个生肖纪念币的推广，纯手工锻造，大师手笔，惟妙惟肖，相关部门权威认证，收藏馈赠佳品，只限量公开发售五百枚，前一百名打进热线电话的观众如果购买还有价值千元的礼品相赠。她偷偷掏出手机，按照电视屏幕下方的号码拨过去，没响几声，便有一位女孩接起电话，以慵懒的声音向她问好，她小声问道，我是前一百名打进来的观众吗？女孩顿了一下，然后说，是的，您是第六十七位，恭喜您，购买纪念币的同时可得千元好礼，请问您想怎么付款呢？她说，谢谢，我就想知道我是第几位。然后便挂掉电话，外面的天逐渐亮起来，阳光透过肮脏的窗帘照进来，她捏着手机想，我是第六十七位，人群里的第六十七位。

行李收拾好后，哥哥来接她回海边，男友也来送站，帮她提着几个大包，候车期间，他们在外面一边抽烟，一边低语，只留她一个人坐在橘色的塑料椅子上。天已经完全黑下来，车站很乱，到处都是腐朽的味道，许多声音涌进她的耳朵，反复播放的叫卖声，听不懂的方言，远处的汽笛声，几百双鞋子摩擦地面的响动，群声环绕，她被包裹在其中，却觉得十分安全。她想，如果现在那个声音出现，也许就不会再害怕了。

然后那个声音就传过来了，像是从

天空里滑翔而至，带着冰凉的水汽，只为奔赴这一场相遇，又是那个男孩的声音，在她耳边毫无感情地讲述，然而这个故事的前半部分，她已经听到过许多次：

一开始有三个朋友，他们在树林里结伴而行，阳光穿过缝隙照到他们身上，每个人的脸上都有一片树叶的影子。第一个人问，我们这么走下去会不会迷路，第二个人说，不会的，无论多么繁盛的树林，总会有边界吧，我们走出去之后，就会有新的道路，或者没有。第一个人又问，边界之后又是什么呢。第二个人说，沙漠、海、村子，或者没有。第三个人始终没有说话，微笑着聆听，但步伐却很坚定。他们继续向前走，走过夜晚、萤火、泥潭、嗡鸣、曙光与时间，经历争吵与和解，然后他们遇到了一条岔路，三个人决定分道扬镳，各走其中一条道路。第一个人走了许多天，最终走出了这片树林，他扶着林中的最后一棵树向远处望，前方是炊烟四起的村庄，那一刻，他决定在村庄里住下，参与耕作、祭祀与战争，等待他的同伴前来会合；第二个人走了许多天，路越来越狭窄，直到树木封住所有的去路，他转过头去，发现身后却是更加密不透风的丛林，枝叶纠缠在一起，幽暗而诡谲，树梢高耸入云，不可撼动，他坐在中央，被其紧密环抱，说道，或者没有，然后等待自己也变成其中的一棵；第三个人独自走了三天，便遇上让人辨不清方向的大雾，他顶着大雾又走了几天，雾气渐渐散去，一切清晰起来，他发现自己面前是无垠的大海，阵阵海风吹来，广阔并且温暖，波浪浸润他的脚踝，他只望一眼，便又返身回到树林中去，想去告诉另外两位同伴，第三条路是通向大海的，当然，他们可以选择这条路，也可以不选择，然而失去雾的指引之后，他却再也没有走出过这片树林，也再也没有找到过岔路、海或者同伴。他在树林里不停地走，日夜不歇，走过夜晚、萤火、泥潭、嗡鸣、曙光与时间，后来他不再沉默，开始试着说话，跟每一棵树低语，他对它们说，不必害怕迷雾，那里面会有一条通向大海的道路。

她想，终于，我等到了它的结局。听完的那一瞬间，她有些不知所措，口香糖还在嘴里嚼着，故事还来不及回味，男友和哥哥便一前一后回来了，带着一身烟味，她嗫着鼻子努力去闻几下，想要记住这种味道。男友抱着她的肩膀跟她告别，然后自言自语，也像是对她小声说了一句，你要多久才能回来呢？她不敢回答，只是站在那里，一句话也不

说。她心想，好熟悉的一句话，韩晓斌也对我说过同样的话，很久之前我听到过，夏天的时候又听到过。但这次的声音是谁的呢，是面前的男友还是遥远的韩晓斌。她已经分辨不出他们的声调到底有什么区别，只好谨慎地选择不回答，她宁可去沉默、去冷落，也不想再与虚空对话。这样的事情最近已经发生过不止一次了。

哥哥坐在行李上，又低头咳嗽起来，双手尽量捂住自己，看起来十分痛苦。她忽然开始觉得，刚才那个男孩的声音，有点像儿时的哥哥。哥哥站起身来，在咳嗽的间隙，轻声对她说，时间差不多了，车要进站了吧，对了，我离婚了，咱们回家吧。她跟在哥哥后面走入站台，依旧没有说话，只在玻璃门的倒影里看着男友，看他径直走出车站，脚步沉着，掀开油腻厚重的门帘走出去，没有停留，也没有回头。

她开始吃药，圆形的白色药片，每次饭后哥哥都会帮她倒好温水，并将药片递到手心里。她在漫长的假期里变形、发胖，日渐虚弱，跟从前判若两人，听医生讲，这种情况叫作向心性肥胖，是药里面的激素导致的，激素能促进糖异生，升高血糖，促进蛋白质和脂肪分解，

另外一个副作用是，她的头发也越来越少，大把大把地掉，甚至堵住了下水漏网。她的父母已经退休，愈发苍老，他们不再吵架，却开始窃窃私语。她的父亲经常坐在阳台的摇椅上，喝着凉透的茶水，有时会愣神很久，然后忽然关切地询问，还能听见那些声音吗？她读到他颤动的嘴唇后，怯懦地回答说，好多了，基本上听不见了。

那些声音好像的确在减少，但并没有消失。有一段时间里，她也认为自己是生病了，而那些白色药片可以治疗她的疾病，作用是降低那些声音的音量，或者使那些声音变得不可辨认。但吃过几个疗程后，那些声音依然清晰、迅疾，突如其来地向她展示过往的记忆或者另一片开阔的境地。她想，也许这些声音属于一段特殊的频次，它是真实存在的，但除我之外，没人能听得见。于是，她与自己约定保守这个秘密，不对任何人说起，药还在吃，每天六粒，哥哥咳嗽着侧身递过水杯，像一个巨大的阴影笼罩过来。

她每天都会照镜子，所以对自己身体上的变化既不惊奇，也不沮丧，她想，也许这才是我本来的面貌呢，失神而丑陋，毫无克制，她并不羞于向人展示这副模样，亲戚、邻居或者老朋友问她怎

么发生这么大的变化时，她会不厌其烦地解释，说自己吃的药，医生的诊断，以及自己听到的那些声音，三个朋友的故事，以及许多其他故事。她说得非常仔细、详尽，像是一位极其称职的老师，不厌其烦地将课文的每一部分都加以拆解阐释，直至没人再敢问起这个问题。

她还经历过一次相亲，他们在咖啡馆相约见面，男孩给她带了一本书作为礼物，她什么都没带，两手空空，有点不好意思，他们谈了一整个下午，开始时很投机，聊对于某件新闻的看法，也聊各自喜欢的事物，他们喝掉好几杯饮料，然后她开始频繁地上厕所，厕所在二楼，她每次都喘着粗气在狭窄的楼梯里爬上爬下，弓着腰，缩着脖子，小心翼翼地迈步，满头是汗，男孩很体贴地没有去看她，并坚持在座位上听她讲完自己的经历，礼貌地告别之后，他们便再也没见过面，但她已经很满足了，并时常会想起这个男孩。

洗漱时，她总会盯着镜中的自己，牙膏沫从嘴角流下来的那一刻，她会想起第一次听见那个声音的中午，那时候，哥哥正准备结婚，自己还没睡醒，父母还没来得及老掉，而有人一直在外面呼唤着一个遥远的名字。

她仍保持着每隔几天就去一次海边

的习惯，父母通常会陪伴着她，如果天气很好，没有风和雾，哥哥也会跟在后面，吃完饭和药之后，他们一家四口便会出发，锁好门，转身下楼，沉默地走路，相互照应，携扶着经过街道与树丛，再绕开尖刺、碎石、铁栅，来到这片荒废的野海面前。傍晚时候，周围会比天空提前一点暗下来，海与天空的交汇处是一层渐进的灰色，空洞的光芒隐匿其后，一片涣散与动荡的景象，而眼前那些沸腾咆哮着的海浪与泡沫，在远处平静的海面上，不过是一道轻微的折痕而已。

也许是由于铁栅的原因，来这里看海的人越来越少，有时只有他们一家人守着这片野海，直到夜里，星光黯淡，雾从海上升起来，上升又上升，准备缠绕并吞没大地，他们才开始往家走，海雾吞噬着他们的影子，像一场追逐的游戏。只有那么一次，她落在最后面，陷入在潮湿的迷雾之中，这里也是温暖的黑洞，她听到许多人在说话，对话声搅在海浪里，一并通过雾气传递过来。她闭上眼睛，皱紧眉头，仔细去分辨这些声响，她暗下决心，如果在这些声音里，她听见有人要她等待，哪怕只是几个含糊的音节，一句虚弱的低语，她就留在这片雾里，从此不再回去。

半明半暗之间

文｜匿名作家 002 号

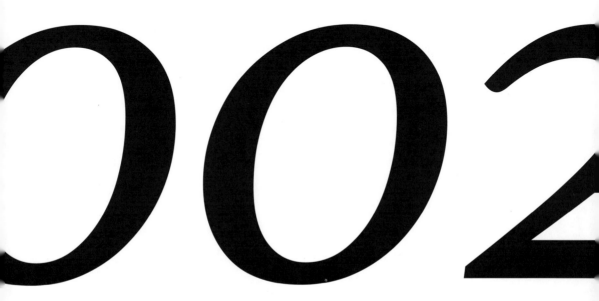

I

他已经三十四岁，时时感到不论肉身还是生活，都在出现不可挽救的裂缝，这些年，每当秋风吹起，叶子摇摇欲坠，他走在路上听响儿，觉得真到了该放弃一切的时候。他知道裂缝会越来越大，风声会越来越响，他不信神但后来觉得应有一个上帝，他不知道上帝想拿他演奏些什么，他听着自己拼命地发出声音，吵闹，讥诮，苦笑，最后是悲凉的呜咽。不像一首歌，是什么不知道。再过几个月，不到阳历年，他就三十五了。中国最好最常青的足球运动员郑智今年三十七岁，大概已到了退役的前夕，普遍的意见是他赶不上下一届世界杯预选赛了。他在沙发上看郑智低垂的脑袋，说不出话来。这意味着留给他自己成为职业球员的可能和留给中国队的时间一样，都没有了。

是的，他曾想成为一个职业球员，一直都想，但他的足球水平一直很差，跟专业水平没法比，在业余里也只能算末流。他的人生中也没有出现过任何一丝可能成为职业球员的希望。他唯一做成的事情就是把这个失败坚持了很久。"你要是能进中国国家足球队，那中国足球才是真没希望了，"他记得大学时的语文老师这么说，

"你还是好好读书吧……"老师咬着后槽牙咽下了后半句嘲讽。他看到年轻时的自己从讲台上跳下来，同学们发出一阵爆笑，教室里洋溢着快活的空气。

他每个礼拜去两次健身房，踢两场球。第一场球在周二晚上八点半，第二场球在周六晚上六点。周四晚上他去健身房做腿部力量训练，周六下午，踢球之前，他再做一次力量训练为晚上热身。周二晚上是5V5的小场，周六晚上是8V8的大场，相对小场他更喜欢大场一些。他在饮食上非常注意，肉类只吃牛肉、鸡胸、海鱼，健身房门口有个面包店，他在那里买全麦的面包。蔬菜是必不可少的，他只吃西兰花，他把它们整齐地码在铺了锡纸的烤盘上，烤熟之后像完成任务一样吃掉。这样的饮食不让他觉得枯燥，事实上"坚持做一件事直到彻底失败"对他而言并非什么难事儿，也不以为苦，他明白自己真正缺少的是什么东西。他不聪明。

他想加入中国国家男子足球队这件事，在最开始，在他自己看来，并不完全像是一个笑话。起码人们不应该这样嘲笑一个十六岁的，身处山区，没有经过专业体育训练，满脑袋荷尔蒙的孩子。他每周一中午骑自行车到白羽路口的卓越书店买《体坛周报》《足球报》，以及

中国足协办的《足球世界》，每天下午的课外活动都在满是土的操场上踢球，把膝盖摔得伤痕累累。他了解从80年代起的每一届国家队，为球队不能冲出亚洲而伤心不已，课间他摇头晃脑地和同学们说兵败五一九，黑色三分钟，用文具盒当惊堂木，像个壮志未酬的退休老干部。他被这件事儿弄昏了头，月考掉到班里倒数第三，每逢数学课就被勒令到最后一排站着听讲。晚自习，他满身运动后的臭汗，懊悔自己刚才有一个下底传中没有到位，班主任看着他坐在椅子上浑身滴水，像一块墩布，眼神里充满了愤怒和厌恶。这才刚上高一，他已经开始显出健壮，胡子天天要刮，腿毛密密麻麻，皮肤倒是没有晒黑，透出健康的红晕。初中时令他头痛的体育课开始变得轻松，他个头超过了一米七，立定跳远成绩达到了两米三，百米开始能跑进十三秒，他打算下学期开学瞒着家里去市里考足球学校，并开始偷偷存路费和报名费。

他那时对职业足球的全部认识，来自于道听途说，那几份报刊以及央视转播的意甲联赛，他看到黄健翔比自己的体育老师还要亲切。他根本意识不到，即使他搭上高中三年的学业拼命训练，以他的半吊子水平和身体素质去搞职

业体育，运气好了能靠着走关系变成一个体育老师，运气差了就是彻底的自我毁灭。他对这一切毫无认识，只是把梦想藏在心里，骄傲不已。"有一天我要拯救中国足球。""冲出亚洲走向世界。"他念着报上读来的陈词滥调，幻想自己穿上那身球衣，端着肩膀走进更衣室，手里牵着一个球童……然后中间发生了什么他没法想象，大概就是在场上连续过人，打进关键性的进球……也幸亏他不说出来，才没有招致更多的嘲笑。这些关于足球的雄心，和他其他那些雄心一样，就那么可笑地待在那儿，等待最终在多年后变成灰烬，化为泡影。但那时他还没有停止努力。

除了踢球，他还能写点东西。他唯一像样点的成绩就是语文了。前面的选择题一般都是全对，阅读理解也难不住他，怎么写作文似乎是无师自通，他能轻易地拿到高分，语文老师希望他能成为一个作家，说他的作文是学生里唯一有"个人风格"的，但其实他那时根本不懂什么叫"个人风格"。其他的课程，他就再没有这么好的运气。比如体育成绩，虽然提升了，但离身体素质最好的那些学生，还是有很大的差距——天知道他凭什么觉得自己可以做职业球员。语文老师每周二都在晚自习的时候给全班读他写的周记，他浑不在意，只在心里念李贺的诗："男儿何不带吴钩，收取关山五十州。"足球就是他的吴钩，世界杯就是他的五十州。"00711的谢方是真疯了。""不想考大学了，成天在操场上跑。""通知家长吧。"

他始终没有搞清楚自己对足球的爱是怎么形成并确立的。这一切显得没什么道理。就像……雨水从山脚逆流山顶，冲垮了一间不存在的麦当劳。有一次，他试图模仿范志毅，做出鱼跃冲顶式的射门——在没有草皮只有砂土的场地上，像谁不知道，不像范志毅是肯定的，他一头撞在门柱上，血流不止，浑身是砂土刮出的伤。范志毅才不会这么傻。学生们一下子围上来，他躺在地上看着模糊的蓝天。球不知道有没有进，他反正是被父母禁止再进球场了。后来他在医院缝了五针，他父亲专门来了学校，动员老师们一起对他严防死守，围追堵截。但没有用，他的青春期没有早恋，没有歌舞，只有这个脏兮兮的运动，他动用自己所有的叛逆来对抗，瞄准一切空子见缝插针地在场上驰骋，人也一天天变得越来越壮实，他的父亲肯定打不过他了，体育老师倒有一战的实力……有一天，他穿着短裤坐在客厅，母亲望着他茂盛的毛发叹气，说，真的是长大对于自己毛发旺盛一事有更多的认识，得等到很多年以后。他踢完球坐在场边抽烟，看着队友挺着肚子在场上练射门，风太大了，他觉得自己的腿毛在飘，队友扭过来看看他突然说，妈的，你人这么秀气，腿毛怎么这么长？

那是1997年，足球在这个边远的山区纯属个人行为，也没有任何影响力。学校官方不组织，社会力量不支持，体育老师们对此一窍不通，女学生也看不懂。只有一小帮昏了头的高中男学生自己在瞎踢，他靠着厚脸皮和热情混进去，成为了其中之一。足球是他整个高中三年最投入的事情，比对自己的学业认真多了，每个周日晚饭后的返校日，他可以在马路边带球，一路带到学校，他不在意路边的人怎么看他，他沉浸在自己的世界里，觉得自己是罗伯特·巴乔、高峰、郝海东。

不管别人怎么认为，是足球拯救了他灰暗的青春期。在迷上这个运动之前，他近视，瘦弱，忧郁，一天到晚在家里闷着看书，经常生病，唉声叹气，也不乐意跟人说话。但自从他开始带着球在一群人中奔跑，摔倒，像别的男生一样大声喊叫，他开始获得一些那个年纪的小孩儿本应获得的快乐。他曾经担心足球带来的快乐是不是会影响他的品质，毕竟杂志上都说，只有流氓和坏孩子才能踢好球——他并不想当流氓，但这种快乐还是带给他一些隐隐的罪恶感，支持他跟着大伙儿一起在寒暑假翻越体育场的围墙偷用场地。他确实变了，初小时他最大的快乐是穿着宽大的衣服在房间里晃荡，觉得自己是列子，能浩浩乎如凭虚御风而行，高中时，他只琢磨怎么才能更潇洒地带着球从对手身边抹过去，其余的怪念头随着一脚脚射门被他甩到了乌南交趾国。

2

莲花路建设路路口的房子是九六年买下的。他的父母很为之开心。原先位于白羽路南段的住宅是之前绿茵公司集资盖的联排，令人不满之处甚多，因此被卖掉变成了置换资金。况且住在那里的时候，正是他多病而灰暗的初中时代，

事实上那几年他父母的感情和工作也谈不上顺利，总之，可以摆脱那个区域，无论如何都是令人开心的。新房子在岗上，离高中不远，在一条死胡同的尽头，胡同外面是个小断崖，修成一个斜坡，延伸到路边。这里盘根错节地塞着十几

栋自建房。房子是县城里标准的独栋，每层层高三米五，有两层半——三楼是个露台，有一间储藏室可以用来堆杂物。父母住在底楼，他照例住他们顶上一间。每天晚上到了十点，母亲依然像初中时那样，在楼下高喊一声，勒令他关灯睡觉。

关灯之后的时间是他的。他小心地遮好窗帘，从床边的脚柜里将偷偷买的台灯拿出来打开，开始看书。不论什么，只要是跟课业无关的就好。这个习惯已保持多年，从他开始有自己的房间起。小学时，是一些小人书，连环画，舒克贝塔，卡里来与笛木乃，初中时他开始看小说，《红楼梦》《幻灭》《高老头》《大卫·科波菲尔》，另外一部分是父亲做教师时，从学生手里收上来的。值得让学生在课堂上冒险偷看的书，往往都是最好看的，《少年文艺》，"五角丛书"，琼瑶金庸，凡此种种……他就这么一直看到了现在，良好的语文成绩给他换来了语文课上自由活动的特权。但数学就没那么容易了，而这是高考必考的。进高中后，他花了太多时间在足球上，上课都在睡觉，虽然不止在数学课上睡——但等他意识到自己数学成绩跟不上时，已有些晚了。高三，父亲只好花钱为他请了一个补习教师，是高中退休的老校长。一同补习的还有另一个女孩，

她沉默寡言，能记下字迹秀丽的笔记，但他还是看得出来她在数学方面和他一样不在行。

每个星期天的下午，他骑自行车到老校长家去，将落下的课程告诉这个白发苍苍的人，然后听他慢慢地再说一遍。诚实地说，那是他第一次开始觉得对数学有一些兴趣。老人讲得清楚又明白，他也展现出了不同于学校课堂上的敏捷。他回想自己本来的数学老师，发现完全没有办法听进去他说的内容，这种情况很像多年以后他面对一个自己不喜欢的女朋友的抱怨。但是太晚了，离高考只剩下一年了，父母拿出这笔钱给他开小灶已是极限，他们只求在高考时他的数学成绩不至于拖后腿，没有人相信他在数学方面会有兴趣，会取得什么成就。他自己也是这么想的，等到混过了高考，他只可能报中文系，这似乎是早就确定了的。每个人都在为报志愿苦恼，他完全没有。如果不学这个，他又能学什么呢？老校长姓白，在他最后一次来补习的时候教了他一些应考的策略，无非是沉着冷静，遇到不会做的题先跳过之类。他们在补习中积累了不错的感情，他之前从未奢望过得到数学老师的爱，这还是第一次，但这之后，他再也没有见过老校长。

高考成绩出来之后，这个家庭曾短暂地沉浸进了一种喜悦里。那是 7 月中旬，天气很热，北山里的亲戚送了西瓜下来，他打电话到一个公用的查分号码，但一直拨不进去，于是父亲一大早跑去了教育局看放榜。父亲回来的时候，他正在客厅吃那个西瓜。他的成绩还不错，按照标准分那种复杂的算法，他算是超常发挥了。语文他心里有底，除了作文会扣分，其他应该是全对了，政治、英语，都是该有的样子，历史出乎意料的有点低，有可能某道大题没有博得阅卷老师的欢心，但也没有到不可接受的地步，然而这些都不是重点。重点是，他的数学史无前例的及格了。这是他整个高中三年的唯一一次及格，及格在了最合适的时候。他考上了。按照家庭的安排，他必须去南京读书。他对这个城市一无所知，只是因为有一个姑姑在那里。"总归有个照应吧。"他父母的想法简单而朴实，实际上是毫无了解的赌博。这样一个决定，就这么做下来了。按照他的成绩，如果读就近的大学，郑州，西安，武汉，都有不错的选择。但南京，那里对此地招生太少，志愿选得非常困难。最后，他在一所专科院校里，选了一个中文系。总归在南京。南京，他喜欢这个名字，喜欢每隔几年就会来这里省亲的姑姑一家。这样的选择，想来并不至于不妥。那时他沉浸在一种从未有过的轻松和欢乐里，人在轻松和欢乐里做不出正确的选择，起码在我们这个国家如此。地狱般的高中生活已经过去了，像一个噩梦，但是过去了。

高中后两年，学校开始了所谓的封闭式管理。每天早上六点半，他们起床出早操，在操场跑两圈半，跑完步上早自习，早自习八点钟结束，他们被允许在学校食堂吃一些色泽灰暗的早饭：胡辣汤、烂糊面、炒的土豆块、油条、包子、黑乎乎的白面馒头……早饭的时间是一个小时，之后是上午的四节课，一直到十二点结束，中午连同午休，休息两个小时，之后又是四节课，然后是晚饭，晚饭到晚自习有两个小时，这段时间，他基本上都用来踢足球了。直到晚上十点，这些形容枯槁但依旧兴致勃勃的孩子们，被允许到宿舍休息、睡觉，然而必须抓紧了，因为十一点就要熄灯断电。这样的日子，一周六天，雷打不动。周日上午是老师不进教室的自习课（他们躲在教室外面，偷偷从玻璃窗里朝里看，找出那些没有认真读书的孩子加以惩罚），周日下午，他们被允许回家一趟，但必须在晚间熄灯以前回到寝室。在这样的进度下，他们在高二一年，学完了高中所有的课程，并被告知，高三一整年都将用来模拟考试。

不是没有喘息的时机，不是这样的。高中生有着锁链和围墙也挡不住的热情，有一段时间，不知道是谁先发现的，一个流言开始在学生中流传：熄灯后，从宿舍底楼的某间厕所，可以翻到操场，然后从操场较低的围墙处，可以翻出学校。这当然是真的。一天晚上，他跟着这么干了。尽管有掉进粪池的危险，但他发现，如果不出差错，那么点高度确实拦不住他。而操场的围墙其实并无缺陷，只是因为在某个长着野草的墙角堆放着不少沙包，他们把这些沙包摞起来，然后翻了过去。要翻墙出去的学生并不是很多，有想去外面玩游戏机的，有想看足球世界杯的，也有情侣出去约会的，大家出了围墙以后便各自散去，但像他们一行这样，没有什么目的的学生，确实很少。他们一行四人，三男一女，他、小华、李冰、朱砂。

可以确认的是，他们三个应该都喜欢朱砂，但朱砂喜欢谁，那时没有人知道。他们用一种奇怪的方式形成了一个集体：结拜兄妹。小华最大，是哥哥，朱砂其次，是姐姐，他再次，是三哥，李冰是四弟。四个人结义，并没有什么了不起的仪式，倒像是个化解尴尬的借口。他们在夜晚

的马路上游荡，一路从学校外面走到了中心广场、小公园、滨河路，谈资也是出奇的贫乏，最后就变成在路上唱歌，聊一起看过的电影、电视。朱砂不是县城里长大的女孩子，她父亲从北京军区转业到县里的某个机关，将她一道从北京带了回来，从高一开始借读。朱砂的成绩一般，但眼界全非他们可比，她几乎有所有香港明星的卡带，看过无数好看的电影，说一口标准的普通话，皮肤白净，瘦瘦高高。他能够明确地感觉到，朱砂可能喜欢小华，也可能喜欢李冰，但唯独不可能喜欢他，他是最暗淡的一个，但他并不因此沮丧，仍旧愿意在这个群体里混着，看另外两个男生为朱砂争风吃醋，或者让朱砂借助他刺激另外两个人。他的心思很简单，只要可以离开那个可怕的、地狱般的学校一会儿，让他做什么，他都会愿意的。而且即使走了一整夜，他们回来上课，也没有一个人是疲惫的，每个人的眼里都冒着光。这种彻夜的游荡、歌唱，是他高中三年最快乐的记忆，他仍记得他们一群人在杳无人迹的、黑灯瞎火的中心广场，围着巨大的"腾飞女神"雕像，四重唱"你知不知道，你知不知道，我等到花儿也谢了"，朱砂负责前面低声的呢喃，三个男生负责后面高亢的吼叫……

多年以后，当他们大腹便便，纷飞天涯，在 KTV 里面觥筹交错、歇斯底里之际，都会被这段旋律带回这个夜晚。

那种四人夜游的日子，在高三之后结束了，李冰和小华应该都以自己的方式向朱砂表达了爱慕，他便由此显得多余。再之后，李冰、小华、朱砂因为他不知道的原因各自反目，但那已经是高三之后的事情了。说起来高中的日子里，他常常像别人生活的布景，轻轻掠过的 NPC，后来，应该是到上海之后，他陪着两个朋友一起看《乱世佳人》，郝思嘉和白瑞德吻在一起时，一个小提琴手适时入画，拉起美妙的旋律，他从椅子上弹坐起来，指着那一幕大叫："那就是我，那就是我，那就是我想成为的角色，一个婚礼琴师。"然而即使不做主角，他好像也没有见过多少美妙的幸福。

3

越了解他进入的这所大学，他就越失望。并不是这学校不好，它在农林方面有首屈一指的实力，然而对于一个有志于中文的青年学生来说，有些牛头不对马嘴。在学生军训聊天的时候，他打听出了本校专业的等级，那些林学、森环、园艺、环科、机电、木工，比起他们都更合适待在这个学校里。没有人告诉过他这些，在填报志愿的时候。他觉得自己更应该去的似乎是师大之类的学校。但是一切都晚了。军训结束的时候，就有一些同专业的学生选择了退学复读，他没有勇气这么做。他没有办法再接受一年可怕的高三生活。他在这个不怎么合适的地方待了下来，情绪上很消沉，人也变得沉默起来。

让他变得沉默的并不止这些。他吃不惯学校食堂的饭菜。他不能理解为什么所有的菜里都要放糖，这里的红烧肉是甜的，炒青菜是甜的，馒头的面也黏黏的，没有麦香味，仍旧散发出一种甜腻，食堂可以畅吃的只有他不怎么喜欢的米饭，有一次他买了一个包子，咬了一口就恶心地扔了。包子馅也是甜的。他被这个满是糖的世界击溃了。但他一个月只有四百块生活费，这不足以支撑他到外面的餐馆去吃。况且他已经把两百块充进了饭卡。他每天都在被饥饿折磨。他明明已经往肚子里塞了一大堆自己不喜欢的食物，但还是饿得无法忍受。入学三个月以后，他掉了五公斤体重。他电话给家里，要求加生活费。他打算到学校附近找一家北方的面馆定点吃饭，但是母亲拒绝了，她和父亲的工资加起来还不足1000元，这已经是他们能拿出来的全部。但不知道母亲后来做了什么工作，他的姑姑似乎知道了这一点，每个周末会叫他去家里一次，给他烧一些合口味的东西，然后再给他买一个礼拜的速食带回去，香肠、方便面、饼干、鸭胗……姑姑有一个女儿，大他五岁，染一头黄发，对他很好，带着他在苏果超市里晃悠，把每样他看了一眼的零食都丢进了袋子里。他靠着这些东西维生，但体重始终没有恢复，到年底回老家的时候，他整个人瘦得脱相了，母亲看到他的模样掉下泪来，把每月的生活费加到了四百五十元。

不是没有想过勤工俭学，但他遇到了意想不到的困难。按家境，他不能算特困生，他如何能在那个申请表上写"我每天中午吃半斤米饭，但仍旧觉得吃不饱，所以希望学校给我特困生补助"。他也没有办法将自己跟"特困生"这三个字联系在一起。学校给特困生安排的岗位是打扫教室、体育场馆和洗衣房帮工。他觉得这些工作他都无法胜任。他从小只被要求学习，在家里，什么事情都没有做过，每每他拿起扫把，就像举着一只巨大的毛笔那样好笑。而大学生最常

担任的家教，他也没有优势。他到锁金村的中介去问询，得知家长们都青睐师大的家教，他一个专科的中文系，听起来令人狐疑，他的资料在中介那里挂了几个月，无人问津，他恨不得把高考成绩单附在后面，以证明他有资格辅导高中语文，但是中介的人只是冲他笑笑，说，家长们都喜欢女生家教，男生本来就不好找。这条路算是彻底堵死了。一年级下学期，三月里的一天，一个住在对面寝室的男生挨个人询问有没有人想打工，他马上过去招呼，原来这个男生在狮子桥附近的一间饭店打工，由于人手不够，就回来学校拉同学。他迅速搞清楚了报酬，一小时七块，"和麦当劳一样"，工作时间是每晚用餐高峰的六至九点，职责是传菜，就是把菜从厨房间端到服务员那里。他马上答应了下来。除开能挣点钱，这也是了解新世界的机会。南京的一切对他而言都是陌生的，他对这一切都充满了跃跃欲试的热情。

南京对他而言太大了。他成长的县城，只有一万多人，可能到两万，也可能没有。城区只有三条大的竖马路，四五条小的横马路。这样一个地方的特点是，所有的人几乎都彼此认识，街上出现一个陌生人，十有八九就是别处过来的小偷，这里的人口是不流动的。如

果旷课和逃学也非常的麻烦，一不小心就会被人看到并告知父母。但他渐渐发现，在南京这一切都变了。从学校到湖南路的狮子桥有公交车，但是更方便的办法是骑自行车，他从姑姑家借了一台出来，停在楼下的车棚里，每天下午，最后一节课上完，他和几个打工的男生一起，从新庄穿到新模范马路，然后中央路、湖南路，这么一路过去。大约要骑上半个小时，在后厨换上制服：一件白衬衫，一条黑裤子，不怎么合身，但是烫得很挺括，他太瘦了，总觉得衬衫背后嗖嗖地走风。由于新模范马路修路，他们有时会绕着龙蟠路骑到中央门，然后从中央门一直骑到湖南路。后来，每个周一的晚上，他们会在中央门的肯德基买汉堡，每周一晚上，十一块可以买两个香辣鸡腿堡，一个做晚饭，一个做第二天的早饭。后来他突然意识到，不论走哪条路，他都没有遇到过认识的人，学校的老师、同学、家教的中介、自己的姑姑、姑爹、姐姐。这让他觉得既失落又轻松。他习惯了在县城里，走在街上，满面堆笑，和迎面而来的每一个人打招呼，在这里不用这么做了，这让他觉得轻松。

狮子桥的这家饭店叫狮王府，是卖淮扬菜的，跟所有的大饭店一样，分成大堂和包厢两个部分。他们这帮打工的学生，服务的是包厢，包厢的客人吃的都是大餐，经常有巨大的铁锅、砂锅、瓷盘出现，光听名字，他根本不知道那里面是什么。女服务员是没有力气扛得动这种大菜的，但他们有。从后厨到包厢，有一段漫长的路，而且歪歪扭扭，很不好走，地上像模像样地铺了红毯，但只会让地更滑，一旦菜重一些，就要拼命维持平衡才不至于摔倒。他乐呵呵地干着这件事儿，看着银行账户里渐渐有了一些余额。不仅如此，他的体重也渐渐恢复了一些。后厨经常会有客人没有吃的菜撤下来，按规定是要倒掉的——后厨也没有餐具，但是主管心疼这帮没吃过什么好东西的大学生，给了他们一些一次性手套，让他们像火中取栗的猴子那样，在热腾腾的盘子里扒扒捡捡。有时他会带一些卤味，拿保鲜膜裹好，藏进袖子里带回寝室跟室友分享，大学生都忙着长身体，个个像饿殍，晚上在寝室吃得大呼小叫，然而当他想进一步拉人和他一起打这份工的时候，那些江苏本地的男生都拒绝了。

在课业上，他花的心思不够多，并且他性格过于忧郁和敏感。入学之初因为专业地位不高而带来的失落感一直笼罩着他，他不懂得要怎么摆脱出来。同时这种失落感也让他觉得自己不好。他有什么资格觉得自己的专业不该存在呢？正确的做法应该是好好努力而不是消沉吧？而且他看过大家的入学成绩，他的分数只在中游，自古以来江苏人就比他们善于考试，应该说，这就是他该待的地方，"你本来就是个平庸的人。"

在这种颓丧中混了半学期之后，他渐渐惊觉自己即使在"自以为擅长"的语文相关专业上表现也不够出色。老师也不特别青睐他。他发现自己的阅读量很大，但是阅读面很窄，他有一个喜欢萧红的语文老师，然而他一本萧红的书也没看过。张爱玲他倒是读了不少，但是班上却几乎人人都看过，他拼命地在图书馆里翻看、补习，忍着看不进的苦恼看了不少现代当代文学，以期能在课堂上有话说，但在学年结束的评价上，那个老师还是只给了他一个七十分。

他喜欢的外国文学课，是一个男教师教的。男教师刻板地拿着书本，一页一页地从莎士比亚和弥尔顿往后讲，但他还是很努力地去听，希望能找到一些获得青睐和提点的办法，然而他很快失望了。班里面有一些同学已经可以读外国文学的原文了，而且还有人能够写一手漂亮的现代诗，提起的专业名词、外国诗人作家的名字，他都闻所未闻，他

只知道狄更斯梅里美巴尔扎克福楼拜，但他还没有开始读卡夫卡贝特杜拉斯马尔克斯，亨利·米勒他都不知道是谁，稍微现代派点的作家他都两眼一抹黑，一个来自广西的男生给他推荐了黑塞，他读完懊悔自己之前怎么错过了这么好看的书……这些差距，使他明白自己只配在角落里默默待着，上课认真听讲，下课低头快走，不要丢人现眼。

而他的作文，他一直引以为傲的作文，也失败了。尽管他从未这么努力地在上面花心思，但整个大一结束之后，老师没有提出来表扬过一次——甚至提也懒得提，分数也是理所当然的勉强。尽管他对那个写作老师的品位很怀疑，但是他还是敏锐地发现，即使按照他自己的标准，班上也至少有两个人写得比他好，还有好几个至少和他差不多。其中有一个女生，是当年新概念作文比赛的二等奖。虽然是二等奖，但这仿佛仍旧是某种认证，他偷偷地去翻过那篇文章，得承认，他在高三的时候，写不出这样的东西。而另一个男生，他的诗歌在当时的一些地下诗歌论坛上，已经有不少数量的粉丝，获得了小范围专业人士的认可，这些东西，他刚刚能够看得出好来，但自己完全没有办法掌握，他觉得自己所知的一切，组词、造句、叙

事的方式都过于无聊和传统了。他觉得自己根本不会写作，上中文系完全就是一个错误。到了大二之后，这种情况也毫无改观，并且他发现自己竟已无耻地习惯了做一个成绩不好的学生，他的成绩，他在自己高中时梦寐以求的中文系的学习成绩竟然连自己入学时都不如，这让他觉得自己被技术性击倒了，他躺在地上喘气，不知道何时才能起来。

大二刚开始的时候，他报名参加了学校的话剧社团，他想起自己在中学时曾经上台演出过相声，他希望能借此获得一些认可。在一个简单的培训之后，报名的人被要求组队排演一个节目，话剧社的老师将根据这个节目的质量来选择录取的人选。那是个周六的下午，一大帮人聚集在学校的礼堂，他被随机和几个陌生的人分在了一组，在做过自我介绍之后，组里的两个北京女生突然起身离开，去找老师说着什么，但是她们并没有走远，声音也故意刚好放在让他听到的程度，她们说，她们不愿意和一个"河南人"分在一组。他震惊了，为了不造成别人的麻烦和尴尬，他在老师做出反应之前快速地离开了话剧社招新的现场。从那以后，他再也没有在话剧社附近出现过。他开始学会随时随地地保护自己，不轻易透露自己的个人信息。

但他还是觉得可能随时随地有人在嘲笑自己。他的发型还是中学时的样子。他穿着从河南带来的衣服，他观察周围的人以后，发现这些衣服没有一件不是过时的。他因为吃不惯这边的饮食而被同学们的聚餐自动跳开。尽管非常努力，尽管比他的一些河南老乡强，他的普通话里还是有一些河南口音。他可以去和那些老乡混在一起，但河南太大了，他也并不特别喜欢那几个本省人。他不明白自己为什么要为"河南人"这三个字埋单，他也不明白那两个北京女生为什么会讨厌他。一部分肯定是因为他的口音、谈吐、穿着让她们觉得无法与这样一个人搭配演出。说到底，河南人可能没有问题，有问题的还是他，他没有能够为群体添彩。他必须反思自己的一切，穿着，言谈，举止，心理状态，乃至存在本身。

他开始变得更加自制，更加习惯性地隐藏自己。他对每一个同学笑脸相迎，但并不付出真心。这让他在群体中越来越孤立了。他在网上注册了一个名字，在一些文学论坛里游荡，将自己悲观失望的情绪变成一些文字发在上面。这些文字理所当然的不堪卒读，他也没有能从书里找到任何合适的精神资源来帮助自己。没有课的下午，他到操场跟一些陌生的同学踢足球，他的体格比起这些南方人要健壮一些，虽然技术一般，但他高中三年在足球上花的工夫总算没有白费，他的表现不错，经常能博得掌声和喝彩，这成了他头两年大学生活里，唯一的亮点：幸好他还会踢球。

4

在高中的时候他没有过女朋友。到了南京以后，他吸引女孩子的办法迅速地无效了。这根本不是一个应该考虑的问题，他告诉自己。他现在处在一种连自身的存在都很难确认的状态。他的生活里一无所长，他自己也不喜欢自己，又如何能指望别人喜欢他？他不是没有遇到过合意的女生。一旦对方稍微对他表现出一些好感，他就有一些热泪盈眶。这种感情太吓人了，没有人觉得这是合适的。但当时也没有人教育他，怎么做才是合适的。不过一床之隔，对面的男生早早地谈到了一个漂亮的女朋友，而他，只会让女生在惊吓中，一次又一次地拒绝他。

他在网上发更多的文章，加了不少女生的QQ，其中不乏对他表示青睐的，但即使同城，他也不敢去和对方见面。对方能接受他的口音吗？抑或是他蹩脚的发型？他的籍贯问题还会被嘲笑吗？一个不到两万人的县城，连小偷都是外来的，却因为几个不相干的人而

蒙羞，这不是很荒谬吗？但是他能够说清楚这件事吗？能够让人家相信他是一个正直可靠的人吗？或者，他真的正直可靠吗？这些品质并没有被考验过，而且，如果说网友见面，聊这些东西，会不会变得非常沉重？按照一些传闻里的说法，网友见面都是要开房、发生关系的，他并没有过性经历，他能够应对这些吗？即使能够应对，他也发现自己需要节衣缩食才能负担开房的费用，这实在都是苦多乐少的事情。他只有退缩，再退缩。

然而终于还是和其中一位见面了。见面的原因实在是因为躲不过去。因为那是一个本校、本学院的学妹。对方声称"钦佩他的才华"。这听起来简直是一个笑话。太不堪的笑话。他哪里有什么才华。不过是因为匿名，他才敢在网络上写下那些可笑而可鄙的东西，要么是模仿来的，要么是故作深沉，矫情不堪，他是为了让自己不至于拿着汽油在教学主楼前面点燃自己才写这些东西

的。而且自己已经有学妹了这件事也让他惊悸，大二已经快要过去，但他觉得自己的一大部分仍旧停在河南的那个小县城里，他的大学生活并没有开始过。女孩子们总有一些天赋来控制他，这让他想起自己的母亲，他一方面厌恶这一点，另一方面却不由自主。这个叫韩露的学妹是本学院英语专业的，个头不高，但很丰满，染了一头黄发——她发了照片过来给他。她是南京本地人，就住在湖南路不远的地方。在狮王府打工结束后的一个晚上，他们在湖南路一间书店门口碰面。他根本没有办法招架这样的女孩子，他非常的气恼。对于他而言，这太严重，但对于对方，这根本不过是一个游戏。她游刃有余地勾引他——或者就是正常地对待，但他根本无法处理这种感情，每天都在煎熬之中，他也不知道要怎么样去爱一个姑娘。他在网站的讨论版里搜索她的ID，发现她之前与他人恋爱时写的文章秀的恩爱都还历历在目，他只觉得嫉妒，却又无可奈何。他觉得她的情感异常的丰富和混乱，之前的男朋友是东南大学的，再之前一个是理工大学的……她不过才大一，为什么已经有了这么多男朋友？可这和他又有什么关系？他并没有能力做到头也不回地拒绝人家，而是一次次地被牵着鼻

子走。有一天晚上他们吵架，他心里窝着火，但不知道该怎么表达，而她心安理得地回了家关了手机，他站在山西路军人俱乐部门口，给她发了一晚上的短信，一直站到凌晨，她第二天见到他恍然未知。这一切都让他更疲惫，脾气更坏，成绩更差。他希望自己的外表起码能看起来好些，但他买衣服也一直失败，往往花了一个月打工的钱，买了一件会被人嘲弄的款式，他也只能在心里默默抱怨，为什么之前没有人教我这些？为什么我要被丢在这样一个地方读书，被人嘲笑？他去理发店把头发也染成了黄色，这让他丢掉了狮王府的工作，在大二下半学年，他觉得自己一无所有，唯一的希望是也许可以和韩露开一次房。但韩露的态度总是很暧昧，显然她是有性经历的，但她没有想好要不要把自己交给这个显然被痛苦和激情折磨得半死的怪异青年。有一天晚上，在一个播放DVD的影音室，他差点就得手了——他以为是差点，实在是他太没有经验。之后他再也没有机会。冬天刚过完，韩露就跟他分手：发了一条消息，就再也没有见面。他偶尔在主楼上大课的时候远远看到她，两人形同陌路，很快他就看到她身边有了别的男生。于她，他就像一个笑话，轻轻掠过校园，带着淡淡的

讥嘲消失得无影无踪。

他自以为遭受了了不起的情感的打击，变得更加怪异。大二结束，他挂掉了好几门功课，还得费尽心思不让成绩单寄回老家。大三一开学就要补考，他忙乱不已，将将通过。大三是有正经课程的最后一年，大四马上就面临实习、找工作了。但他觉得自己的大学完全白上了。他觉得自己没有学到任何有益的东西，只有痛苦，无尽的痛苦。在课堂上，他痛苦，因为他什么也听不进去。下课后，他为自己的人痛苦，吃不下饭，穿不对衣服，说不对话。晚上，在图书馆，他为自己的写作痛苦，他什么也写不出来。那两个写得比他好的同学依然写得比他好，已经开始在南京当地的文学杂志上发表，并开始获得声名、承认。每个人都找到了自己合适的位置，只有他没有。以后要找什么样的工作呢？要走什么样的人生路呢？是不是要回老家呢？那他来南京又是为了什么？有同学暑假在外面打工，两个月能挣三千块了，成了所有人眼中羡慕的佼佼者，他诚心去求教，别人笑着告诉他，"只是运气好"。那他的运气在哪里呢？他不知道。再也没有狮王府这样的工作找他，最后一次听说的体力劳动的机会是到鼓楼医院背尸体，他想了又想拒绝了。大三寒假开始前，他被辅导员叫到了办公室，在这个尚且年轻的女老师眼里，他已经变成了可能毕不了业的人之一，他被严肃地告诫要把成绩搞上去。他只是不断地装可怜，恳求对方不要把成绩单寄给河南的父母，但对方并没有答应。他立下好好学习的誓言，但他知道一开学他就会把这一切忘得一干二净。

大三下学期，他在足球领域达到了一个小型的巅峰，他加入了学院足球队，并且在对阵最强的森环院时，攻入一球，让所有人刮目相看。这是个没有什么人真的在意的足球赛，除了他。女生们也不爱看足球，她们都在篮球场围着。而他们这个女生比男生多的学院也很快就被淘汰了。但他很开心，这简直是他大学生涯的最高峰，他独自开心着，然而也只维持了很短的一段时间。后来回想，大三那年是他身体素质的最高峰，他跑得很快，在足球场上可以奋战二三个钟头也不觉得累，身体也强壮，顶得住人，射门力量也很足。在一些临时搭配的小场比赛中，他常常可以成为关键先生，这是他在别的地方都没有得到过的。然而这只是游戏，他心里非常明白。而且那一年转瞬即逝，他的身体也开始走下坡路了。

他没有再交到过女朋友。不是不想

交，是完全不再有任何人对他有兴趣，他有时觉得在女生面前他是没有性别的。但他并不难过，起码这让他麻烦很少，心情很愉悦，他希望自己渐渐忘记韩露，因此避开了一切可能遇到她的地方。在他觉得自己可以忘记的时候，韩露偏偏又和他隔壁寝室的一个男生混在了一起，这让他觉得丢脸——这也是非常奇怪的想法，这跟他有什么关系呢？然而他就是无法忍受，因此在大三下学期快结束的时候，他想办法在学校外面跟人合租了一间房子。

5

那间房子在离锁金村更远一些的岗子村。最初他往城市的西边找，一直找到了红山动物园，但是越发觉得那边偏远，最后还是一个同学提供的信息，让他在学校东边的岗子村落了脚。这次外宿是没有得到批准的，他有时得在查寝的晚上赶回去。那是一座老式建筑的两楼，临一条小街，从街边直接推门进去上楼梯，再顺着过道一直走到底就是。门是暗红漆的，租房给他的不是房东，而是一对年轻情侣，他们租下了一整套，发现有空余，希望把其中一个小间转租出去，月租对方想要两百，他还到了只要一百五十元。他那个房间仅可容身，但居然有一个书桌，他设想自己未来可以在桌前坐下来写诗，心里暗自高兴。他用之前打工攒下的钱，把房租交到了年底，用最快的速度把寝室里的家当搬了一大半过来。很快他就发现自己为什么能够如此轻易地租下这套房子了。这对情侣里的女生，是在夜总会里坐台的，男生应该也是同一个夜总会的酒保，他们的房间总是有吵闹的音乐，浓烈的烟酒臭味，他扫过一眼那个房间，没有床，粉红色的褥子直接铺在地板上。两个被窝明显的区分出了性别：女生的枕头是带蕾丝边的，男生盖一床深色的被子。但这一切对他并不是困扰，通常他在这里的时候，正是他们俩的上班时间，待到他第二天一早惺忪着双眼去上课的时候，他们又才刚刚下班。只有偶尔下午他过来拿东西的时候，才会遇到他们俩带了一帮可疑的男男女女在客厅打牌，吵闹，用南京话彼此谩骂。他把自己的房门反锁，不跟他们多说一句。他们偶尔会三缺一，叫他加入，他羞愧地表示自己不会打，于是他俩跟他聊天，女生还会用言辞挑逗他。他搞不清楚他们俩到底是什么样的关系，经常一句话也不敢接茬。但是除开这些，得说这俩年轻人对他不错。女生回安徽老家的时候，会带一些吃的回来，并会特意分给他吃。男生总是来递烟，但他一次也没有抽过，为了表示自己不是傲慢，而是真的不会抽，他只好坐下来和他聊天。男生教他一些夜总会里玩牌玩骰子的把戏，但他怎么也学不会。跟他说一些最新鲜的冷笑话、荤段子，他也笑不出来。但那个男生似乎早就习惯了各种尴尬的场面，并不为意，只是笑嘻嘻的，一直不停地说话。有时他想，大约得变成这个男生这样，才能在社会上混个名堂吧？像他这样木讷的人，成绩又不好，将来离开了学校可怎么办才好呢？他拼命地想记住那个男生都说了些什么，但什么也记不住。有天早上，他正在卫生间洗澡，那个女生推门进来，他大吃一惊，那女生倒是老练地一笑，不用害羞，我什么没见过，我们老家的人都叫我"小骚货"，然后男生在外间哈哈大笑。他擦干身体，穿好衣服出来，望着这对青年傻笑。他并不经常锁房门，因为他没有放什么值得隐藏的东西在这个小小的居所。有时回来，他发现桌上的书被人翻动过，于是他出门对他们说，如果对我的书感兴趣，尽管拿去看。他们俩只是笑嘻嘻地

摇摇头，并不搭话。

大四上学期的紧张气氛是强烈的，他完全不知道自己未来的前途在哪里。他整日奔忙，弥补前三年欠下的学分。12月初的一天傍晚，他从学校的一个斜坡上骑自行车下来，车速很快，他感觉有个东西撞上了自己的后轮。等他在十米开外停下来的时候，发现另一辆自行车倒在地上，边上还有一个倒地不起的人。受伤的乃是一个女教师，她满脸是血。人们围住了他们，他顺从地掏出学生证给对方，但当他试图辩解"是你撞了我"的时候，他收获了周围所有人的鄙视："你根本就不应该在校园里骑这么快。"很快吗？他不知道，他只看到女教师脸上的血流下来。接下来是去医院等一系列程序。他陷入了巨大的麻烦。女教师磕掉了半颗门牙，要拔牙再重新装一颗上去。但她正在向自己的男友，一个老博士逼婚，好不容易谈定的婚期，被这场小型的车祸延后了。她将自己对婚姻的焦虑全部倾泻在这个男学生身上，她带着全家人一起谩骂他，威胁他——其实她不用那么凶的，以他的性格，他根本逃不掉，他太软弱了，不用征服，他天然就是失败的。他逆来顺受地跟着女教师去医院排队，挂号，忍受她的攻击。这些他都忍受下来了，但

在商量进一步治疗方案时，他们产生了分歧。他第一次发现牙齿是个如此昂贵的东西，他希望用最普通的材料，但女教师坚持要最好的，"因为这是门牙"，价格超过了他一年的学费，这是不可接受的，而他也不敢跟家人说这件事。他试图找那对情侣商量，把岗子村的房子退租，先拿个几百块回来救急，也被拒绝了。他陷入了不可避免的绝望之中。女教师因为口腔炎症无法植牙，只好等待炎症消退，在此期间，他四处找寻兼职挣钱的机会，而不是像别人那样已经在张罗工作。最后他再次意外地在湖南路找到了一份零工。这是一份看起来很不错的职位：书店店员。虽然收入并没有比狮王府端盘子高，但从大一到大四，他总算从街对面的餐饮业奋斗到了街这边的文化产业里。起码现在的谈吐打扮，已经可以像一个书店店员而非服务员了。店员的任务是把新到的书按照分类要求一本本细细地码到书架上，然后等客人们要找书的时候，飞快地拿出来，再有就是提醒那些在店里免费看书的人不要不小心把书带走了——因为书里面有他一条一条认真贴上去的防盗磁条。书店的名字叫可一，是老板女儿的名字，那个小姑娘应该还不满十岁，但是教养糟糕，在书店里随意呵斥女收银员。她

没有敢对他怎么样，大概是因为他看起来沉默且凶恶。他对女收银员表示同情，望着小姑娘说："这么小就不讨人喜欢，长大了可怎么得了？"女收银员却说："她一出生就是个有钱人了，她从小就不用学着怎么让别人喜欢自己。"他沉默地走开了。书店老板女儿的人生对他而言，简直是一片未知的荒原，他无法踏入也没有办法理解。书店的工资不高，更大的好处是，他得以暂时躲避了女教师的寻找。他每天一早赶到书店，天黑之后直接回岗子村的住处，有课的时候去一趟教室，但不再在寝室出现。男生寝室是女性禁入的，据室友说，女教师的男朋友，那个老博士来过，试图寻找他，但也仅仅一次。

大四寒假前的最后一周，班主任组织了一次大课，大课结束之后，他直奔书店。书店这天人并不多，他在书架之间找书来看。那时，因为王小波遗作中的大力推荐，卡尔维诺的作品集刚刚出版出来。从《我们的祖先》，到《看不见的城市》，都整整齐齐地码在书架上。这是他最喜欢的一个区域，他逡巡在那里，有机会就把书抽出来看。就是在大课之后的这天下午，他在这里遇到了于菲。于菲和他同班，但两人说话极少，在此地遇到让双方都非常惊讶。聊了半天卡

尔维诺以后，他鼓起勇气犹豫着问于菲有没有可能一起吃个晚饭。于菲的脸上露出一种奇怪的神色：他觉得自己又要被拒绝了。然而于菲同意了。他们去了间咖啡馆，但气氛已不像在书店时的样子，而是变得很尴尬，于菲显然心事重重，流露出的东西让他觉得，自己根本不了解这个同班了快四年的女生，他努力回想着，希望能说点什么，但没有。沉默着吃完饭之后，于菲就匆匆离开了。那是个学校的反方向。他回到岗子村，打开电脑试图写点什么，但QQ自动登录之后，他发现于菲居然刚刚加了他。他通过之后，问于菲去哪儿了，她告诉他她在新街口的一个酒店。他问，那你在那里干什么？于菲说，等男朋友来。他不知道说什么好，就打了一串省略号。于菲说，我刚知道我男朋友好像有老婆。他又打了一串省略号，于菲说，我想分手，但是觉得分不掉。他问，你男朋友是我们学校的吗？于菲说，不是，他工作了，三十岁了。他说，啊，为什么找这么大年纪的男朋友？于菲说，我们班女生的男朋友，都差不多是这个年纪。他沉默。于菲又说，等你到了那个年纪，也会到大学里来找女朋友的。他不知道说什么好，就下线了。第二天下午，他在书店里乱翻书的时候，于菲又发了手机消息过来说，要不要一起吃个饭？我请你。他说，好，哪儿见？于菲说，就学校后面的花园路吧。他说，我还在湖南路，等我下班吧。他们约在花园路一个小的酸菜鱼馆。于菲穿着一件长过膝盖的纯白色羽绒服，系着暗红色的围巾，站在公交站头上，冻得满面嫣红。他从车窗里望出去，才觉得她真的很漂亮，有可能是他们班里最好看的一个，但是他之前完全没有注意到。于菲说，昨天我心情不好，不好意思。他说，没事。于菲仿佛恢复了活力一样地和他聊天，开玩笑，还提起他在网上发表的一些文章："其实班里好几个女生都知道，就觉得你还挺有才的。"他没来由地尴尬着，只是诺诺地点头。吃完之后，他们打算在外面走一走。新庄这里的高架还没有修好，围着学校的这一圈尚且是封死的，车子不能上去，但是行人可以。于菲说，你知道吗？有人夏天在这一段高架上露营。他来了兴致，决定上去看看，他们沿着这空旷的高架走，一路向上，路灯昏黄，越来越开阔，于菲哼起歌来，是叶蓓的《B小调雨后》，声音越来越大，唱得很好听，唱完了以后，他们站在路灯下。于菲说，我真的还爱他，他对我很好的，他结婚了的事情也是个传言，也没有人能确认。他问，那你为什么不直接问他呢？于菲说，我不敢问，我怕一旦是真的，他会离开，我会受不了。他问，那你想怎样呢？于菲说，我想一毕业就和他结婚。他沉默。于菲说，你也给我唱首歌吧？他说，我不会唱歌，我给你念首诗吧。于菲说，谁的诗？他说，我能背得出北岛的《安魂曲》，那一年的浪头，淹没了镜中之沙……念完之后，于菲说，跟你一比，我觉得自己不像中文系的。他沉默着低头，于菲说，走吧。下了高架之后，他回岗子村，于菲回寝室。后面上课的时候，他们在课堂上仍不说话，没人知道他和于菲有这样的来往。到了大四下学期开学，他和于菲经常在晚上到高架上聊天，唱歌。偶尔也会去学校后面的歌厅。歌厅叫"红色恋人"，是一个老师开的，一半是吧台，一半是舞池，大屏幕在舞池背后，唱一首歌十块钱。于菲喜欢许美静，她唱《城里的月光》和《铁窗》，也能用标准的粤语唱《明知故犯》和《倾城》。他静静地在边上听她唱，看着她的眼泪渐渐流下脸颊。终于有一天晚上，不知道是心有默契还是于菲故意的，他们超过了寝室锁门的时间，回不去了。他们在花园路开了一间房。于菲一进门就缩在最里面窗边的地板上不说话。他不知所措，只好在另一张床上静静躺好。过了很久，于菲说，你这个傻瓜，

过来跟我说话。于是他过去吻她，她紧紧地抱住了他，边吻边发笑，笑完了低声说，我并不是这个意思。但两个人也没有停下来的打算。这是他第一次真正的性经历，于菲比他要熟练得多，那真的是一种技巧，他从不曾掌握的技巧。

这天晚上的事情像一个美丽的意外，之后于菲再也不肯与他有更进一步的关系。像是大学末尾时期的最后一抹霞光，于菲渐渐远去，他重新跌入无声无人的深谷。有招聘会的前一天，他会回到寝室住宿，然后第二天一早，拿着打印好的简历，和同学们一起跑招聘会。他把自己的简历慌乱地放在一个个他觉得也许有可能的台子上，在人群里挤得浑身是汗。他明白自己不可能在这种地方找到工作，那些站在台子背后的人，他是知道他们的，那不是他可以对付的类型。他在心里盘算，他的同学里面，哪些人是可以游刃有余的……他在心里默念着那些名字，让退缩的念头越来越坚硬。他有时觉得，自己是没有办法跟人有这种"普通"交往的：站在台前，目光直视对方，不卑不亢地，用双手奉上简历，说"你好"，并快速地自我介绍——就是这么简单，然而他完全没有办法做到。他只会站在夜晚的高架桥上，跟女生念北岛，但女生现在也不理她了。遥远的梦魇里，还

有缺了一颗牙齿的满脸是血的女教师在等着他，他感到自己在各种奇怪的失败里折腾，渐渐被淹没。又去了两次规模不等的招聘会之后，他壮起胆子放弃自我了。他视毕业的前夕为世界末日，打算混到最后再说。每天白天，他在寝室蒙着头睡觉，夜色降临之后，他到校门口的网吧开始包夜。包夜只要十块，然后他买一瓶三块的"脉动"，一份十块的砂锅，只要二十三块就能度过一天。这是成本最低的生存方式了。他躲在网吧里，头半夜打游戏，后半夜听着吵闹的摇滚乐写诗。他将自己悲惨的爱情，失败的学业，倒霉的经历，像密码一样编进这些句子里，在确信所有人都看不明白、且有一种奇异的韵律产生之后，他将这些句子发在了一些论坛上。他每天的乐趣就剩下这些：睡觉，包夜，打网游，写诗，看评论……他感到越来越多的霉菌在他的身体里孳生，也越来越绝望。

那时他还不知道南京的生活就要结束了。他在网吧电脑里用狙击枪干掉一个匪徒的时候，试着把几个词排列得更柔和的时候，女教师正在一公里以外的宿舍里跟老博士男朋友发飙，桌上是吃剩没收拾的碗筷，根管治疗的收费单据和病历撒了一地；于菲仍在那个新街口的酒店里等随时可能不来的男朋友，她打定主意在毕业前带这个男人回家见父母，那个给她念诗的少年早被忘在了脑后。他昏睡到下午的时候，隔壁班几个男生过来聊天，他们在动员同学跟他们一起去上海。"总归机会比南京多"。但感兴趣的人已经不多了，寝室里六个人，能够拿到毕业证的只有五个，还没有找到工作的只有他。他从床上翻起身来，问上海的情况。那两个男生答应暂时让他借住："你先过来再说吧，可以和我们住在一起，我们在广告公司实习，按件计酬，待遇还不错。"他已经没有什么别的选择了。他第一次在天还没有黑全的时候起床，到食堂隔壁的电话中心去给家里打电话。他在电话中心门外站了半个小时，编好了谎话的腹稿，问母亲骗到了两千块钱："我收到了一个上海公司的邀请，可以过去实习，需要一些钱来租个房子。"他手心里全是汗，母亲没有问出太多东西。她对于那个城市，比他还要陌生。钱是在第二天汇到的。又隔了一天，他踏上了去上海的火车。一张票四十七元，他买到的不过是一个便宜的、随时可能破灭的希望。

从大陆的西边到东边，他像一只被射出的箭，但还没有找到箭靶在哪儿。他知道，力量有朝一日会被耗尽，在这之前，必须命中点什么，才算不虚此行。

信徒

文｜匿名作家 003 号

初若地看见了天，天见到了地，这一发现和相遇，世界与原有，就不再样一样一了。

当六十二岁的王庆和，看见七十九的八婶在用筷子扎的十字架前告祷时，先不觉得了得了不得，站下来，笑一笑，将给八婶送的新蒸馒头放在屋里边，没有掠扰八婶就从她家出来了。小院子，老宅屋，两间房，从墙上的裂隙可见外面世界的光。床、桌、凳子和屋里的厢柜与设摆，一统为八婶家的天地着。在这一隅天地里，正间屋的迎墙下，条桌上，桌上裂着岁月的刻隙里，插着红筷子做的十字架。架横是少半截的筷，架竖是一整根的筷，扎绳是麻线，简陋如天上的一块空白样。就这样，八婶半佝偻在那十字架前低着头，合了掌，唇口念念，虔诚专注，连来人都不能使她心分和神移。真的想不到，基督竟有这力量，一根半的筷子就能让人诚敬跟着走。

想着已经七十九岁的八婶信了耶稣了，王庆和的心里渊灰漫漫，如黑夜把他引领到了涯边上。邻居家，一隔墙，从八婶家里往回走，不过十步二十步，可这十步、二十步，他是当作二十里路去走的，走思忖忖，思量缠缠，仿佛独自走在茫茫无垠的旷野间。八婶年轻时候是裁缝，中年时候是寡妇，现在老了却成信徒了。实在是可笑，一个字都不认识，倒却识认耶稣了。怎么会信耶稣呢？怎么会成基督徒？这问疑，方方卵卵荡在王庆和的脑子里，像他的双脚在路上踢着样。

王庆和先原是村长，干了二十几年不干了，休退在家赋闲着。孩子一家在城里，自己和老伴在家种种菜，拌拌嘴，然后朝日过去了，人生少有他事了，就把家里收拾得如同乡村展览馆。两层新楼层，一方大院子，浑砖的院墙上，一面专门挂农具，一面专门挂由农具获收回来的玉米、蒜辫、柿子和干菜。楼屋几十平米的大客厅，挑高旷空，墙面新白，正墙上贴了巨大两张国家领导人的像，一张是毛泽东，一张是现任人；分侧两边的墙，一边贴了外国的伟人马恩和列斯，一则是中国的伟人周刘和朱邓。像的底色要么空天蓝，要么日晖红，于是一个屋子都晖光烁烁了，璀璨到雨天、冬天也满屋子都是光辉和暖意。这套伟人像，是儿子敬心从城里买回的，一条街，一个镇，也只有老村长王庆和家里贴得这么深情和圣洁，像和像的壤接处，如玻璃并了玻璃的直缝样。像下的桌，桌下的凳椅和沙发，沙发前的茶几和茶几上的瓷杯、茶壶及专门在伟像的天顶地脚随时灼闪的两排彩珠灯，一切都示昭了老村长的谨己和悟觉。他当村长时，是将八婶当孤寡老人养着的。不当村长

了，又将八婶视为无儿无女的邻人顾照的，煮米饭、蒸馒头，或者买肉炒了啥儿菜，都忘不掉给八婶端送过去问些寒暖的话，让八婶一生都受感出他和政府的暖意来。可人到末节了，八婶却信了耶稣了，成了神的子民了，这让王庆和有些想不通，像想不通他儿子都有了儿子了，还想和媳妇离婚样。解决儿子离婚的样法很简单，把儿子从城里叫回来，一个耳光掴上去：

"还离吗？！"

儿子不说话。

又一脚踹上去，儿子朝后退着趔趄着，等在屋里靠在桌上稳下来，咬咬唇，抬起头，双眼含了泪：

"爹，以后我死了都不会再提离婚了。"

拍拍身上的灰，儿子提起行李就走了，问题解决得春暖花开般。可八婶的问题不是一个耳光就能把冬天掴入春天的，就是外加一脚踹，也不能把信仰的脚跟踹出一个趔趄来。王庆和回到家，想着在屋里呆木着，秋末的冷暖在院里是种夕阳色，到屋里就呈着雾黑了。有落叶从院空飘过来，响声如细风与他耳语样。老伴去前街闺女家里了，他独自在屋里孤愤思忧的，忧着思间，豁地从凳上站起来，盯着厅屋正墙上的两张

伟像看一会儿，动手把现任人从墙上揭下来，卷一卷，拿了瓶装的糨糊又朝八婶家里走去了。

八婶正在吃着他送的新蒸馍，白开水，有咸菜，少牙的嘴一嚼一动如风箱一抽一拉样。她看见王庆和，说这馍蒸得好，雪白耐嚼，能嗅到夏天满田野的麦香味。王庆和就说你该烧些汤，用粥汤配着馍。然后从屋外跃到屋里去，三下五下就把现任贴在了正墙上，把竖在桌上的筷子十字架，拔下撂到了一边儿，然后退步端详着那像贴得正不正。

八婶起身看着村长问："你贴的那是谁的像？"

怔一下，他想要给八婶讲说一堂国家事务课，可想想又忽然放弃了。到里屋床头把她男人的牌位和她儿子的遗像拿出来，摆在桌上插过十字架的那地方，回头大声问：

"你信耶稣了？"

八婶想了一会儿点点头。

"你见过耶稣吗？"

八婶摇摇头。

"你有《圣经》吗？"

八婶不说话，只是很恐惊地望着王庆和的脸。

"我识字，读过《圣经》的故事书，我都不信你有什么好信的？"王庆和问

着沉默一会儿，又用鼻子哼一下，"以后想告祷、想烧香，就在你男人和儿子的像前烧香告祷吧。"然后捡起那扔在一边的十字架，"秋末了，天冷了，你的后墙裂着那么大的缝，风透过来不冷吗？我用这像贴了墙裂缝，你站在、跪在这像前烧香磕头也就不冷了。"

问题就这么解决了。

虽然不如解决他儿子的问题那样逢春叶绿，使儿子不仅不离婚，还又让媳妇很快就把二胎怀在肚子里，可至少，也不能让耶稣用一根半的筷子就让人死心塌地随了他。再次从八婶家里回到自己家，王庆和觉得今天做了很大一桩事，意足心满，心里实踏得如吃了饱好一顿饭。饭也确实吃得好，吃得肚子有些胀。两个大馒头，一碗半的汤，一盘半的肉菜和二两烧白酒。晚上睡得鼾声振荡着楼顶上的瓦，梦里出现的国家领导人，毛泽东、邓小平、周恩来和朱德及现任领导们，又一次轮流接见他，人人都来拉握他的手。

这一夜委实睡得太好了。

来日起床后，王庆和把双手举在眼前看了大半天。洗脸时，简简糙糙和没有洗一样，怕洗了手上的什么就没了，只用指尖撩着水，把眼圈湿了湿。可他

洗了脸，正吃饭，八婶从她家悠悠晃晃过来了。她把早上摊的鸡蛋煎饼给王庆和送了一张来，然后盯着王庆和家楼屋厅堂贴的那些伟人像，想让他再给她送一张，说这像，像好纸也好，贴在墙面的裂缝上，果然风就透不过，晚上睡觉风就小多了。听了八婶的话，王庆和脸上有了光，濡润得如这个年龄还和女人有了那事样。他放下手中的筷子和碗，扭头看看两侧的墙，很快从西墙揭下第一张马克思的像，从东墙揭下末一张邓小平的像，立住看一会儿，见东西两墙还是称对各三张，就将手里的两张伟像卷叠卷叠朝着八婶递过去。

八婶谢着拿了伟像回家了。

接着吃饭、就菜，将八婶送的鸡蛋饼，二二三三吞下去，香得嘴角有油流出来。可是吃完了，饭过了，不知想到了哪，王庆和心里惊一下，慌忙朝邻居八婶家里追去了。

事情果不其然着，八婶将昨天村长贴的现任领导人的像和刚拿回来的像，用她裁缝的手艺全都剪成了黄瓜、茄子、鱼虾、苹果和桃梨等，她在屋里墙面的裂缝上，遇形赋物，见到短缝贴菜叶，遇了长缝粘黄瓜，遇了墙洞就把苹果和梨贴在洞眼上。几面墙都成瓜果蔬菜的棚地了，绿绿花花，如一开春摆向镇集

的农物菜市场，使那老旧的墙上漫满盛宴味。王庆和来时八婶正站在屋子的央中看她在墙上贴的盛宴图，如昨天村长贴完像时那样端正着，脸上的笑，宛若旧布染了红。这时他就走来了，一进屋，脸便成了僵白色，仿佛是谁迎面给他赠了一耳光。

"这干啥？"村长指着墙面问。

"多像天堂呀！"八婶孩子一样笑着说，"我想天堂里一定到处都是新瓜果和鲜白菜，吃不完的鱼虾和我们吃不完的红薯、萝卜样。"

朝满地的纸屑看了看，王庆和从摘收过瓜果的纸畦跨过去，到迎面墙上把果瓜菜蔬撕揭着，揉成团，甩在屋子里，瞪着眼睛吼八婶：

"知道吗？要在'文革'你这是要判刑、枪毙的！"

八婶就缩在满地像纸的墙下边，看看脚下一团团的伟人们，又看看面前冷了眉目的老村长的脸，鸡爪样的手指在胸前垂挂着，凹进去的嘴，不停地嚅动却一点声音都没有。太阳一定在屋外起得很高了，从那墙裂重新透过来的光，团团点点落在八婶家的地面上。到处都是光亮和圆点，银币样在这儿贴着那儿滚挂着。"把屋里扫一扫，将这些像纸都烧掉。"交代着，王庆和从那些纸上又

跳着出去了。去了一会儿又回来，卷拿回来了他家墙上所有的伟人像，还抱了很多旧报纸。他让八婶用红薯面熬了半锅稠糯糊，开始用报纸在八婶家四面墙上贴糊着。一张挨一张，这张压着那一张的边，把里屋、外屋两间房的老墙糊了个遍，使八婶家的老屋没有了一丝的缝裂和洞眼，且还有了很新白的光。接着他又极极考量地把他家毛主席的伟像贴在八婶家正间屋的迎面墙，把剩下的三张外国伟像贴在八婶家正屋这一边，将中国的三张伟像贴在那一边，使得八婶家这间矮缩着的正间屋，墙上都是报纸和文章。报纸、文章上又都正端端贴着伟人们的像，再把八婶丈夫的排位摆在毛主席像下的桌子上，把她儿子的遗像靠在牌位边，然后把屋里所有的纸屑、柴草清出去，将八婶又偷偷竖在她里屋床头的筷子十字架，拔下折断裹在纸里倒到院外路边粪坑里，然后八婶家就一片洁净了，满屋子都是历史之光了。

从八婶家里离开时，村长又一次站在八婶家一新焕然的屋央间，识赏杰作一样在屋里看了一圈儿，出来笑着问八婶：

"这下好了吧？"

"又亮堂，又暖和。"八婶笑着说。

"是耶稣替你糊的屋子吗？"

八婶依然微笑着："是我村长侄儿王庆和。"

王庆和就把身上的灰土拍一拍，从八婶家家里出来了。院子里的秋末比屋里凉许多，天空蓝得像罩着一层冰。落叶从树上飘下来，带着冬天的寒讯落在屋檐下。已经到了该吃午饭了，八婶要去给村长烧饭吃，村长说你再摊鸡蛋饼了给我多送一些。就走了，脚步轻得和要浮漂起来样。想哼一首歌，或唱出什么戏，又一时想不起嘴边储有什么歌或戏，便立在八婶家大门外的道街上，看见村头马路的阔开里，温暖的阳光和棉布一模样，人来人往如影动在布上的繁华图。有为冬天准备煤暖的汽车开过去；有卖山柴的马车拉着成捆的劈柴嘚儿嘚儿赶过去，劈柴白得云一般。马蹄声敲在水泥路面上，如从镇外庙里传过来的木鱼声。原来今天是镇上入冬前的最后一个逢集日，乡四邻八的村人都来赶这一个入冬集，有的穿了夹衣服，有的竟穿袄棉了。那些崇尚时新的姑娘们，穿着红毛衣，像一团火样南往北来肩搭肩地走。王庆和就迎着这繁图往家去，到院门口嗅到从灶房传来的炒菜香，便立在大门外，对着灶房唤：

"没有酒了我去买一瓶！"声音喜悦，整整震荡了一条街。

冬天了。

入冬前王庆和把自家客厅也又焕然布置了。他不再贴那伟人像，而是在迎面墙上贴了只有伟人会客室里才贴的"黄山迎客松"，高有一米五，宽为三米五，然后在东墙贴了和正墙一样巨幅的"千里黄河图"，在西墙贴了同样大小的"长江万里图"，使这客厅显得辽远气势，壮阔波澜，谁来看了都样样一一大喊着：

"老村长，你家就是不一样。就是不一样！"

可是冬天了，家里来人稀少了。人一稀，那雪松、壶口、流水、长江就把村长家衬得格外冷，使客厅如了冰河般。到了气节中的大寒这一天，至冷使猫狗都缩在墙角和主人身边上。天又下着雪，雪花大得和榆钱、梨花样。街镇上，一个行人都没有，谁人都猫在屋里度冬寒。为了度过大寒日，村长决定吃火锅，涮涮牛羊肉，煮煮粉丝和白菜，屋子暖香了，大寒日也就暖温饶润了。可在让媳妇准备火锅汤料时，村长看着墙上的江河雪松图，忽然想到了贴在八婶家的伟人像。又想大寒这一天，正是八婶的诞寿日。不知是想去和那些伟人在一起，还是真的想去给八婶过生日，最后就让媳妇把火锅的汤料、肉卷、白菜、木耳、粉丝全都端到八婶那边去。

村长是在火锅将煮开时候从家出来的。锁了门，举了伞，拔着膝深的白雪"吱喳！吱喳！"走到八婶家，将伞靠在门角口，看见一根过烟的铁皮白筒从屋央的炉子上，直角伸到门外边。火锅桌就在这烟筒下，火锅的炉碳火，蜂窝煤的暖火气，使这屋子塞满了黄白色的烟暖味，艳红的香辣在半空飘荡着，把这屋子充填得柔润而实踏，像澡堂的蒸汽一样烫暖暖的热。进门，坐下，看一眼墙上被热香缭绕着的伟人们，给自己倒了一杯酒，也给八婶倒上半浅杯，说为了你生日，不喝也得抿一口，然后自己喝了大半杯，要放酒杯时，发现屋子里的异样了——所有的伟像都还原样贴在墙壁上，笑的还在笑，肃严的还是肃严着，可这所有伟像的墙下边，又都有一幅红筷子做的十字架。十字架是在筷子上黏了糨糊粘在墙上的，凸在那儿如从伟人身上掉下来的肋骨般。王庆和愕在那儿不说话，他没有想到八婶会这样。也不知八婶为啥要这样。后背对着门口儿，面前正是主席像和像胸下的筷子十字架，扭头再看两边的墙，一边三张像，三张像下都是三幅十字架。倒也齐整着，每个十字架的竖筷都顶在像下沿，都在像下沿的正央里，如美术馆的墙挂艺术样。这时候，王庆和的脸成肝红了，手在半空僵持着，端着没有放下的酒杯像凝在半空的冰塑杯。先是咽言沉默着，过一会儿把含在嘴里的白酒咕咚一声吞下去，又猛地把手里的酒杯从半空拽下顿在小桌上，最后把目光扭到坐在一边的八婶脸上去。

八婶知道王庆和为啥在生气，也扭头看了看画像和像下她粘贴上去的十字架。

"庆和呀，"八婶嚅动着嘴和嘴里的粉条说，"十字架都在那像下，是说那像上的人都比耶稣还高出一截哪。"

"挂一幅都是大事儿，"王庆和冷冷厉厉道，"你还敢每张像下都挂着！"

"他们到底谁更厉害呢？"八婶扭头看着像们问村长，"挂一个我挂在他们谁下边？别的不挂他们不会心生恨嫉吗？"

村长媳妇扑哧一下就笑了。笑着看看八婶的脸，又看看丈夫王庆和的脸，见他们脸上丁点笑意都没有，知道八婶是真的那样以为的。男人也是真的那样以为的。他脸上没有八婶那样好笑的以为与和缓，依然绷着脸，依然盯着前面的伟像和像下边的十字架，站起来，想去把十字架都给扯下来，可媳妇这时冷了他一眼：

"今儿是八婶八十周岁生日哪！"

这么说一句，村长就又坐下了。迟疑着，又把放下的筷子拿起来，把酒杯端起来，再给自己斟上酒，把目光从升绕的红白雾中抽回来："吃过饭你把两边墙上的十字架全都拿下来，只在正面墙上毛主席的像下留下一个吧。"声音里有了妥协和容忍，像不得不批准八婶的宗教信仰了。

八婶扭身又看看她后面墙上的一排十字架，脸上一片的皱折动了动，如谁伸手在她脸上揪了一把样。可接着，村长媳妇把两卷涮肉夹到八婶碗里去，又瞟着村长嗔怪道：

"你都不当村长了，还管那么多！"

这话仿佛提醒八婶啥儿了，她盯着村长看一会儿，慢慢释然地笑了笑：

"就是呀，我都忘了你都不当村长啦！"

屋里立刻静下来，连升腾蒸汽的流动声，都在半空走吱吱地响。火锅里带着红油的咕嘟仿佛擂鼓样。每个人的脸上都挂着一层火锅油，又亮堂，又僵硬，如油结了冰。这时倒是八婶先率明白过来了，明白这是她的家。她是房主人。老村长只是下台后的邻居来她家的祝寿客——

"吃！吃！都吃呀！"八婶大声说着就真的主人一样去给村长夹菜了。给村长媳妇的盘里夹菜了。都又闷闷吃起来，话也顷刻少下去，像话多的明白自己是配角，不该抢戏样，便默沉沉在这舞台上，想着合适的台词要重新回到主角里。

也就想到了，说了出来了。

"你也吃，八婶你别光让我们吃。"王庆和说着把手里的筷子、杯子放下来，再一次打量打量屋里的伟像和每张像下的十字架："八婶，你信教，信仰要自由。可你听说过《圣经》上的那个故事吗？"问着把目光落到八婶脸上看，见八婶眼里有光了。那光跟着他，像信徒跟着牧师走一样，王庆和就把话题顿了一会儿接着道：

"这故事是我年轻时候听说的——那时候，我还不是村干部。说是在一个什么节的晚饭上，耶稣已经知道有人要抓他；知道是他的弟子把他出卖的。他把最好吃的端给出卖他的弟子吃，想以此感化那弟子。可末了，那个弟子不领情，耶稣就趴在那个弟子的耳朵上说：'既然是神让你去做的事，那就赶快去做吧。'

"于是，这个弟子就出门把他出卖了，领着人来把耶稣抓走了。

"耶稣被抓走钉上了十字架。被日照，被口渴，最后耶稣就死在十字架的上边了。遗体是星期五被放在一个园子里的坟墓的。可是第二天，你们信徒叫那一天为什么日？因为苦痛信徒们就去墓穴看耶稣，发现耶稣已经不在墓穴了。

"耶稣复活了。

"耶稣复活从墓里出来去了哪儿？他就在那园子里外转，看见园子外的哪，那个告密他的弟子明白事因了，知道耶稣是一身无错的人，因为后悔就在园子外很远的地方上吊了。耶稣很快朝那弟子跑过去。那个弟子看见耶稣跑过来，用最后的力气对他说：'神让我用我的名誉成就你，让我被后世万人唾弃，而让你先死后生，死而活复，最后因为对我的宽恕而成为神，那就让我被人唾弃让你成神吧！'

"说完后，那个弟子就彻底死去了。而耶稣，站在那个上吊的弟子前，最后大声道：'既然是上帝这样安排的，那就都按上帝说的去做吧。'说着还让人把那弟子的尸体从树上卸下来，将那弟子很好很好地安葬了。"

讲到这儿，王庆和把话打住了，看看八婶一直听着他讲话的脸，又看看听得入迷的自家媳妇半张开的嘴，很释然地自语着："是年轻时候听说的，几十年都过去了，不知今天怎么就又想了起来了。"

八婶就叹了一口气：

"你说的那个节叫逾越节，那个日叫安息日，那个去告密耶稣的，是他的徒弟他叫犹大呀！"

村长就把声音抬高一截儿：

"对、对。叫犹大！可犹大去告密，也是神给他的命运呀！"

一顿火锅就完了。

八婶的生日也过了。

门外的大雪一直都在下，然屋里一点都不冷。有炉火，还有火锅火，外加火锅的热气和辣味，一个屋子热得和耶稣死去那一日的天气样。虽然和那天一样热，可听了村长讲的犹大和耶稣的故事后，大家就不觉得屋里热暖了，似乎还有一丝冷。

就在半冷半热中，村长和他媳妇回家了，八婶将他们送到大门外。

第二天，雪停了，整个镇子、街道都从雪天醒过来。有人在门口扫着雪，有人在街上扫着雪。八婶把自家门前的积雪扫了后，去大街上一家煤店请人给她送些蜂窝煤。她没有煤烧了。煤店就在前边二道街，前后去了两刻钟，走时没锁门，只是虚掩着，可她回来后，那门被人推开了。也便惊一下，慌忙一脚跨进屋里边，看见她在墙上粘挂的七幅十字架，全都被从墙上扯下来，连墙上

贴的报纸都给扯烂了。十字架的筷子被折得一段一段儿，最长的也不过指头一样长，扔在地上像这个冬季椿树在风里落下的一地枯枝般。八婶就那么僵在门口上，正不知发生了什么事，身后就来了两个年轻人，高矮各一，胖瘦相分，手里提了大米、白面和许多青菜、水果啥儿的。他们进门把提的放到桌上和地上，用脚把满地的筷子朝边上踢了踢，朝八婶热热亲亲笑一笑，说快要过年了，村委会派他们来给八婶送些慰问品。马上又把笑给收起来，说八婶，你是孤寡老人，无儿无女，不能劳动，要靠政府照顾过日子，以后你在照顾和十字架上选一样——要十字架就不要照顾了；要照顾就不要再挂十字架。说完后，就把目光盯在八婶脸上去，等着八婶的回话如等着签字样。

八婶想了很久一会儿：

"我要照顾吧。"

"就是嘛。"两个年轻人，就把屋里满地的断折筷子拾拾捡捡拿走了，把慰问的物品留下来。

自此后，八婶果真没有再在屋里挂过十字架。筷篓里的筷子再也没少过。一天两天的，三天五天的，筷子没少，可八婶的饭吃得越来越少了。人越来越

瘦了，冬天还未完，人就瘦得会在风中飘起来。去镇上医院看，医院说没有啥儿病，因为年岁大了吧。请了中医看，号脉凝舌的，说年龄伤了元气了，慢慢调理，复回元气也就复回精神了。可元气又是越来越少的，精神总是回不来，就终于在三九寒天倒在床上了，日日枯瘦，滴水不咽，每说一句话都要歇半天。

八婶快死了，整条街人都去看八婶。论无谁去看，八婶都拉着人家的手，用人生末后的力气说："我死了，你帮我在我胸前放个十字架好不好？"甚至邻居老村长的媳妇去看她，她也用双手抓住村长媳妇的一只手："你替我去求庆和一句话，说我死了，谁给我棺材里摆上一幅十字架，我把我这两间房子和宅基地，全都给了谁！"可村长媳妇只是拉着八婶的手："别说这，别说这！"就在八婶床前坐坐出去了。

去看八婶的人，前脚后脚，绎络不绝，不是提了鸡蛋就是拿奶粉，有人还在镇上买了贵昂贵昂的补养品，可没人答应八婶死了替她把十字架放进棺材里。

王庆和就立在八婶家的大门外，他不进去看八婶。然邻居、街人无论谁去看，他都要交代人家说，万千不要应答八婶说她死了替她在棺材里放个十字架。一应答，她就真死了；不应答，她就活过这个冬天了。

果然没有人应答她，八婶就真的熬活过去冬天了。

春来时，是先从村头的一棵柳树梢上到来的。柳梢一绿，有孩子吹着笛柳从八婶家门前走过去。八婶听到那笛柳声，知道冬天过去了，春天来至了。知道春天来至了，身上就有一股气力如虫蛹在爬着。试着从床上走下来，又试着穿好衣服走出门，看着绿了的树和街上又一个集日你来我往的人，就这么，觉得想吃东西了。想去街上看看了。这一天，八婶自己给自己摊煎了很多鸡蛋饼，烧了兑红糖的白面汤。喝了汤，吃了两块饼，觉得浑身骨节都有气力窜动的咯咯声，于是端了一大盘的煎饼去送给王庆和。到王庆和家里后，仍然一个在门里，一个在门外，八婶隔着门框把蛋饼递到王庆和的手里边：

"谢谢你——庆和呀！"

王庆和也就咧嘴朗笑了：

"知道不信教只信吃喝的好处了？"

八婶也笑了，脸上像枯叶染了颜色般。关于八婶的信仰和十字架，以后在镇上、街道、村头谁也没有提起过，就像在镇上、街里、邻家从来没有生发过的事。村里还那么竭力尽心地顾照着八婶过日子，像一个村人都是八婶的儿子样。王庆和也还那样三隔五错地去给八婶送青菜，送大米，和八婶的亲弟一模一样。而八婶做了好吃的，不是给王庆和端过去，就是将他两口请过来。每次王庆和到了八婶家，八婶都不会记忘把他贴在墙上伟像的灰尘扫一遍，把翘起没有粘的像角用浆子粘一粘。

岁月好静到如从冬窗透过来的光。

过了这一年，又到下一年，八婶家、村长家、整条街，日子和静得连鸟的一声惊叫都没有。可就在这年这一天，春三月，桃花红得有颜色掉下来，梨树上的白，如同婴儿们的脸。这时候，田野还没有真正忙起来，镇集也正在一个闲日里，街人、邻人都集会在王庆和家的迎客松和江河图下吃花生、嗑瓜子，说着村里、镇上的事，和数十年前革命间的事，忽然就有一个十几岁的少年飞着脚步落到院子里，又钉在王庆和家的门口上。说了啥，人都惊着了，大家的脸都成了梨白色，接着那少年又朝门外飞回去。屋里的人，也都跟着少年的脚步朝着门外涌。三月的春暖已经夹有燥热了，一离开村长家的客厅屋，有人的额门有汗浸出来。村长和媳妇，脸上的汗像泼上去的水。大家到门外，就都一片乱枯林样竖在门前边，直在路央中，就看见刚才跑出去的那少年，这时又从村头马路上朝着这边跑。他引着一辆轿车跑回来，脚步依然和飞样。就到村长家的门前了。到人群前面了。少年停在人群里，指着身后的轿车给村长和人群看。轿车停在所有人的目光里。静得很，像叶绿花开的春天死了样。空气中有季节被窒息后的时间僵在半空、梗在人喉里。所有的目光都是直的冷的木呆的，脖子都是硬的不会扭动的。就在这僵冷直硬中，那个轿车门开了，响声如被冰封了一冬的湖面开裂样，沉沉的，却又是震动着街镇、田野和人心的。随着那隆隆的开门声，下来了一个中年人。城里人的样，城里干部中的局长、科长样，怀里抱着一个一尺多高、长方红边的镜框照。镜框的顶边是黑纱和黑纱缩的花。镜框里的照片是村长家的独生儿子半带微笑的放大照。他慢慢朝着村长走过来，如同无声的季节涌来样。村长面前的人，像季节中的时间无言无语地搁在那儿般，都无声地朝着两边让退着，把人群中的村长闪将出来了，就都看见那脸成了蜡黄色，汗在那脸上，一粒粒亮如珠子着。这时候，他的身后传来一声他媳妇呼天惊地的大唤声：

"天哪——我的儿子呀！"

然后，她就像一截树木从半空倒着砸在了门前边。而这时，王庆和不知是应该先接儿子的骨灰和照片，还是应该先回身去扶搀那倒在地上的老伴儿，就在那，他也如一段粗大却已枯干到不知怎样应对季节的木头了。

不知应对也是一种应对呢。风来了，就让风吹着；雨来了，就让雨淋着。孩子不在了，就把遗像和相框上的黑纱花，一并不动地摆在客厅迎客松的大画下。邻人和街人，也还是不断有到王庆和家里来坐的，来了又不知该和他说些啥，就那么看看桌上的像，看看王庆和的脸，默默坐一会儿，又默默走掉了。

因为不知该说些啥儿话，来人就次渐次渐少下去。至着夏，过了秋，又都各自忙着自家的事，除了八婶三错五隔、从不间断地每过几日给王庆和送些煎饼外，其他的邻人和街人，已经很少有人再到他家陪他度难了。日子从丰饶的肥里瘦下来，时间寂得没有活人的气息和响动。这一天，又到了一年中的落雪日，八婶又给王庆和摊了蛋饼送来时，他们还是一个在门外，一个在门里，八婶把还发散热气的蛋饼隔着门框递到王庆和的手里边，他就接了低声说：

"八婶，我问你一个事。"

八婶看他在这一年里老了十几岁，头发白得和她的白发一样多，就轻声疼疼道：

"你说吧。"

"我想做个十字架……"王庆和犹豫一会儿，"那十字架横的、竖的也有尺寸规矩吗？"

"有，"八婶说，"横的要刚好是竖的三分有一长，要钉在竖的四分有三那地方。"

"这样啊，"村长又想想，"要么你就动手做两个。你一个，我一个，万千不要给别人说这些。"

八婶便知事情不再一样了。季节、天地都不再样了。她隔着门框看看王庆和的脸，看看屋里正墙桌上他儿子的遗像和那像前他老伴刚插燃上去的香，就知道自己死了后，会有人替她在棺材里边摆放十字架，脸上便隐掠过去一层看不见的红。从村长家里回到自己家，八婶开始用最长的新红筷子很认真地扎了两幅十字架。一幅给了王庆和，一幅摆在自己家的正屋桌子上。

八婶就神奇、如愿地睡着死在了她的屋里边，脸上连一点痛苦都没有，祥和得如睡熟以后沉掉在了梦里样。

安葬八婶时，王庆和将那红筷子的十字架，规规正正摆放在了躺在棺材内的八婶胸口上。为了不使那十字架从八婶胸口掉下来，他还用针线将十字架缝连在了八婶胸前的衣服上。

暮

文｜匿名作家 *004* 号

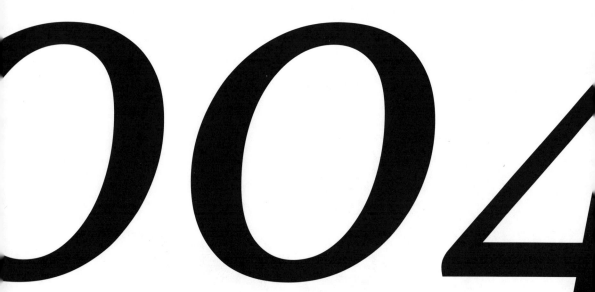

外面响起了敲门声，节奏轻缓。我知道，是柯本太太。我听见她拿起钥匙的声音。钥匙彼此碰撞，窸窸窣窣。柯本太太掩上了门，然后会将钥匙放在门口的牛奶箱里。我听见她的高跟鞋，在木楼梯上碰击，一级一级，像鼓点。是玩累的孩子手中的拨浪鼓，有气无力。远了，消失在楼下的大门口。我听得见。我老了，可是不聋。

如果没有猜错的话，厨房里应该摆着一盘切好的火鸡片，一些洋葱圈。或许还有小半瓶的雪利酒。那是昨天喝剩下的，柯本太太不允许家里有宿醉的男人。但是，她总是对我格外开恩。好吧，我应该起来。用这些尽可能地填饱肚子。

最近有些胃气，消化总还是需要一段时间。不能吃得太晚，否则午夜时会很难受。

我用手杖将卧室的门支开，打了个喷嚏，玫瑰花的味道。柯本太太很爱这种味道浓烈的空气清新剂。我揉揉鼻子。走进厨房，除了吃的，餐台上还有一份晚报。炉子上坐着汤，有热气。

坐下吃了一会儿，几杯酒下肚。觉得身体暖和起来了。我倒了另一杯，半满，放在对面。盯着那杯酒。酒里尚有残余的气泡，很小的那种，冒上来。我愣了愣神，目光还是落在了那只包裹上。

黑色的，用塑胶纸包得严严实实的包裹。在那里已经摆放了一个星期。柯本太太说，当你愿意的时候，再打开。

我吸一口气，闭上眼，很久后睁开了。我摸索着，打开了近旁的抽屉，拿出一把裁纸刀。

包裹并不重，塑胶纸触手的凉。贴着淡蓝色回函签，陌生的字，我的名字和地址。尤金·路德。字体已经很少见了，Copperplate。落款地址的末尾，写着"香港"。

我只觉得眼角发涩，是酒劲儿上来了吧。我取下花镜，在太阳穴上按了一按。觉得好些的时候，终于慢慢举起刀，戳进了包裹的缝隙里。

里面是一只木头盒子。

并不是邮政局的那种原木盒子。盒盖上包裹着一层丝织物，摸上去轻薄柔软。有图案，灰扑扑的看不清。我将盒子放在桌子上，灯底下，错落星星点点的光。

嘴唇发干，我舔一舔，掀开了盒盖。

半个小时后，我翻到那本笔记本，觉出手指略微不听使唤。座钟响了一声，提醒我吃药的时间到了。

做完了应该做的事，似乎重新有了气力。我轻轻解开笔记本上的绳结，封面上是很粗糙的牛皮，在指甲的摩擦下

发出沙沙的声音。在绳结松弛的刹那，笔记本的纸页间有东西次第落下来。

我愣一愣神，将这些东西捡起来。两张照片，是他母亲和外甥的。一张门票，已经折了角，时间标志着 1992 年。上面印着一座巍峨的宫殿，金顶红墙。颜色艳丽得过分，有些失真。

我打开了封面，扉页上是他的名字，多恩·路德。

阖上了笔记本，望向窗户外头，天黑透了。路灯的光很微弱，也很远。

我将手指，顺着那名字的笔画一笔一笔地描画过去。写得很坚硬，好像他沉默时候的下巴轮廓。

就在这时候，我看到了那个电邮地址。

这个邮件地址孤零零地悬在下一页上。纸页沾过水，上面有焦褐色的氤氲的痕迹，或许是红茶的茶渍。受了潮，纸页背面的字迹，也洇出来。我翻过一页去，密密麻麻写着我不认识的方块字。这是中国字，多恩写的。我看不懂，但并不觉得他写得十分好。因为笔画上的弯曲和迟疑。多恩从小就是个果断的孩子，这会反映在他的笔迹上。然而，这些字写得不够自信。我一页页地翻过去，每一页都是这样的字，还有一些图案。

其中一张，虽然是粗略的示意图，还是辨认出是一台很大的机器。我未见过的，结构繁复的机器，和它部分零件的标注。

最后的几页，他的中文字渐渐流利了。仍然方头方脑，但是有力坚定，如同写自己的名字。

我翻回去，目光在那个邮件地址上停驻。

我开始发愣，眼前浮现出多恩的脸。尽管有些模糊。但是，浓重的眉目是我们家的遗传。灰色的眼睛来自他母亲，是我所不满意的地方。因为这样的眼睛，看上去优柔而不稳定。好在他的下巴弥补了这个缺憾。

字迹是他的，孤零零地悬在一页上。没有任何旁注，名字，日期，地点。

想到这里，我觉出自己额头，微微泛起热度。这热度在太阳穴鼓动了一下，很突兀地击打了我的眉骨。我感到双眼一阵发酸，潮湿模糊。

在一个小时后，我打开电脑，输入了这个地址，开始写一封邮件。

亲爱的S：

请允许我这样称呼您。很抱歉，没有称您为先生或者女士，因为我无法确认您的性别。

我在多恩的遗物里，发现了一本笔记本，上面有您的电邮地址。

冒昧地写这封信，是想了解他在中国这几年的生活。说来惭愧，我竟然对此一无所知。我想，或许可以获得您的帮助。请放心，我并非在痛苦里无法自拔的人。我是个军人，看了太多的生死。不用担心您任何的言辞会触痛我。

最后请原谅，我并不会中文，希望我的信没有给您的阅读造成困扰。

等待您的回复。

您的忠实的
尤金·路德
2006 年 11 月 2 日

我检查了语法，叹一口气，然后点下了发送键。

第二天，在吃晚饭的时候，我告诉了柯本太太我所做的事。她似乎不以为意。她站起来对我说，她在一本烹饪书上看到，烩牛尾接近炖烂时，可以尽可能放更多的红酒，对防治心脑血管硬化有好的效果，她决定试一试。

我不知道，期待对于人的意义。即使像我这样老的人，似乎应该云淡风轻。

"那些坏日子，好日子，时好时坏的日子，
都是有了年纪之前的事。
这些事情，与现时的我仿佛已关联淡薄。
回想起来，像是在远远地看别人的生活。"

在以下的一个星期里，每当电脑提示有新的邮件，我都会在不经意间迅速地打开。这些邮件，多半是房地产商的广告，煤气费的月结单通知，或者在附近大学举办的保健讲座告示。也有一些是詹姆士发来的，这家伙是同袍里最不知道疲倦的人，总是发给我们各种笑话和网络上搜集来的视频。有些视频有小小的色情意味，对于我们这些老家伙，至多意会，心有余而力不足。

然而，我发出的那封邮件，没有回复。在后来的一个月里，我又精心地挑选时间，陆续发过几次。是的，挑选时间，我甚至考虑到了时差。我想，没有谁乐意在凌晨被一个讨厌的老头叨扰，如果对方也有新邮件的自动提示。然而，我没有得到回复。

或许，我应该换一个信箱。

我打开那个许久未用过的信箱。这个信箱，最后一封寄出的邮件，是在退休的最后一天，我发给公司和同事们的感谢信。感谢他们为我举办了一个体面的欢送派对。我禁不住浏览了以往收到的信件，包括那些干巴巴的公文。揣度自己当时行文的语气和节奏。我不知道退休是否是一条分水岭，但在此之前，我的确未意识到自己的年纪，看电视时，已经需要裹条毛毯在膝盖上。那些坏日子，好日子，时好时坏的日子，都是有了年纪之前的事。这些事情，与现时的我仿佛已关联淡薄。回想起来，像是在远远地看别人的生活。

我开了一个新邮件界面，输入地址，将之前写的邮件粘贴到上面。

在我将要发出去之前，我想起了这个邮箱的某个功能。我先点下了一个按钮。

次日，我收到了一封系统提醒邮件。显示我的信，已经被对方打开并阅读。

我笑一笑，长舒一口气。

黄昏的时候，我将在退休派对上穿的那身西装找出来，在不错的阳光底下拍打一番，又仔细熨烫了一下。柯本太太看我拿着熨斗的样子有些气喘，提出要帮忙。但被我谢绝了。她嘟嘟囔囔地说，我儿子的婚礼在两个月之后，您不用这么早就准备好。

我将西装挂好，眯着眼睛看一看。这套藏青色的毛料西装，现在穿起来恐怕不是很合适，因为我瘦了许多。不过它是出自好裁缝的手，维拉街上大概只有平克顿先生一个人还能做这种式样庄重的款式。不过他已经在去年脑溢血去世，比我先走一步。好手艺也给他带到坟墓去了。

晚上，我在沙发上小睡了一觉。醒来精神头很好，于是打开电脑，开始写另一封信。

亲爱的 S：

这封信，也许比之前的更为唐突。因为，我想您已经读到了我的信，但是出于某种考虑，没有回复。我一如既往地写给您，希望您不会介意。在我这个年纪，做一件事情之前，多半会比很多人想得更多。自以为深思熟虑的结果，依然是去做。因为，我很清楚，如果现在不做，或许就没有了机会。

就像我过去的大半生，很多事，总觉将来有太多时间去做。但是一拖再拖，岁月蹉跎。现如今再想去弥补，已经不敢奢望了。

我不知道你是谁。即使最初好奇，现在也已经不重要了。我的儿子以及他的事情，如果成为我们彼此不想触碰的部分。那么他的父亲，便更是无关紧要。

我想，或许无关紧要，会让我们的关系，变得轻松一点。那么，我的邮件，可视为一份广告。或者，那些随意发到你信箱的不知来源的东西。当然，我寄出的不是病毒，虽然它可能并不比一封垃圾邮件高明。我只想说，它真的不重要。

这些铺垫，无非是因为我想说说我自己的事情。我叫尤金，一个足够老的老头。你可以暂时忘记我的姓氏，如果它会引起和我儿子有关的联想。活到这把年纪，我其实很想找个人，说说我过去的事情。你知道，对于熟人，我总是羞于开口，怕引起不耐烦和怜悯。然而你不同，咱们彻底不认识。不是吗？

所以，我想说说这些。尽管我要冒个风险，因为自己的无趣和啰唆，而被你拉进黑名单。而在这之前，我还是想要说说。

那么，让我想想，从哪儿说起。人们常说，往事历历在目，对我可远远谈不上。我的记性很有限，那么就从我最记得的部分开始。

让我从 1947 年开始说起吧。那一年我加入了皇家海军。这是个不错的时间点。围绕它我可以回忆起不少前后的事。

我还清楚记得征兵时的场景，所有的年轻人，都聚集在位于肯特郡的市政厅隔壁的招募大厅里。皇家海军已经有几百年的历史，在我生活的小县城，每年的招募都是盛事。对大多数普通家庭而言，即使海军水手赚得不多，也足以糊口。我当时才十五岁。站在我旁边的男孩叫凯，他脚下垫了四本书，才勉强够了招募的身高线，居然被录取了。我自然也被录取，从此开始了长达三十六年的海军生涯。

我是家里的独子。入伍那天早晨，我跟父母亲告了个别。父亲当时四十四岁，母亲四十一岁。我们住在我祖父母的房子里。这幢简陋的房子建在山边，房子后部靠山处有三层，前面却只有两层，房间都很小，而且没有浴室。

靠山还有另一幢房子，已经空了。关于这一年，其实没有什么好说的。如果有，就是我们的邻居查理大爷死了。他的老狗汉斯也不知道跑去了哪里。查理是冻死的。那一年整个欧洲，都冷得像冰窖。二战后的第二个冬天。德国有很多烂棉絮一样的城市，暖气，水，电，什么都没有。寒潮来了，老人们只有等死。我还记得，最冷的一月份，零下二十度，他妈的。原谅我，在表示心情方面，脏话总是言简意赅。我们这里也未好到哪里去。香港也会这么冷么，或许会，从纬度上来说，原谅我对你的位置实在不太了解。我祖母说，上次欧洲

这么冷的时候，她还是个姑娘。在我的记忆里，那年不停地下雪，雪下到六七米厚。马路和铁路都被封锁，对，我有印象，是那种发射热气流的大炮，用来清理铁路上的积雪。经常大面积地停电，蜡烛和煤气灯变得很抢手。停电的日子里，一到晚上，没有别的可做，只有全家依偎在一块睡觉。老查理，就是睡死过去的。几天后才被发现，听说嘴唇冻得青紫。

如果说还有什么事，或许就是整个世界的寒潮。冷战是那年开始的。

好吧，我在冷战那年离开了家。在此之前，我似乎没有过少年时代。或者说，从童年一下子就跨越到了青年。除了战争的消息，那些年过得太千篇一律了，包括我的童年，似是而非，也没有什么特别不愉快的记忆。现在想起来，我其实缺乏军人的基因，小时候很胆小羞涩，还常被我的舅舅山姆嘲弄。

至于我的家庭，也说不上什么特别难忘的。1931年的大萧条到1939年的二战期间，我父母的生活很简单。父

亲在大萧条中失业了，母亲节衣缩食，勤俭持家。

二战开始后，一切才都变了。父亲立刻被征召入伍，尽管以他的年纪，上前线的确太老了。我记得一开始他就把牙都拔了，这就是那时我们国家的健康状况。他加入了皇家空军，由于之前在好几个工程里做过工，算是有些经验，他被派去建设机场，一直追随盟军，从法国到德国。

拜他老人家所赐，我的母亲开始有了一点钱花。我们常常下午去看电影，尽管看什么总是她说了算。不夸张地说，费雯丽是我第一个梦中情人，猫一样的绿眼睛。听我一个老伙计说，她在香港也有些名气，是真的吗？

我们还住在自己的宅子里，不过因为害怕德国人空袭，后来被疏散到乡下。没什么值得抱怨的。那里的空气清新，我的学上得也不错，学费还很便宜。

回到镇上，我参加了十一年级的考试，以决定我是参加皇家空军或者海军，还是成为造船厂的技工。我被挑选为加入海军，或者说，其实是受了影响决定加入海军。我这么说，是因为我舅舅是海军的一个小军官，在家里已经算是个人物了，备受尊重。不幸的是，有次他喝醉了酒，在教堂的公墓上撒尿，把自己的好名声给毁了。可怜的老山姆，自作孽。尽管如此，他还是从海军领到了退休金，并随后加入了退役军官办公室。

我穿着父亲交给我的新雨衣和棕色鞋登上了列车，奔赴入伍之程。

对不起，S，人老了总是啰唆些。连我都惊异于自己的滔滔不绝。其实，又有谁会关心这些流水账呢。我曾尝试过，说给多恩听。这小子，总是一脸的不耐烦。可是，我知道他背着我问过她妈妈。我们的父子关系，的确谈不上亲密。好在有海伦向我通风报信。我才知道这孩子是怎么长大的。我的海伦，估计现在正在天堂里弹竖琴。过些年，我就会站在她身边念十四行诗了。这是我能想到最浪漫的场景了。抱歉，我又说起了多恩。我不说了，不说了。

你的忠实的

老尤金

2006 年 12 月 12 日

罗曼罗兰

文｜匿名作家 005 号

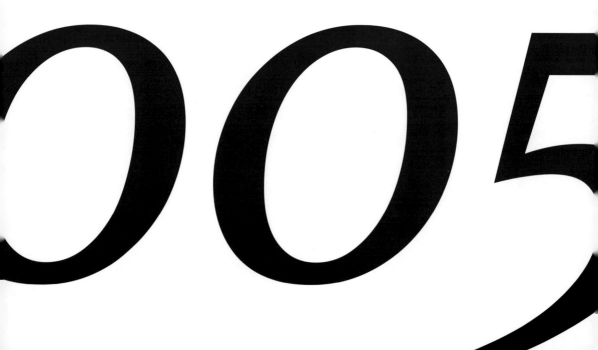

春天刚开场，整张城市的地图上就又活泛了起来，东边生出一丛丛摆摊挑担子卖汽水的，红的橙的镇在冷水钵钵里，混着些兜售麦芽糖的小贩儿，里里外外都浸着一股子甜。西边丝绸庄上一匹匹新鲜颜色的料子又鳞次栉比地挂出来，热热闹闹，铺开了个满堂彩。而那中间儿左右上下移动的一粒粒带着过期香味的小点儿，镜头稍微拉近了看，才发现原来是沿街串巷遍地卖花的妇人，焦点再一浓缩，只见她们大多穿着单色棉布半袖短褂和宽腿裤子，头上为了遮挡太阳还特意包了一块麻布方巾，顺着窄窄的颌骨一路延伸，打出一枚结来。她们精明的手腕上各挎着一只揽钱的竹篮子，里面盛着一捧捧拾掇干净的花，粉粉白白的，多半是樱杏一类的，兜售玉兰的也有，只是不如前者那么常见，照理说海棠应当也是有的，不过现在春色还不够酽，仍不到海棠下市的时候。一尘不染的花骨朵或是连枝剪下来，或是用细铁丝串着，做成手镯耳环的样子来卖，虽然只能香上一天，但一日一日，由黑接着白，架不住天天有人买，于是一整个花期一走一过，哪里都无不是争奇斗艳。

那镜头当中无端端地略过了许多人，最终聚焦在一位一身蓝底白花衣裤的小大姐周围，她年纪很轻，看着不过十六七的样子，是一早打香山地界儿过来的，一上午兜兜走走，现在已然也快中午了。她人小嘴不精，在大路上卖花儿总是被人挤兑，她就只有一路寻那些窄小的胡同走动，走了个把钟头，眼见着半篮子花都快要不新鲜了，她纵然小蓝头巾已湿了一半，却也还是不得不加紧了脚步。正赶着这当口，忽而有户人家的女仆打自家宅门杀将出来，往外头泼了一管笤水，那小大姐吓得连连往后跳了几脚，但布鞋面还是湿了个精透，半竹篮子花也径自掉了一地，滚了一路泥水，俨然已拾不回了。

管家婆阿常哎哟地尖叫了一声，还没等她分辩，卖花的人已先自挨着墙角哭了起来，因为鞋袜已经湿透了，十根脚趾头的形状在薄薄的黑布面下凸显出来，根根分明。

那悲哀的哭声，和腐烂了的杏花香味儿顺着潮湿的泥土表面一直上升，越过管家婆阿常的盘头，越过罗宅的院墙，越过院落里一棵不及腰粗的岌岌可危的槐树，从二楼上一扇方方正正的窗里一路溜进来，钻进床上盹着的人的耳朵里。

仲兰原本睡着了，他忽然觉得耳边有一阵响，开始他还以为是苍蝇，就不耐地转了个身想假装听不见，然而那噪声久久不断，他这才猛地一起身，连人带被地坐起来，捉过书桌上的打铃闹钟

一看，已经快要十二点了。

他这间小屋子说来也不过十步长宽，稍微蹾一蹾也就到头了，几米开外靠墙站着的是一只脸盆架子，墙上方挂了一片圆面镜，顶头上有一对儿小天使的铜像镶边，四枚小小的浮雕翅膀凸出来，非常好看，只是镜子中间已裂了一道痕，虽然之后不尽爱惜地用胶补过了，但还是深深浅浅地留了疤。变形的铜盆里盛着的还是他早上洗脸用的水，想来底下人一直就偷懒没上来换过，但他好像也完全不觉得伤心似的，默然地又用脏水洗了一把脸，再用架子上搭着的旧手巾擦了一擦。低下头去的时候，他从浮着星星点点泡沫的水盆里看见自己的脸，他自己说不上来是好看还是不好看，只是那种没有生气的五官倒是真真的，他自己看了都觉得烦。于是伸手在水里胡乱一搅，那线条分明的脸也就散了，和肥皂沫子溶作一团，成了分不清是非黑白的影儿。

仲兰一边揉着眼睛，一边顺着窄窄的楼梯往下走，他脚步声音越轻，越是更能听见一楼上传来的牌声，手搓牌，牌碰牌，听牌的人从心里窃窃笑到面儿上，丢牌的人又从面儿上苦苦笑回心里。那些常来常往的声音他全都门儿清，稍微偷听个几十秒就知道今天是谁来了，

其中松鼠似的把瓜子嗑出了节奏声的就是他母亲金娣，她说两句话就吃一点子零嘴糖茶，听起来她今天好像并不上场，只是做个东，当个看牌的。

仲兰特地没路过客厅，而是从后门出去，沿外围绕了一圈，才来到了前门。只见那卖花的小大姐仍然只在那儿一个劲儿地低头抹眼泪，阿常一动身要往屋里躲，她就死揪住那袖子不放。不说让赔钱，也不说让赔花，只是一味地将她拖住了，不肯松手。

"这下好了，我家少爷来了，"阿常的脸往下一吊，道，"他可是这片儿最好说话的了，你是要什么都只管同他说去罢。"

仲兰脸上表情一凝，他今天穿了一身崭新的蓝灰长衫，太阳底下就只把他的肤色衬得更加苍白，唯有那两片嘴唇子上还透着一点桃血色，如今微微动了动，蹦出一行字来："你什么事儿都把我端出来，这事情又不是我惹上的，我是怕你搅了太太惹她不高兴。"

阿常身材矮小，体格却壮，雀黑短上衣下的胸脯撑破了大天，一张脸却是很扁平，支上木板就可以在上头搓汤圆了。

"她要说我溅着了她，我还说她走路没长眼哩，"阿常道，"您再看这些个花骨朵儿啊，统统都打了蔫儿了，就算不折在这儿啊我瞧她也卖不出去。"

那小女孩子也不言语，一只手拉着管家婆，一只手扯住自己的衣襟，竹枝子似的几根手指头好像就要把那精透的棉布给揉碎了，眼泪珠子吧嗒吧嗒地往下掉，这让他想起以前看的童话书里有一个故事，说是一位公主落下来的眼泪都会变成珍珠，那样一粒粒水珠顺着脸蛋滚下来的情形，他想象着也就和现在差不多，只不过在这一面的世界里眼泪是不可能变成珍珠的，而是只有化作旧面盆里的洗脸水，下水沟里的剩饭汤，再流也是没用的。

仲兰径自蹲下来拣了一枝海棠，装着样地往上面吹了口气，道："拿回去洗一洗还是能看的，说到底你先往街上泼水本来就是你理亏，以前也不是没因为这惹过是非。"

管家婆立即还嘴道："那又不是我的意思，太太说今天风大叫我沿屋子洒水压压灰。"

"她是让你在屋里拾掇，谁叫你出来的。这满大街都是风都是灰，难道你还能管吗，这下好了，现在这地上都成了泥了，再脏不过了。"

阿常的脸上疑惑甚至于多过愠怒，她眼珠子瞪得斗大，简直不敢相信眼前这个好端端说话的人是谁。仲兰心里也只是没底气，但还是不得不尽力撑着，如果在平时他绝不会管这些闲事，但今天实在太特殊，他万万不能让金娣那儿出了什么岔子。于是只得硬着脸面，继续发话下去："这样罢，见面分一半，这买花钱咱们两人一起出，你就不用去回太太了，她知道了指不定要骂你哪根筋不对呢，我这可是帮你。"

阿常奋力把身子一甩，从那卖花姐手里挣出来，啐了一啐，转身就要往屋里走，仲兰赶紧问她上哪去，她头也不回地撂下句"还能上哪儿，我取钱去我"。说罢，就一头钻进了房里。

她走掉以后仲兰就把衣摆往上拖了拖，蹲下去捡花，那小丫头也就蹲着和他一块捡，这才终于话中带泪地开了口，道了声谢谢，仲兰只是一味地低头挑花，也没抬眼去看她。片刻之后管家婆已经拿了铜板回来了，他用篮里垫底的报纸把花枝子抱着，向阿常说了句"钱我晚上给你"便一溜烟儿地回屋了。管家婆这下知道他原是为了下午要出去玩怕他母亲生气了再不答应，这才特出来管事呢。她心里觉得可笑又不甘愿，但还是只得拉长了脸暂且把钱付了。

仲兰先是到厨房把花洗了，回屋放妥了，才拔腿往会客厅的方向走。他们

家的走廊又深又长，糊里糊涂，昏昏黄黄，又带一股子与生俱来的潮。他小时候常常玩一种游戏，在这行走过无数回的走廊上，把眼睛闭起来，全凭记忆的感觉往前走，哪里有斗柜要绕开，哪里凭空横出来猫大小便的沙盆，他都谙熟于心，以至于如今拼命想忘记了都不行。在黑暗里那隐形的烟味混着猫屎的酸，越来越清晰，牌声越来越真亮，前方的亮点一步步扩大，两只脚还没等完全摆脱黑暗，屋里面金娣就已经鹦鹉似的咯咯咯咯笑开了。

"娘。"前脚刚一踏进西面的客厅，仲兰就低低叫了句人。中午的太阳还没照进来，所以虽然是白天，也开始点着灯，那灯罩子上绕着两条前追后赶的小金鱼，据说是他父亲生前留下来的东西，因此这家里谁也碰不得，就连擦灰都是金娣在麻将桌子上垫了十几本电影画报，自己再踩上去亲力亲为的。按照她的说法，他父亲是早早就死了的，他曾经或也信以为真，只是年纪越大耳边就越免不了有热心的人前仆后继地吹风，他听到的版本也不甚一致，但无一例外是以那人丢了他们母子不要，又去外面另外成了家并意外丧命开头的。起初他也怀着想证实自己身份的好奇心，甚至梦想着和书上一样，他父亲其实是某位

要人，甚至可能是外国的公爵，总有一天会漂洋过海地来接他，牵着磨破了一点角的行李箱子，带他脱离这一潭泥沼似的生活。然而那样猎奇的故事即便这世上真有发生，也必然不会是他的。他不知道从什么时候起认了命，死了心，对于那个脸都回忆不真亮的人就此没了幻想，然而也没有恨，他对他就只是无，他不过是一个生理学符号，是一只吊在天上的金鱼灯罩子，近年也不见得有人频频擦拭了，蒙了灰，褪了色，至于那面儿上的两只鱼，大约也早就干涸死了。

金娣站在方桌的最犄角，穿着一件紧身玉色短旗袍，头发梳成一只一只小卷儿，往脑袋上背过去，露出一对儿鲜红的长耳坠子。两条细白的胳膊招摇地露在外面，像四段儿提早收获的莲藕，一掐就断了。又薄又脆的手腕子上紧紧吸住一只银手镯，那镯子是她还是个幼女时她母亲给买的，也是一个败落的姨太太，原本是为了保平安套在脚上的，如今她挪到手腕子上，虽然还是过于小了，但好在她瘦，瘦得足以勉勉强强硬将手塞进去。金娣是从小就低三下四惯了的，也太看惯了她母亲的悲哀，就只盼望着以后千千万万不要做她母亲一样的人，不论是个什么样的人家，一定只能做正房。然而就好像越是极力想避免

什么，人生就偏是越要往某种方向发展下去似的，她最终不仅嫁了个有妇之夫，而且连堂堂正正的仪式都没举办。婚后不久，这府上的第一个也是唯一一个婴儿就出生了，当时男主人已经连月未归了，产婆把孩子抱在怀里，一面乐不拢地说是个男孩，一面又问太太孩子叫什么。金娣呢，她早就不盼着这个孩子出生了，只是后来她已到了不得不生的境地，遂随口说道，你给取一个好了。那妇人听了，在屋里直打圈圈，这时她一双鼠目却突然溜上以前男主人的书架，如临至宝，即刻答道，就叫罗兰罢，好名字，以后一定有出息的。旁边的管家婆小丫头听了都笑了，纷纷只说，这哪里是男孩的名字，一点男子汉样儿都没有。接生婆马上一抖机灵，立即说，那就叫罗仲兰，我家那口子他家就都是仲字辈儿的，个顶个儿的都像个爷们儿。众人一听，反而更是笑开了，只道，这又不是你们家那口子的种，哪能从了人家的字呢。是时倒是躺在床上的金娣，嘤嘤地笑起来，说道，好，就这么叫罢，那种人的种儿也就只配这么叫名字。罗仲兰出生以后，寡妇金娣所做的第一件事，就是让木匠在宅门外钉了一只罗氏的门牌。这本来是那人走之前许诺说要做的事，她等来等去，终于知道他不会

回来了，就只有等这孩子出生了，才终于得以落实，是在向一切的人宣告，她金娣也是罗姓明媒正娶回来的太太，这家里现在都还留着正宗的他们罗家的血。门牌上最后一颗钉子落下去的一刻，她心里面对这孩子的热心就陡然失掉了一半，之后就全权交给底下的管家婆使唤佣人轮番管着，因为她觉得自己还年轻，尚还有点财力，所以要出去玩，出去消耗美貌。不仅要出去，还要请客一众男男女女到家里开趴体，他们家小小的客厅装扮起来，玻璃盘子里盛着各式各样的水果点心，一色地排开来，唱片机里喷薄出跳舞的音乐，晦暗的长廊上也挂上一嘟噜一嘟噜的小彩灯，彼此有意思的男宾女客就专爱往那地方钻，天天都像是过节。那个时候罗仲兰已经搬到楼上住了，金娣嘱咐下人在上面看着少爷，不许他下来，但哪个不是一心寻思着上一楼开眼，于是每每就把仲兰反锁在房里，然后自己再悄悄溜下去玩乐。他被隔绝在二楼之上，无论是在床上盹着，还是趴在桌子上发呆，永远都能感受到那音乐声和笑声的震动，逢客多时，天花板上的碎屑一簇一簇震下来，叫人直想打喷嚏。有几次他整个人完全地匍匐在地上，耳朵贴紧了地面，下面的声音听着就更加真亮。有时候谁说了笑话，

他虽然听不完全，但仍然觉得十分好笑，就一个人趴在地上和底下的人一同嗤嗤地笑起来，仿佛他也是他们之中的一员，在下面喝着汽水，任那些七荤八素的彩灯照在脸上。虽然落在他头顶上的从来都不是光，只有天花板上一波一波掉下来的头皮屑。

他一直这么干，直到后来长成了当初的一倍高，管家婆都懒得给他房门上锁了，因为她们都知道少爷是绝不爱热闹，也绝不会跑出去的。他已经习惯了匍匐的姿势，只不过后来长得更高了，这房间就更加显得小，有几次刚想要站起来，不是脚磕上了床头，就是头撞到了桌子脚的。有一次金娣过生日，闹得欢了，就派人去叫少爷下来。他趴在地上听见了这个指令，一股脑地爬起来，换衣服，拾掇自己，很快有人敲门，门开了，他刚往出走，新鞋新袜子眼看着要踏出门槛，却忽然双双止住了。他突然感到一阵恐怖，来叫他的小丫头一心只想着赶紧回去，就催了一句怎么不走呢。他便把腿又缩了进来，低低道，今天觉得乏了，已经准备睡了。那丫头急着去吃酒，也没注意到他是不是已经全副打扮好了，只是飞也似的踩着楼梯又下去了。之后他阖了房门，又专心地匍匐在地上，穿着没有褶的衣服，听着音

乐和人声，感受着那样的热闹一阵阵风似的扑在自己脸上。

然而后来他这项恶习也就渐渐戒掉了，不为了别的什么，只是因为他们家里后来再也没有响起过那样风流的音乐声。金娣没有收入，先是吃了几年的老本，进而就是当，原先是高价买的稀罕小首饰、皮子大衣，最后是结婚用的金戒指，能当则当能卖则卖，他们家里的东西眼睁睁见着越来越少，到后来就连他父亲当年带过来的唱片机都卖掉了，换了一台收音机，声音总是刺刺啦啦的。趴体开不成了，金娣也跳不动了，于是她的嗜好又变成打麻将，这样非但不用出去，幸运的话还能补贴家用——虽然这后一种想法完全是妄想，光是那些零食点心茶水电灯钱，一个月就不知道要折进去多少。但金娣还是觉得自己是稳赚的，和过去的生活比起来，现在简直就是日入斗金。话虽如此，她还是相继地把佣人辞了，身边只留下几个平常使唤惯了的。就连仲兰一开始也还有一点不习惯，因为世界陡然安静了，原先在书桌子旁边一边写字一边就要时不时弹一弹落在纸上的墙灰的日子，再也不复返了，留给他们的，就只有单调的牌音，和说话刺啦刺啦的收音机而已。直到那时候他才有一点懂金娣了，觉得她固然可恨，

但又总带着那么一点点凄楚楚的可怜。

他怯怯地喊了那可怜虫一声，她好像没听见，依旧在手指头尖儿上掐一根细柄子香烟，盯盯地看人家打牌。坐在靠门方向的妇女向他这边微微觑了一眼，又马上将眼睛挪开了，好像是看见了一阵风。仲兰缩了缩颈子，但他知道今天决计不能这样，因而壮了壮声音，重新又唤道："娘。"

他们家里明明也不太热，即算是穿着长衫也还是偶然觉得凉，但她看样子早就已经过起了夏天了。金娣一双眼睛一抬，即刻又降下去，那一高一低里罗仲兰就明白了那意思，是叫他继续说下去呢，便道："今天下午我要出门去，中饭也不在家里吃了。我们学校里下午要集体扫院子擦桌椅，人人都要去的。"

是时有人打丢了章，是一个身材滚圆的年轻男子，头发明明只有半寸来长，但还是很大力地抹了头油，溜光水滑地背上后脑勺去，他做出一副捶胸顿足的样子，旁边的三位姨娘就通通跟着笑起来，金娣也笑，笑得身上颤颤巍巍的，那一副细伶骨骼仿佛下一秒就要整个地散了架了，突然地，他说话的声音像是才终于传进了她耳朵里，因而马上脸一抬，压着口气道："你这话说得，你出门玩，我还能拦着你吗，不知道的还以

为我见天儿在家里囚着你呢。我还巴不得你出去玩，出去使钱呢，免得在家里圈傻了。但你就算要出去也不能等到这会子才说啊，厨房饭菜都给你备下了，中饭备了晚上饭也备了，你这一走，得，活活瞎了两顿。"

打牌的四人里仍然是在顺时针摸牌丢牌，全然没有人向他这里丢过一眼，然而他知道的，他们越是不看其实就越是在看，越是不听其实越是在窃听。罗仲兰用半边脸孔扯出一角笑容，说道："我晚饭还是回来的，我只是去点个卯，听说如若不去还要缴卫生维护费呢。"话到这里，他忽而脸色一愣，心里明白说错了话，因又立即补充道："虽说也不是什么大钱，但总好像是在偷懒似的。"

"嗳，碰了碰了。"金娣先没理他，马上伸出手搡了一把那油头男子的肩膀。对方咿咿呀呀地将躲未躲地，一个劲儿地笑道："嗳嗳，你那烟就差烫上我脖子了。"

"就你啊，"金娣也笑了，说罢往他身上戳了一指头，"哪里还有脖子，有的话你动一动给我们瞧瞧。"话说完，牌局子上的人都仿佛来了兴致，那人还当真地装傻，像跳舞似的动了动头，旁的人立刻就笑起来，直喊他这是耍无赖，不能算数的。就趁着人们相互你一句

我一句的时候，金娣借着笑，向门边上伫着的人丢过来一句道："你去管家妈那里拿钱吧，回来的时候你去兰馨斋挑几样点心回来，晚上等着吃呢。"说罢，又继续挂着笑，透过香烟雾看人家打牌，她是两家的牌都看，照说哪儿都是没有这样规矩的，但其他人也都不便说什么，就像只当是来哄着她玩儿，以换一顿吃喝。金娣呢，一截香烟掐灭了，马上又捉了一小把酥糖在手里，一颗一颗剥来吃。仲兰是知道他母亲的用意的，她一向都喜欢嘴里填满了东西的时候说话，这么一来她的削脸颊因有食物撑着，看起来圆圆鼓鼓的，自带有一种小孩儿的天真在里面。她这一套早几年在她还会出去玩的时候很是适用，但现在已然很勉强了，因为脸上一鼓，眼角的纹路就更是挤压得无路可藏。她早已不适合这套手段了，只是她始终未能发觉，还以为可以靠着假装无知来获得喜爱呢。不过这样的念头在仲兰看来，从心理上来说倒确实是已经足够天真的了。

仲兰唯唯诺诺地答应着，一面倒退着往门外走。退了没几步，整个人又完全陷入遍布潮气的长廊，一切都黑了，他却才反而觉得一切安全。他脚步立刻快了起来，一路折返回去，踩着楼梯噔噔就上了二楼，他打开房间门，冲进

去就一把拉开书桌，取出一本书来，又从刚才洗过的花枝子上采了两朵海棠下来，一并夹进书里。临出去以前，他又特意向镜子里面照了一照，甚而还半转过身去斜眼想看看背后，然而无奈镜子实在是太小号，怎样也照不全，他便放弃了，又一阵风地溜下楼去，他觉得还是不好从正门走的，因又直接绕到了后门，才走出去没几步，就只见院子里撅着一对儿淡蓝色的背影儿，靠近了，才发现原是两个小丫头在那里逗猫呢，她们听到脚步声，欢声笑语陡然一停，登时机警地一块回过头来，一见是仲兰，那脸上的肌肉又即刻松懈下去一半，彼此又闹开来，胡乱问了声好，就自回过身去逗猫。

"你们这见天儿的都是乱给它喂的些什么东西呢，猫又不像狗，不能胡吃的。"仲兰道。

"这您就不知道了，"其中一个小丫头答道，她们往两边各自让开了一点，示意仲兰过去看，他稍微俯下去一点身，见那猫正在吃昨天剩的鱼冻子拌饭，那饭盆子里赫赫然还躺着几条鱼肉呢，"咱们家的这只猫才叫奇呢，就爱和人吃一样的，别的还不吃呢。是不是啊兰兰？"说着，就趁机用手去给它捋顺猫毛。唤作兰兰的白色母猫突然就停止了吃食，

两只窄小的眼睛一阖，全身向后尽力伸展拉长，惹得两个偷懒来逗猫的小丫头都高兴得不行了，以至于她们谁也没顾上看见罗仲兰脸上一沉，什么也没说就走开了。

那只暹罗猫原是金娣过去在舞场上认识的一个什么人送的，交头接耳间传说两人也曾经有过一段情，但终究那人还是从她的日子里消失了，只留下一只幼猫仔，金娣也没怎么发作，倒是有一搭没一搭地替他把猫养了起来，一面养猫一面等，仿佛是又重复了一遍旧日的故事，只不过这一次她没花几天就领会到对方的意思，消沉了个把时日就恢复了，动物也没跟着遭殃，反而是后来到府上来慰问兼吃饭的人说，这猫还算是稀有品种呢，长成了许是能卖不少钱。金娣自此也就更上了心，因为是母猫，就取名叫金兰兰。说来也可笑，一只畜生而已，倒反而有名有姓全须全尾的，家里面再卖桌卖椅也从来没让它受过凉，从来没短过它一顿吃的。戏剧上演的和兄弟姊妹争宠这种事情在仲兰身上是绝对没有的，但他的景况似乎还要更破灭，因为跟他争宠的甚至不是人，只是一只尖嘴猴腮的四脚猫。然而他安慰自己道，这畜生迟早是要拿去卖掉的，不要紧的，可他一天天地盼望来去，除

了它一年年长得足斤足两，他什么也没等来。如果有街坊一走一串打罗宅门外经过，听见里面喊"兰兰吃饭了"，多半都还以为是这府上少爷的乳名，没准心里还寻思着，瞧他那副样子，和这女里女气的名字倒也有七八分合适呢。而唯有那宅门子里面的人相互心知肚明，心照不宣，手上拿着飘着油光的饭盆，嗫嗫地笑着，身子友善地弯下去一些，像是捉迷藏似的四处觅寻。那是在喂猫呢。

罗仲兰所以恨透了自己的名字。这姓氏首先就已带着一半耻，那名字呢，还是接生婆娘随口胡说的，竟还无端端地和一只母猫重了名，简直是不能更加不成功了。然而好在后来终有一天，终于给他发现了这名字的意义，还不只是这名字，甚至于为他发育不良的细长身体，趴在地板上听音乐和跳舞的年月，被一只暹罗猫踩在头顶的窘境，都找到了意义与解答。每每想到这里，他都只觉得从脚到头都清爽了，现在他往电车站台的方向赶，太阳光照着他微笑的脸，照着他的新衣衫，照着他蓝色的心情，街上一走一过卖花的妇人见了他都忍不住停下脚，笑着问道买花不买。他只是低头把手里的书又拿出来看了一看，外层用淡灰藕色的纸包了一层书皮，还用

浅蓝钢笔小楷工工整整抄着几只秀丽的小字，上书"名人传"，一翻开来，扉页的空白上换了另一样碧蓝墨水，一字一顿地缓缓写道：

管曼生，

二十岁生日快乐。

罗仲兰

一过了西直门，世界就陡然热闹了起来，一时间路两旁各色的店铺、来来往往打扮时髦的男女、走街串巷的小贩都雨后蕈子似的冒了出来，汽车声人声走路声，声声入耳，卖东西的不肯让步，买东西的非要还价，两人面儿上都没红着脸，但彼此肢体上已然不快地推推搡搡了起来，边儿上几米开外已围了一点瞧热闹的人，列车上的人也不例外，他们探头探脑地往那边伸长了脖子，有小孩子巴巴地问，叫看他的姆妈训了一句，她自己却又马上扭脸过去看热闹，那小男孩给教训狠了，马上哭将开来，声音比外面的车马还要嘹亮。这一哭哭得罗仲兰心里更烦，他只恨今天外面的人也多，乘车的人也多，走走停停，竟然耽误了不少时候。他没有手表，但估摸着恐怕是要来不及了，因而在下一站就急匆匆下了车，心下一横，后脚就上了一

台人力车，说是往大栅栏儿方向走，讲好了价钱，两人一车就尽快往目的地飞驰而去。

还没等到，仲兰就已先备下了车资，饭店的牌子刚一入眼帘，他在车上就已四下搜寻起来，结果却谁也没看见。他匆匆付了车钱，且在门外又左右张望，心里面惴惴想着，他们恐怕是等不及就进去了罢，他正一脸失望地向门童方向上走去，却突然间眼前一黑，眼皮子上传来一阵阵干燥的热度。是一双女孩儿的手。

罗仲兰还被蒙着眼睛，已经先噗嗤一声笑，反手将那手腕子一夺，转身说道："我就猜一准是你。"

只见他对面娉婷站着一位小姐，体格细小，脸上柔中见刚，眉似腊八新月，目若芝麻糖球儿，肤色也白得发腻了，上身一件半袖樱色竹布短衣，旗袍式窄领，下身一条洋蓝长裙，裙摆子还滚着一圈儿流苏边儿，底下却露着一双乳白圆头鞋，一望便知是一位时髦人物。

章小蛮道："我可都在对面咖啡馆里观察你老半天了，看你急的，真有意思。"

"你还笑呢，"仲兰柔声抱怨道，"你早就来了？现在已经几点了？"

"离三点还有一刻钟呢，"小蛮当真等久了的样子，嘴巴往下撇一撇，"我坐我爸爸的汽车来的，他上八大胡同那边儿去听堂会了，一小时前就把我捎来了，我就像个傻杆子往对面一坐，咖啡都喝了好几回了。"

"那正好，一会儿你少吃点。"仲兰笑道。

"又不是你请客，你胡摆什么谱。"小蛮道，仲兰自觉说错了话，脸上表情一愣，然而马上又恢复了，道："谁还不知道你，饿死鬼托生的，你多来几次后厨房都要叫你吃空了。"

小蛮不理他，见他手上带了东西，因作势要夺，仲兰马上向后笑着躲开了，小蛮道："你让我看看，你给管曼生买的什么礼物，我倒要看看你是准备吃多少才能把这礼物钱吃出来。"

两个人正闹着，小蛮偏要抢，仲兰就偏躲着她，连连往后退，却突然背后一钝，撞上了个什么人，他心里正要害怕，刚要回头赔礼，眼前却又是一黑，他当即就停住不动了，潮湿的一阵热气，从脸上漫进心里。

"这后生可撞煞了我了。"背后却响起一个装哑的女声，是在模仿老太太说话呢。

罗仲兰往边上一挣，从那大手掌中鸟儿一般地挣脱了，原来他背后站的是一位挺括的少年，穿着西式服装，一双天生上扬眼，漆黑眉睫，脸上因为恶作剧的缘故笑意盈盈，他旁边的女孩子也微笑着，一身及脚面的鹅黄八分袖旗袍，左胳膊上挽一只米灰格纹的手提袋。两人并排站着，一时间罗仲兰竟感到那落在他们头顶的太阳都变得十分刺眼。

"你们二位总算驾到了，真是谢天谢地，"小蛮作出一脸得救的样子，"这人正恼着我呢，我说想看看他给管曼生准备了什么礼物，他故意藏着掖着的，我看他肯定是在来的路上现买的，怕给我发现了。"

"嗳，你又知道了？"管曼生笑笑，人往罗仲兰跟前一挡，道，"我过生日当然要我来看，哪有客人替主人看礼物的道理。"

"你快别混淆视线了，"章小蛮眼睛一提溜，说道，"你们先说，你们两个怎会一起来的，明明一个城东一个城西哩。"

简秋只照着她鼻尖上捏了一把，笑道："谁叫你欺负仲兰了，我偏不要你知道。"

小蛮刚要辩，管曼生就把她拦下了，道："先进去坐下，过了订了的时间就不好了。"说着就先把她们让了进去，他自己和罗仲兰跟在后面。

他们的包厢在二楼，中间要经过一段盘旋上去的大理石楼梯，章小蛮在前面牵住简秋，一步一步很快就连跑带笑地上去了，罗管二人只管在后头慢慢地走，一级一级地登，沉默了一半路，前面走着的管曼生却突然脚步一停，罗仲兰在后头来不及反应，一不留神就撞了上去，他一抬头，只听见半级之外的人向他说道："简秋母亲不是与我母亲是同学吗，今天一早上她母亲就带着她来了，一块说了一上午，下午就一处过来了。"

仲兰低低应了一声，但又唯恐他没听见，便想抬脸看他，但最终却又偏过了头，只是说道："是她要问的，你这会子说了，一会儿保不齐还要再说一遍。"

"那我就再重复一遍。"管曼生笑着说。

"她说饿坏了，还指不定想要怎么揩你呢。"仲兰玩笑道。

"菜不都选好了么，谁想着要管她了。"曼生说，然而话一出，两人脸色都是一震，因为双方都明白这话没说完。管曼生刚要接着说点什么，仲兰把他的视线一接，这时候小蛮却从上方楼梯上探出一颗头来，一脸哀怨相，拖长了声音道："你们两个怎么比女孩还慢。"

"催催催，饿死鬼托生的。"管曼生一面朗声应着，一面三步并做二步地上了楼去。

待罗仲兰走上二楼，只见到另外三人已经坐定了，管曼生坐东厢位，简秋、小蛮一侧坐对面，他刚要落座，章小蛮却发了话："不行不行，每回都这么坐我看都看腻了。"

"那你想怎么样？"简秋笑着问她。她还未等答，就一个劲儿地把简秋朝外推，道："去去，你到那边去，今天我是铁了心要跟仲兰坐一起的，谁也别想拦我。"

四人都笑起来，仲兰也笑，心里却早悟出章小蛮的意思，便顺带着看了曼生一眼，他倒是没什么心计似的，仿佛真当是她耍小姐性子，仲兰心性也就冷却三分，索性也跟着小蛮一块将简秋拖出来，一屁股坐在她的位子上，简秋无法，便只得坐在管曼生旁边。

"你们来都一块来了，坐一起还在这别别扭扭的。"仲兰笑道，书自然而然向左手上一藏。

"就是就是，要是正常一点反而不叫我们怀疑呢。"小蛮道。

说话间服务生已先将四人的餐具和冷菜先上来了，小蛮一一评点着，哪个她爱吃哪个她不要吃，管曼生就用筷子

打她的手，直说早知道就不请你来了，活活来砸场子的。仲兰倒没什么表现，只是看他二人一味地胡闹。

"得了你们俩，在学校打在外面也打，明儿毕了业了，我看你们怎么办，"简秋笑道，说着给仲兰盘子里夹了一筷子罗马生菜，"我们不管他们，咱们自吃咱们的。"

"嗳，你别想趁机转嫁矛盾，"章小蛮道，"我刚才问你们怎么一起来的，怎么到现在还没人告诉我呢，我和仲兰都等着听呢。"

"我可没说想知道，"仲兰低头从杯子里抿酒，道，"可别把我掺和进来，你就直说你想打听就得了。"

"口是心非。"小蛮说。

"人家可早就知道了，我才告诉他了。"管曼生将脸一扬，紧接着就是小蛮一声哎呀，原是仲兰给她杯子里倒酒，一下子酒瓶子将自己的杯子碰了，先溅了他一身，又一直滚到了地上。仲兰马上弯腰到桌子下头去，管曼生只在上面说你别捡了，一面赶紧把服务生唤来。

仲兰挺起腰，用白布餐巾托了一包碎玻璃片上来，简秋笑着问："是不是已经吃酒吃醉了。"

"哪能呢，都是叫他两人给吓的。"仲兰说，是时服务生过来打扫碎杯子，

罗仲兰因而站了起来，往旁边让出去一点，只见他的蔚蓝长衣上已然染上了一排酒的绯红印子，他脑子里一热，首先想到的竟然是金娣的脸，然后是阿常的，然后是后院里偷懒逗猫的两个小丫头，他好不容易做一身儿新衣服，这么一来直到夏天也都休想了。

"嗳我看看，"章小蛮闹着，已经从椅子上把书拿了起来，照着封面一字一顿地读，"《名人传》。我就说不是什么样好东西，你以为包了书皮我就不知道是你来的时候现买的了吗。"

管曼生上半身越过桌子，一把将书夺过来，道："你就知道说人家了，你又准备了什么来。"

"你也看罗曼·罗兰啊。"简秋笑道，朝对过看了一眼。

"看着玩儿的，我小时候家里就有很多他的书。"仲兰答，这会儿已经坐下了。

章小蛮神秘兮兮地将身子背过去，再转过来，不知道从哪里变出一小沓纸片子，从桌子上递过去。管曼生接过来一看，原是几家戏院的包厢票，小蛮得意道："管曼生我可告诉你了，这都一票难求的，我磨了我爸爸两个星期他才去帮我办的。"

接下来就轮到简秋送礼物，她说我准备的也不是什么稀罕东西，一面从随身的拎袋里摸出一只四掌大小的盒子，小蛮眼睛尖，一下子就从管曼生手里抢过来，曼生笑道："怎么谁的你都要先看。"却也并没作势要夺。

她拿在手里看，罗仲兰也不免眼一低，很快地扫了一下。

"这饼干还是英国货呢，"小蛮道，"但我觉得还是我送的最好。"

"你怎么就给定夺了呢。"简秋垂眼一笑，此时热菜正陆陆续续地上来了，三荤三素铺了一桌子，那荤的有八宝鸭子，肉末豆腐烧成一例砂锅，另外还有一碗甜汤，这些都是章小蛮以往爱吃的，芹菜百合和香椿是简秋爱吃的，剩下的几道都是曼生下馆子常点的。

简秋看出来里头的缘故，但决定按下不提，只是捡起长筷子给众人分菜，倒是小蛮抢先一步发了话，道："这菜点得好，这一整桌子都好。"她的头发尽头烫了一点子卷，蓬蓬松松地落在肩头，她是小孩子似的体格，肩膀垂垂的，窗里透过街上的春风，刚一拂上肩，就已径自滑落了一半。

"你当然觉得好了，全是你爱吃的菜。"简秋道，她这话也是只说了一半的。

"那我不和你打架了。"小蛮说着，朝管曼生递过一只手，是要同他和好的意思。管曼生却拿筷子朝她掌心一打，道："我最不擅长就是记这些东西，所以上周啊我专门请了仲兰和我一块来的。这回你面子可大了吧。"

小蛮钳了一块鸡翅膀放在嘴里吃，上身往仲兰一侧靠了靠："我就知道只有仲兰最好了，哪里像你。不过反正你也要上国外去了，再祸害也祸害不到我头上了。"

"这话是怎么说的呢。"仲兰也很轻松地说，左手拿着小汤匙，在碗里一勺一勺地搅果子露，舀上来，再放下去，一来一回，但却并不吃。

"都还不一定是有谱的事儿呢，你们少听她在这儿捕风捉影的。"管曼生脸色迟缓了一秒，含笑道。他一紧张的时候手上就爱有小动作，食指的指头尖在白色餐巾上一敲一点的，他自己不知道，旁边藏着的一些眼睛却早就给看了个清楚。

"可不是我告诉她的。"简秋道。

"我还当是什么秘密呢，原来单只有我一个人还蒙在鼓里。"仲兰笑道。

"我是不知道这丫头是怎么知道的。"管曼生说着，用叉子想去叉一块鸡翅膀上来，但是一直扎不进去，简秋正准备动手，她对面却已经斜伸了一双筷子进来，一下子替他把菜夹进盘子里。

"都快叫你给戳成筛子了。"仲兰拿起帕子擦了擦手，道。

"我可没故意不说的，"曼生边吃边说，于是那口气是悲是喜竟也不大能听得出来，"他们只是有这个意思，但我是不想答应的。"

"还是我这个传话的替你说罢，在旁边听着我都着急，"小蛮道，"管曼生的爸爸不是本来就在那边做生意嘛，现在好了，做得更大了，更发了家，就寻思着把阖家老小都接济过去享福有什么不好，不光要带他们这一家子去，还要把旁的人也捎带上呢。"她边说着，边一个劲儿地直朝斜对过努嘴。

"就你爱传瞎话儿，"简秋说，又把脸转向仲兰，"我母亲就是最近被曼生母亲说得动了心了，但你知道我们家就只有我们两个人，就算奔了过去，也是无依无靠的，谈何容易呢，纯粹是她老人家一时兴起罢了。"

"嗳，哪能无依无靠呢。"章小蛮立即将话头接过来，可她下一句还没等说，就被管曼生打断了："吃吃吃，吃都堵不住你的嘴，你这个人怎么一年到头嘴都不闲着，也不怕下拔舌地狱。"说着，又一个劲儿地往她盘子里囫囵夹了许多菜。

"得得得，我不说不说还不行吗，

你快别拿好吃的哄我了。"她忙作势把盘子往自己怀里一揽，这一揽不要紧，才刚啃得七零八落的鸡骨头全都一揽入怀，大大小小地掉了一衣服，她一声大叫，屁股跟着往后一撤，这下子连裙子上都落了几根，胸前还明晃晃地勾了一根鸡骨架，仲兰等三人笑成一团，简秋赶紧掩面唤人过来打扫。直到饭都吃毕了，四人在饭店门口作别，章小蛮还时不时闻闻自己的左右袖子，自语道："我还是觉得我身上都是鸡味儿。"

"鸡味儿，鸡味儿是什么味儿你说来我听听。我只听过鸡肉味儿鸡粪味儿，还没听人说过鸡味儿。"管曼生笑道。

"万事万物什么还没个味道，鸡有鸡味儿鸭有鸭味儿，你管曼生还有管曼生的味儿呢，你自己闻不出？不信就让仲兰替我闻闻去。"

罗仲兰却连连向后撤了两步："谁要参与你这个，我这就要回家了。"

"我和你一块儿，就留他们两个在这儿闹吧。"简秋附和道。

管曼生忙把他们两个拦住了："你住得远，我家里汽车就在外面呢，我先送简秋回家，再折回来接你，至多两刻钟就回来了。你，"话到这里一顿，"你们两个在这里等我好不好？"

"谁要等你，我这就去给家里打电话要他们派车子来，然后就一并送了仲兰走。你人去都去了，还不干脆在人那儿多坐一会儿？"小蛮说。

仲兰笑道："我哪还用得上人送，这样吧，我反正是要在这里陪小蛮等着的，她走了以后我再自己叫一部车回去就得了。"

管曼生不便再说什么，就先捎了简秋回去，仲兰便暂且坐在一楼大厅上等章小蛮去打电话，不一会儿她就跳着脚回来了，离老远就看见那衣服裙子上还油渍斑斑的，看了就忍不住想笑。

"不知道的还只当你是嘴漏呢。"仲兰拿她取笑道。

"反正也不光是我，"她说着，反手往罗仲兰前襟上的酒渍一戳，"反正又不光是我嘴漏。"

仲兰原在继续笑，但很快那样的表情就渐渐地停了，眉梢嘴角尽管放下来，因为指向自己的那一只细小的手臂迟迟没有收回，方方的一块指腹，始终点在自己胸前。

章小蛮却仿佛突然被无形蜂蜇了，一下子将手撤了过来，收回胸前，笑说："你这样子像是心里流血了。"

仲兰脸色一愣，马上便回过神来，若无其事地答道："难保不是被什么鸡爪子鸡皮啊的戳破了心。"

"仲兰，你是喜欢秋儿的吧。"小蛮忽然道，罗仲兰从旁边只能看见她脸的一角，便也看不出她脸上究竟有几分几厘。

"瞎说什么呢。"仲兰轻轻道。

"我什么都知道，"小蛮说，依旧不去看他，"因为我心里有你。所以我都知道的，你只有和秋儿说话的时候声音是不一样的，你都不敢看她的脸，就像是只针对于她似的。"

我的确是针对她。仲兰心想。

两人只管在长条沙发上坐着，酱紫的毛绒敷皮在他们中间打了个皱褶，成了一座小小的山，山左山右，中间一道隐形的河。不一会儿只听见门外走过一串买花卖花的声音，小蛮这才开口了，翻过山河，说道："你给我买支花去罢，刚喝多了酒，闻一闻还能回回神。"

仲兰笑了一笑，心里却一下子松下来，一路迎着风朝门外走去，连风都随着冷却了几格。他叫住提篮的大姐，她篮子上尚蒙了一层薄薄的白手帕子，揭下来一看，露出粉粉白白的一朵朵，仲兰挑了一串杏花手镯，付了钱，又再进到屋里来。

"真香，"小蛮把花串子双手捧着，凑在坟起来的鼻尖旁边，"你给我戴上罢。"说着，便将左手腕递出来。

仲兰就依了她，然而那铁丝的一边却怎么也搭不上，扣了好几次都没成功，小蛮笑了，一把将他手打掉了，说我还是自己来吧。仲兰讪讪地把胳臂撤回来，她的手掌心儿里湿漉漉的，和刚见面的时候不同。

"闻一闻果然就酒醒了，"小蛮道，又坐回了山的左侧，"才刚说的什么都已经忘了。"

"我也觉得酒吃多了，刚才出去见了风才不那么昏头了。"仲兰笑道，他见她自己戴上了，就联想到中午的那一桩新闻，因又对章小蛮讲了一遍，只不过说的已经是他修改过后的版本了，去掉他和阿常的恩怨，就成了一个寻常人家的喜乐故事，她亦听得懂的故事。说话间章家的司机已经从门外进来了，小蛮便道："要不我们还是一起走吧。"

仲兰顿了顿，只说："我还是留这儿等管曼生来吧，这会儿又联系不上他，我怕他只当咱们还没走，再回到这空跑。"

小蛮一方面觉得他说得有理，一方面也有点心虚，唯恐他还是为了刚才的事，她哪里想得到其中竟还有别的许多原委，因此也就不再坚持，辞了仲兰，上了自家的汽车。他站在路边目送她走，她还从车窗子里面探出小半个身子来，两人只管在长条沙发上坐着，酱紫的毛绒敷皮在他们中间打了个皱褶，成了一座小小的山，山左山右，中间一道隐形的河。不一会儿只听见门外走过一串买花卖花的声音，小蛮这才开口了，翻过山河，说道："你给我买支花去罢，刚喝多了酒，闻一闻还能回回神。"

伸出戴着鲜花的手腕子一直摇啊摇，汽车声杂着她的微笑声，响了没几下就呜呜呜呜地走远了。

他正要转身继续进去等的时候，街上的路灯却啪地点亮了，一盏一盏，也不知道是心连着心，还是有个先来后到，一时之间，将他自己照了个透明。他站在进门的台阶上，不知道当进不当进，他刚才那么说，一半是因为的确担忧，一半也是为了小蛮。现在小蛮也送走了，

他的担忧只管全部都回来了，他怨章小蛮，怨她尽是做一些多余的事，但如今更多地感到一种可怜，因为觉得她其实和他一样凄楚，愿而不得。

仲兰又重新坐回沙发上，这时候丁嘟嘟的一阵响，他循声望去，只见是大厅上坐着的一口西洋钟，雪白敦实的，油漆的鸟啊花啊的凸出来，拱着一左一右的两个小天使，已经五点钟了。那座钟使他想起自己房间里的镜子，是以前

管曼生送给他的，原是两个人正月里去地坛一带逛庙会的时候买下来的。且说庙会上怎会有卖这样的小玩意儿的，大多摊子上不过都是些应时应景的物件，财神腊梅一类的，他们边走边说话，来到了个人少的所在，见有一老人在地面上铺开了一张水墨绿被面，兜售一些小东西。二人观之不俗，遂凑近了看，发现卖的都是些西洋摆件儿。管曼生拣了一面小镜子，笑道："我看今天看的这所有东西里，倒只有这样最好。"

仲兰朝他手上打量一打量，只说也没什么特别的。

曼生便道："这大半天看来看去到处都是金童玉女一左一右披福挂寿，所以我看着才不好呢。"

"你怎么知道这天使是男的还是女的呢。"仲兰笑说。

"我就是知道。"管曼生答应着，嘴里跑出来的白气使那镜子上也跟着朦胧了，模糊了，然而过不多久却又再显出人影来，罗仲兰向里面一看，正是他自己的和他的脸。

想着想着，那时间已经径自秃噜噜地流过了，遥看大门之外，天，早已经不明不白，衬得街灯和广告牌上的霓虹更加分明。是时逆着那一众的灯光，管曼生终于自外而入，边走边说着："来晚了来晚了，我还担心你会不会已经走了呢。"

仲兰站了起来迎他，同他一块往出走："我怎么会走呢，靠走的就能走到华盛顿去吗？"

他这一问反倒让管曼生无话了，待两个人走出饭店，仲兰却并没见到有汽车在外面等着，倒是只有一台黄包车在门口站着，车夫见了二人便朗声道："少爷，我看那拐弯上还有一台车呢，要不我先过去给您二位叫过来？"

"不用不用，"管曼生笑，一面把仲兰先让上车，"我们两个乘一台还不够吗？"

那车夫自把车拉了起来，一面跑一面向后侧身道："这位少爷说要来接人，我还以为接的肯定是位小姐呢。"

"少爷和小姐就能共乘，少爷和少

爷就不行了吗？"管曼生反问道。

"你们不是开了车回去的吗？"这回换边上的罗仲兰开口了。

"人送到了我就让司机先回去了。"曼生道。仲兰本想追问怎么一去这么久，但他害怕显得自己咄咄逼人，况且这个中的理由他大致上也猜得出七八分了。

曼生说完，又往他怀里塞了个什么，仲兰借着路灯摇摇晃晃地一看，只见是两只圆的饼干盒，还有两张戏票。

"简秋那盒子里面原来还套着四份小盒子呢，我就给你挑了两个。这票你也收着，我们一块去看。"曼生道。

"你自己的票你自己怎么不管着，还放到我这里。"仲兰道，他心里明白曼生的意思，却还是故意说。

"放我这里我早就不知道要给扔哪儿去了，还是你管着吧。"曼生说着，突然伸出胳膊去，将仲兰的右手拿到跟前，把手掌掰开，正看见那手心儿里面已落着三道暗红色的小口子。

"我就知道，"曼生叹气，白衣衫底下的肩膀也跟着一沉，"吃饭的时候我看你后来筷子都拿不稳，就想是不是这样。"

罗仲兰忙把手抽了回来，手掌上已经汗津津的了，仿佛连指头尖都出了汗，恍惚间他记起了另一只模糊的手，和他自己一样湿漉漉的手。

"好不容易上馆子来一趟，你什么自己喜欢的都没点。受了伤，你也不说。你什么都不说。"管曼生说着，眼神淡淡地落在旁边移动的地面上，右手垂在右腿上，指头尖抬起来又落下去，在西裤上敲敲打打。

"说不说，那也都是和你学的。"仲兰缓了几秒钟，方才回道。

曼生却忽然将脸回过来，低声道："他们尽管安排他们的，我自己，我是都要争，都要改的，我是都要改的。"他的声音很轻，风一吹就散了，散成没有标点的一横一竖，一撇一捺，分裂了，肢解了，继而搭上一列开错方向的火车，轰隆轰隆地，拥向他耳边。

按说去程漫长回程易，但今天的回家却似比往日的还要快，好像才刚说了几句话，呼吸间就到了地方。别了曼生，罗仲兰拐了一个弯就到了罗宅，原来路上他不知不觉出了许多汗，两个人一处坐着的时候倒不觉得，如今夜风习习，侵得整个身子都感到了寒意。

他叫了几声，才有小丫头出来给他开大门，他觉得氛围安静，便问了一句太太呢。

"他们吃了中饭又坐了不一会儿就出去了，也没吩咐晚饭是备还是不备。"

那小大姐答道。仲兰知道她并不是在征求自己意见的意思，甚而还是带了一点怨气的。

仲兰哦了一声，却实打实地从心到面地透了气儿，先上楼放了东西，又下到一楼厨房里想找点吃的，然而锅碗统统掀了一遍儿，却连根熟菜叶子都没见着。他找人来问，对方只答："常姐叫把剩饭和了喂猫吃了。"

他又回了二楼，金娣一不在，这家里就显得更加的静和冷清，连刚才那小丫头在院子里搓衣服的声音在楼上都听得清清楚楚。仲兰把脏了的新衣服脱了，换上旧的碳灰长衫。拉出椅子在书桌前坐下，把简秋的饼干打开来吃，嚼着嚼着，耳边有什么越来越清晰，逐渐盖过了咀嚼声，横横竖竖地重新组装起来，才听见原来只是一句很轻很轻的，"我是都要改的"。罗仲兰觉得自己饿得发昏了，便马上捉了第二块饼干要吃，这一拿起来，才发现那饼干之间原还掖着一只纸条，他忙挑出来拆开看，来回读了几遍，又马上开了另一只罐子，都掏出来检查了一遍，这回却并没见藏什么东西。

他又将那纸条看了一遍，缓缓将那一张纸团在手里，蹭上了手心的伤口，倒也感觉不到疼，只是觉得嘴里的饼干越嚼越不是滋味，便呸的一下子吐了，吐在地上的锡皮水桶里，和那揉碎了的小纸团混在了一起。他刚要把那两罐饼干也都扔了，却突然想起来，走的时候金娣让他买点心，这才收回了手，想着只得拿这两盒先来充数了。

罗仲兰从衣襟里把两张已经焐热了的戏票子取出来，搁在桌上用玻璃镇纸压了起来，又拿出了钢笔和方格纸，开始抄书，原是学校里国文课的作业，如今似也有御饥的功效。他抄了几行，觉得不好，就撕了重抄，又写了几句，还是觉得不好，又扯下来，再重写，这回刚只写了几个字，他就觉得更不好了，写不动了，笔一丢，然而很快却又重新拾了起来，一字一字地缓缓写道，罗，曼，罗，兰，罗曼，罗兰，罗曼罗兰罗曼罗兰。不止尽地写着，无止境地写着，一列列地写了下去，发疯下去，越写越快，越写越糟，越写越模糊，越写越潦草，直至终于连纸上的格子都看不清了，满页满桌满世界的字，纤弱的蓝墨却忽然被晕开了，在一滴一滴滴下来的雨里溶解了，化了，成了一团团不清不楚的圆点儿，然而那漫延又渐渐地停止了，安息了，终于风平浪静了，离得老远的，只能听得见窗子底下吃饱了的暹罗猫，在已死的槐树下哀哀哀哀地叫唤。

乞力马扎罗的雪

文｜匿名作家 006 号

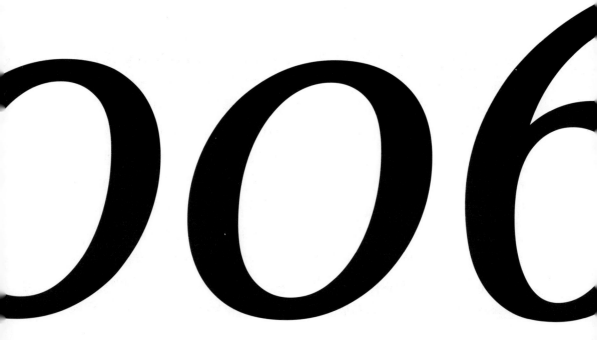

鉴于我经历了如此多奇妙的夜晚，有时候我非常渴望死一下，看看这些家伙们会怎么描述和我一起见证过的那些夜晚。当然我也就是这么一说，不会真的去死。而且万一我死了，这些混蛋选择集体沉默，永不透露有关那些神奇故事的一星半点呢？那我准会被气得又重新活过来。"你们为什么一个字都不说？"

"这有什么可值得说的？"他们可能会这么说。

他们甚至会拒绝承认他们认识我，曾经交过我这样一位朋友，我曾经如何在他们的生命轨迹中横刀插入一段跟不上节奏的3/7拍切分音符，然后他们选择集体遗忘我。"如果你死了我准会忘了你，因为怕太难过。"一个朋友这么假惺惺地跟我说。

这就是难题所在。

如果你的朋友们都是一群鸡鸣狗盗又自负得可以的人，他们骄傲地拒绝讲出那些自己曾经参与过的历史性瞬间，或仅仅就真的是觉得那根本不值一提，你就很难开这个口。尽管我相当愿意把道听途说来的故事分享给大家——我简直就是迫不及待要这么做，但假如你是当事人之一，你就很难开这个口。人们准以为你是在耀武扬威夸夸其谈，哪怕你以再谦逊的姿态，也很难摆脱把"我"作为人称叙述时给人造成的不适。这实在有失身份。如果你是当事人，你就应当一言不发。然后在很多年以后经由另一个好奇的年轻人对你像海胆般咄咄逼人的挖掘，勉为其难地泄露一些曾经当年，或是那时你依然像如今这样生命力旺盛，难以忍受将任何一个夜晚用晚餐、室内乐和睡眠随意打发，然后那个好奇的年轻人碰巧成了一个围观者。他和你当年一样充满表达欲，急于像世界宣布自己不值一提的发现。那么你就有可能让自己恰如其分地成为故事的一部分。

可是现在我还年轻。至少看上去如此。我也不愿意死，我知道那些家伙最多愿意来我的墓前花五块钱买一支玻璃花，葬礼完了还要去我们常去的那间便宜馆子大吃一顿，再在路边买上一箱啤酒席地而坐，理由是为了告别，实际上谈的依然是抱怨他们做了而没能做成的事和幻想他们想做而没敢做的事，关于我的死，他们一个字都不会谈。

我知道一定会是这样。

最多过了好几年，好几十年之后，他们又一次相聚在了一起，所有的话题都终结了，血液里只剩酒精，空气中只有沉默，这时他们中的一个会跳起来："我们中唯一那个会开口把我们那些破事儿讲出来的人已经死了！竟然已经死了！我们还在这里干吗呢？"

这时我就会洋洋得意地看着他们，我的目的达到了，这就是我要的效果，你们总算被我气到了。

他们或者我没法开口把这些故事讲出来还有一个原因，这里头实在有太多秘密了。而且彼此不相容。任何一个秘密的泄露，都会引发一场小型飓风。我们每个人都恰巧成为了秘密的一部分，组成了一个个独立的秘密守夜团体，但凡有任何一个秘密爆破，都会引起连锁反应，所有的秘密都可能连环爆炸。

嘭。像是这样。

什么？你没有听见？

嘭嘭嘭。就像是这样。

好吧。你看，你必须仔细听，用心：嘭——嘭——嘭——

现在你听见了。

所以我们唯有不说出任何一个秘密。

这可太叫人难受了。有时候我不禁想，既然我不愿意死，那么就让我们中的任何一个别人去吧。这样，秘密就仿佛打开了一个口子，你知道，一场生命的终结总会伴随着某种禁令的解除，它通常还意味着许多种关系的变化。愿死者安息，然后让我们找个酒馆痛痛快快地数落一下死者的不是。一般来说，最终的结束语都是："他其实没那么坏。"

问题是我知道他们也不愿意这么干。谁都想做一个死守秘密的坏人，活到死的老坏人。

实际上，我是在去莫斯科的火车上跟你说这些的。火车上的小贩讨厌极了，他们膀大腰圆，站在车厢外兜售克里姆林宫的模型或是俄罗斯风味的红肠时，车厢的上部总是会挡住他们的脑袋。这样我就更加听不懂他们要干什么。"可怜可怜我，买两根红肠吧。"这只是我的推测。

而那一通电话，实不相瞒，我是在上火车前接到的。原本我只是打算去买一份报纸，刚付完钱，那通电话就响起来了。"你必须快点，越快越好。"电话那头说。

"我没法快。我快不了。"

"为什么？你在哪儿？"

"我在，我在火车上。"

"火车？去哪儿的火车？"

"莫斯科。"

我撒了个谎。然后把那份报纸折起来，夹在胳膊底下。报纸头版写俄罗斯政局动荡，俄中两国友谊继续保持五十年不变。这是我瞎编的，实际上，我只记得报纸头版写到了俄罗斯，上了火车后，这份报纸被我送给了隔壁车厢需要拿来铺餐桌的旅客，再没机会仔细浏览。

"嗨，你就吹吧。不管怎么样，你最好想办法快点儿。"他们说完就挂了电话。

我就知道会是这样。他们隔三差五就会玩这种鬼把戏。编个理由把我骗到东五环外一个地图上都没有的鬼地方去，看他们那些愚蠢的把戏，上一回是——

你瞧，我差点儿就说漏嘴了。

反正甭管他们这次说什么，我都不会再去了。我已经在开往莫斯科的火车上了，货真价实，一点儿不假，火车票花了我一大笔钱，如果这都不能再使他们相信——那我可要认真考虑一下，是不是得从那些小贩手上买点儿红肠。"这玩意儿我家楼下超市就有。"他们可能会这么说。

那我准会气得朝他们吐口水，呸。

我就是这么上过五六回当。有一次是 L。那会儿我和 A 都还很年轻，L 也不算太老。我和 A 去 L 家做客，我们从他家的塔楼上找出了各种稀奇古怪的破家伙，一把弦已经上锈的芬达；几十张摆在货架上的金属音乐 CD，Metallica、Iron Maiden、Lacrimosa，都是些早没人听的玩意儿；十几只尘封已久的箱子，据说里面全是书。L 那时已经像个老年人一样，拿出所有不成套的餐具摆在玻璃压面的餐桌上，像模像样地倒上些威士忌。"听听，威士忌。"我和 A 哈哈大笑。趁 L 站起来去擦拭他那些成对成对的便宜袖扣的时候，我们就打开他那台还是 16 寸显示器的台式机，在里面胡乱翻找些有意思的东西。就是在那时，我们看到了一封信。准确地说，是许多封信。

我们当然是打开看看啦。那些信都是一个姑娘给他写的。当然，也可能是几个。但我们没有把每封都打开看，就无法确认这个问题。我们读了几封，很快就觉得无聊透了。那时我们都还不明白是怎么回事儿呢。也可能明白，就是假装不明白。之后可能有很多年过去了，L 也都还是一个人待着。这期间又有一些姑娘试图给 L 写信，似乎还有一位几乎要把他说动了。但也很快就不了了之了。"你可能没有明白，我已经是一条很老很老的狗了，被你拖出来就要喘上好几口气。我再也喘不动啦。"L 这么回复，简直快要哭了。

我会被 L 骗到，就是因为在我们都以为他就要这样安详地度过晚年的时候，他突然说，他给一个姑娘写了一封信。"八千字，我还在改，"他说得无比真实可信，带着这些年来在他身上从未出现过的激情，"等写完了你帮我看看。"

这之后，我总是惦记着这事儿，隔三差五就要问一次："信？"一开始，L 还雀跃或者腼腆，等着等着，他就逐渐把这事儿忘了。再后来，我问："信？"他就仿佛不明白似的："什么信？"

也可能明白，就是假装不明白。

按照生活习惯推算，L 应当是我们中活得最久的。后来我一度疑惑，也可能他是我们中最先死的。等到上一回我见到他，他和三个和他差不多老的人一块儿打牌，完全不再关注我们正在预谋的行动，我就知道，他可以让我们放心了。

说到这儿，车停了一会儿，在二连浩特。再往前开，就得进入蒙古了。当车重新发动起来的时候，车厢里总算多了一个乘客。看上去是个足够年轻的小孩儿，因为她一开口就叫我"叔叔"。

"叔叔，您是去哪儿？"

"嘿，"我差点儿跳起来，"我看上去有这么老吗？"

她笑了。"所以您是去哪儿？"

我真后悔。我应该坐另一列火车，由莫斯科铁路局运营的 K19，那趟车不经过蒙古，而是从满洲里出境，从外贝加尔斯克入境俄罗斯。那样的话，我遇上的中国人得少些。对面的小姑娘就不会缠着我跟我说话。

"莫斯科。"还能是哪儿?

"真巧。我也去莫斯科!"她说。

还能是哪儿?

"您去莫斯科干吗?"她问。

"我去,我去看望一个朋友。"我又撒谎了。

"您在莫斯科都有朋友!"

"我的朋友都在莫斯科。"

"天哪!"她惊奇极了,"为什么?难不成您是……我知道了,您是一个外交官!"她太年轻了,根本不知道我这个年纪的人说的话,通常都是随便说说。——瞧我给她那声"叔叔"叫的,还真以为自己很老似的。不过我倒是真有一个在海参崴附近的一个地方做外交官的朋友,他在那里待了四年,然后像见鬼似的逃回了中国。"那地方根本不是人待的。"我连那个地方叫什么名字都没记住,只记住了海参崴。

这时候我的电话又响了。

"你还在火车上?"

"我还在。"

"你得抓紧点儿,再晚你可就真的没戏了。"

"我努力。"

我挂了电话。

"让我猜一猜,是您的朋友打来的,问你到莫斯科还有几个钟头。"

我点点头:"你真聪明。"

我没告诉她,如果不是那通电话,我压根就不会买什么去莫斯科的火车票。在火车站窗口卖火车票给我的柜员,反复和我确认了好几次目的地。她拿着身份证对着我打量了许久,久到我心里有些打战,就像以往我们干那些坏事时,那些警惕的陌生人在把他们的信任交给我们时那样。

"那您的朋友可得等上一会儿了。"她说。

"啊?"我没反应过来。

"从这里到莫斯科……"她掰着手指算,最后干脆放弃了,"还要好久好久呢。"

"对。"实际上从这里到莫斯科,还要114个小时。

滴答,滴答,滴答。

现在是113个。

确认 L 平安之后。我以为 B 会是我们中最先走的那位。因为他是我们中最风光的那位。在他最风光的时候,他简直把这个世界上男人想做却没能做的事儿都做全了。他做的那些混账事儿,我几乎不想再提。总之,害人不浅。此外,他胆大包天,有好几次都差点儿把我们带入泥沼,走向深渊。虽然总是会有奇妙的点子从他的脑子里蹦出来,但他那种疯狂的不计后果似的性格，让我们总是有些害怕，事后回想起来，又多少有点儿后悔：为什么我们就没接受他的邀请呢。B就像我小时候看过的一本小说里提到的，那种给封闭的村庄带去冰块的吉普赛人，所有的新鲜事儿都是他带给我们的。的确，在这些方面他有点本事。而且，他总是用一副"你们都应该知道"的腔调说这些事，仿佛他知道的事情所有人就都应该知道似的。这副嚣张的态度自然让我们有些不满。我们私下也会嘀咕："既然他这么厉害，为什么还要和我们这些窝囊废混在一起？""可能是在这个地方，我们已经是为数不多的狠角色了。"

事实可能就是这样。如果不是在这个半夜十二点街上连条狗都没有的鬼地方，他一定有更好的朋友可以选择。有一次喝多了，B突然跟我们说："我要去美国了。"啊哈！美国。这就是B会说出来的词。我们当然谁也没当真啦。后来不久——就在那件事之后，他突然消失了。据说是去了美国。加利福尼亚。又过了几年他又突然回来了，变了个人似的，吃斋念佛，彻夜沙写《诗经》。再后来，就听说他进了安定医院。我们去医院看他，没看到人，倒是看到好几个满脸平静的老太太，一起排练《黄河大合唱》。几个月前我又上了一次当，就是因为他们告诉我B决定要死。结果等我到了，什么事儿也没有，他们在那个花鸟市场旁边的隐蔽酒吧里点着烛光喝酒。B没什么表情，药物把他控制得很好。"以前我感受不到什么情绪。吃药以后，我每天都觉得很悲伤。"

"那也不错，"我说，"就没有什么药能让你吃了以后感觉到快乐？"

"有啊。"

"什么？"

"海洛因，"B似笑非笑地看着我，那脸上的确看不到什么情绪，让我不禁怀疑我们以前认识的那个B不是真的，"你看，你只有两个选择，要么感受不到情绪，要么感受悲伤。"

"能够感受到悲伤也挺好的。"我就什么都感受不到。我怀疑假如B真的死了，我们——坐在这里的这些人也都感受不到什么情绪。那时如果去参加B的葬礼，我们就得集体去开点儿药。而为了纪念B，我觉得我们应该去开海洛因。为了让我们体验到这种快乐，我不由得觉得B也许应该落实一下这件事。

——嗨，我跟你们说这些干吗。

按时间推算，这趟车已经靠近了乌兰巴托，我把窗帘拉开，指望能看到些蒙古包什么的。但窗外什么也没有：夜色已经完全地降临，除了蠢蠢欲动的黑，你什么也看不见。列车乘务员开始一个车厢一个车厢地推销晚餐，我拿出事先准备好的面包和水。对面的小姑娘似乎从漫长的冬眠中醒来，叫了全套的晚餐，甚至还有两瓶啤酒。

"这是给你的。"她把其中一瓶从桌上推过来。

"谢谢，姑娘，可我不喝酒。"我说。

"这不是酒，"她冲我眨了眨眼，见我还不明白似的，又强调道，"这是格瓦斯。格瓦斯是一种面包发酵……"

"我知道。"

"嘿！我真傻，我忘了，您是一个外交官，怎么会不知道格瓦斯是什么呢。"

为了打消她的热情，我只好半推半就地接受了她的馈赠。实际上我确实也挺想尝一尝的。

"您就没点儿什么可以回报给我的？"她立刻问。

"什么？"

"比如，您不妨跟我说说您做外交官时的事情吧。一定有许多有趣的事情。"

我无奈道："不，我不是外交官。"她是怎么想的？瞧我这样儿也不可能是个外交官啊。

"哦，抱歉。那么，您是做什么的？"

"我是一个作家。"

我撒了个弥天大谎。但我总不能告诉她，我什么也不是，什么都不做，没有任何一份正经工作，完全就是个社会闲杂人员吧。比那甚至还要更糟：我是一个骗子，靠坑蒙拐骗赖以为生。我的工作就是撒谎。我还有个搭档，A。A的特长是擅长模仿各种口音，我的特长是没有。如果非要说有的话，那就是强大的想要在这个百无聊赖的世界上生存下去的愿望。哦，我还有一个特长，就是谎话张口就来，一点儿不会有什么不自然。倒买倒卖，投机取巧，什么事我们都做。唯独不是作家。我们中倒曾经真的出现过一位作家，Y。一开始Y出现的样子挺像一个罪犯，反对一切，二两酒下肚就开始情绪激动，和我们推心置腹地讲述他建立新的世界秩序的计划，每回出现这个计划的细节都会有所变化。后来当我们发现我们的名姓被改头换面以另一种方式出现在了Y的作品里，才明白他的革命只是一个幌子。Y还像模像样地在作品的开头郑重地写上，致X。然后跟每个人都说："那个X就是你，不要告诉别人。"他还对每个人说："在认识你之前，我没有什么朋友。"那副样子可怜兮兮的，看了真叫人伤心，让你忍不住要把自己的秘密告诉他。在他的大作终于曝光，被我们传阅之后，我们才知道被出卖了。我们迅速远离了Y。谁也不想自己的秘密有一天因为这种方式爆炸。我和A尤其害怕那件事会被他写出来，尽管我们发了毒誓，谁也不许透露一个字。

那个小姑娘半天没说话，嘴巴微张，眼睛瞪得老大，这副面容维持了足足有一个世纪，我才意识到不妙。

"哇哦——"她的嘴唇完美地做了一个弧形运动，"您是一个作家。"

"谁说不是呢。"

"说说看。"

"说什么？"

"您是一个作家，有太多可以说的了吧！您一定有很多精彩的故事。"

"那都不值一提。"

我突然意识到，从撒谎这个角度来说，作家和骗子也没什么区别。唯一的区别是我们不会出卖朋友。

"哎呀！"她突然捂住嘴巴，"您刚刚说您的朋友都在莫斯科……您的朋友也一定都是作家。那么，难不成您是去看望，比如……"她想了半天，"陀思妥耶夫斯基？"

"他已经死了。"

你看，我们做骗子的，什么都得知

道一点儿，好叫在这种时刻不会穿帮。

"我知道，我知道，他早就死啦。我的意思是，你知道，就是类似的什么人。"

我笑了："你看，姑娘，我很想告诉你一个像陀思妥耶夫斯基那样的名字。但是，我其实只是一个旅游作家。"

"旅游作家？"她迟疑道，"那是什么？"

"就是为杂志写一些游记啊，旅行感想啊，有时还要帮忙写一些旅游实用信息，比如交通和住宿什么的。这样的作家。"

"哦——"她的声音立刻降了下来，掩饰不住失望，"我还以为您是……像是海明威那样的作家。"

"谁不希望是呢。"

"不过，您已经很接近啦。海明威也会写游记什么的。非洲啦，古巴啦，西班牙啦，"她安慰我道，"您已经相当接近啦。"

"谢谢你，"我觉得反倒是她需要安慰，"这酒真不赖。"

"酒精度才1%，算不上什么酒。"她不好意思地说。

火车在黑暗中继续缓慢地前进，除非打开窗户让风进入，否则你几乎感觉不到自己是在一列火车上。不知怎么的，这样的平静让我想起了我看过的一本书,《度亡经》。你瞧,我这人没什么文化,一辈子也没读过几本书。但是那本书是那件事发生之后,B念给我们听的……唉!我又提这些干吗呢,不提也罢。

"不过,您一定也有很多故事可以说。"她又重新燃起希望。

姑娘,我真希望自己可以告诉你一个什么故事。问题是我太老啦。连一个完整的故事都想不起来了,那些故事里的人也都面目模糊。上周我去医院时,医生告诉我没事的时候多做些智力游戏。"譬如,下下围棋,做做填字游戏,背背单词也是可以的,"他说,"这是为了提防阿尔兹海默症。"

"什么?"

"阿尔兹海默症,就是一种进行性发展的神经系统退行性疾病……"

"我知道,"我打断他,"我是说,我还没到得这个病的年纪吧。"

"未雨绸缪。你也不小啦。"医生说。

我愤怒地站起来:"你知道吗,我是一个学者!"我拿起他桌子上的报纸,指着上面的填字游戏,"这玩意儿是我出的题!"

那个医生显然懵住了:"那您可以告诉我这一期的答案吗?我做了三天了。"

"不。我只能给你一个提示。"

"是什么?"

"阿尔兹海默症。"

鬼才知道那期填字游戏的内容是什么,让那医生猜去吧。随时进入另一个角色的状态是一个职业骗子的基本要求。我和A在不工作的时候,每天都会勤奋地保持这样的练习。练习的方式是通电话,当一个人突然给出一个语境的时候,另一个人需要立刻进入那个语境以配合,还要辅助以合适的口音、说话方式和情绪。有时候我们甚至觉得这个游戏本身迷住了我们,我们并不是为了行骗而去扮演另一个人,而是为了扮演一个别人而行骗。经常练习着练习着,就真的忘了我们是谁,完全地进入了那个角色之中。有时候我们甚至非常得意,"咱们真是天才!""可不。""唉,你知道,有时候我也多么想体会一下普通人的快乐,俗世的烦恼。""我又何尝不是呢。"要到放下电话,才想起来我们只是两个骗子。那会儿可真叫人开心。

"真的没有什么故事吗?"她仍然穷追不舍。

我突然失去了耐心:"没有!这世界上哪儿有那么多故事啊?"我的音量吓到了她。我知道自己的态度是有些恶劣,可想到过去的那些事就让我心烦。

"好吧。"她撇了撇嘴，然后整理了一下床铺，把靠在床那头的被子仔细检查了一遍，掸了掸灰，平整地铺在床上，又从床底的行李箱里掏出一条枕巾，铺在枕头上，然后像个兔子似的钻了进去。她认真地做完一遍这些动作，让我简直怀疑这床该有多脏。

我把鞋蹬掉，靠在枕头上，把那头的被子用脚勾过来。盖了没一会儿就热得又把被子掀开来。照我出发的地方来看，夏天才刚刚结束，他们有必要用这么厚的被子吗。不过他们这么做也没错，这趟车五天六夜，在蒙古行进一天，剩下的四天都在俄罗斯境内穿行。要不了多久我就会看到乌拉尔山脉、西伯利亚丛林、普托拉纳高原、卡缅山、贝加尔湖、伏尔加河，气温会一天比一天下降得厉害，很快我会见识到冬天。

我在床上翻来覆去地睡不着，电话已经很久没响了，他们大概以为我真的会再去找他们。嘿，这怎么可能呢。我已经彻底认清了他们，再也不打算蹚这个浑水啦。现在可好，我尽日一个人待着，虽然无聊了一点，但自由自在。如果你到现在还不明白他们到底有多混账——我不妨说一件事吧，反正你这辈子都不可能和他们打交道。有一次，那又是很多年前啦。L那时候有一个女朋友，当然了，我们都不相信那真的是他的女朋友，我们都知道那姑娘不和L在一起的时候，时常会挽着别的男人的胳膊。只有L自己信以为真了，开口闭口和我们谈什么爱情。不瞒你说，听到这些话，我们都有些恶心。L是我们中看上去最像个正常人的那种，其实也就是因为他有一份在保险公司的工作。正正经经，虽然说我觉得和骗子也差不了太多。有天L突然给我们每个人打电话，说准备辞了工作，因为那姑娘想去乞力马扎罗。"乞力马扎罗？那是什么？在哪儿？""是一座山，在非洲，坦桑尼亚东北部，靠近东非大裂谷。"嘿，L说得这么清楚，好像他已经完全把这事儿搞明白，就要安排在行程上似的。所以我就不再问多余的废话，诸如"你们怎么去""去那儿干吗""要去待多久"之类的。我只是委婉地说，去乞力马扎罗也不用辞了工作啊，难道你准备不回来了吗？L嗫嚅着表示，也许就不回来了。"你这简直是异想天开！"不过我没这么说。主要是我和L也不是特别熟。其实我和谁也都不是特别熟，就算是A，我们也只是工作上的伙伴，私下里他是个什么人，我一点儿都不清楚。后来L当然是没有这么做。谢天谢地。我就知道，他离不开这个地方。不过他和那个女朋友就算是彻底掰了——这也是他给我们每个人发消息通知的——这绝对是他这辈子干过的最蠢的一件事。再后来，我才知道，是B说服了L。至于怎么说服的，我就不知道了。忘了说，B的工作是拉皮条。不是引申意义上的拉皮条，就是你知道的那种。我们都不知道L那个女朋友去了哪儿。后来有一次，A在电话里告诉我——当时我们赚了一笔钱，他准备拿着那些钱去好好爽一把的时候，敲门走进来的居然是L的女朋友。他吓得当场就软了，兴致全无。"你就没打算和她聊一会儿再走？""我哪儿敢啊，她看着要吃了我似的，"A说，然后又补充道，"不过那身材啊……难怪L要和她去乞力马扎罗。"这件事我们都没问过B，但很显然和他有些关系，因为L女友工作的地方，就是他的地盘。当然，我们也没告诉L。他俩掰了后，L买了一箱辣椒酱，十六瓶，一口一口地吃完了。我会知道这个，是因为当时我恰好去L家找他借一顶帽子，推开门的时候，他正蹲在地上这么挖着瓶子里的辣椒酱，一口一口地送入口中。"我没有哭，是辣椒酱太辣了。"他抬头冲我说。

时间过得可真快，这些事仿佛都还在眼前似的。这就是会引发连串爆炸的

秘密之一。在这些秘密爆炸之前，他们当然还是朋友，我们也都是朋友。不过我怀疑，经过了这么些年，就算所有的秘密都爆炸开来，我们的友谊也依然会坚挺下去。如果为这么点儿小事就生气，那可就太小气了，叫人看不起。

隔壁床传来轻微的鼾声。年轻人的睡眠就是这么好。我翻身下床，就着过道里微弱的地灯摸索着去了厕所，出来的时候差点儿和一个大块头撞在一起。他没事，我的脑袋碰到了旁边的货架，顿时眼冒金星。重新摸索到了车厢的时候，发现一个人影直突突地坐在那里，差点没把我吓死。

"你在干吗呢？"我问。

"哦，叔叔，我饿醒了，没东西吃，只好起来看会儿风景。"她说。

"你饿了？"距离她吃下那一整套晚餐，面条、土豆泥、熏肉、鱼子酱、蔬菜汤，还有一罐格瓦斯，才三四个钟头而已。她长得那么瘦小，一点儿不像这么快就能把这些东西消化完的样子。

"嗯。"她点点头，然后把窗帘拉上。我就说，有什么风景可看啊，真是说瞎话。"其实我不是饿了，我就是有点害怕。"

"害怕什么？"

"你看，我这是头一次出远门，还是

去这么远的地方。我不像您，去过那么多地方……万一我遇到坏人怎么办？"

"什么样的坏人？"

"比如，骗子啦，小偷啦，强盗啦什么的。"

"这世上哪儿有那么多的坏人啊。"

"是吗？"她的眼睛在黑漆漆的光影中看着我，仿佛真被我说服了似的，"这倒也是。要是您都这么说，那我就放心啦。"

"放心吧，放心吧。"

"那么，您有没有吃的？"

我挑了挑眉毛，紧闭着嘴巴，然后从鼻腔里叹了一口气，弯下腰从行李包里翻出一块面包，还有一袋卤蛋和一小包花生米："就这些了。"

她兴高采烈地把它们全拿过去："您真是一个好人，给了我这么多吃的！"

"那可不一定，"我说，"坏人也会给你吃的。"

她没理会，以为我只是开个玩笑。你不能说现在的年轻人缺乏警惕心，我确实长了一张好人的脸。随着年纪增长，我看上去越来越慈祥了。我猜这也是 A 会同我做搭档的原因之一。他长得实在叫人不大放心，问题不在长相，而在于他那副吊儿郎当的气质。在行骗这件事上，我和他有一些理念分歧。我觉得根

据行骗对象和环境的不同而改变自己的外形是一个职业行骗者的基本要求，他却认为这只是细枝末节，只有不上道的雏儿才会靠这些表面手段谋生，他觉得他是天才，"当然，你也算。"所以根本用不着这些糊弄外行的法子。于是咯，他就一直穿着那件背心，最多套上件棉布衬衫，穿着阔大的牛仔裤，裤脚拖到地上，摩擦出了毛边，还要带个玉佩，绳子已经看不出颜色。年轻时这么打扮，现在差不多已经四十好几了，也还是这么穿。我怀疑他是看多了香港电影——不得不说，他是看过不少电影，他那些口音都是看电影学来的，"年轻的时候我迷恋侯孝贤，苦练台普脏话。"我和 A 刚认识的时候，他操着一口东北话这么介绍自己。后来我才知道，A 一开始想去混黑社会，但没敢提刀砍人——这是歃血为盟的必要条件，要入会就得带人命，后来发现自己不是想混黑道，是想拍电影，"侯孝贤就是没混成黑道，才去拍电影的。"当然了，他也没那个才华，最后才走上了行骗这条路。这些我都是看了 Y 的小说才知道的。你别说，在挖人隐私叫人跟他敞开心扉这件事上，Y 真有几下子。不过有一个事情 Y 不知道，A 戴着的那块玉佩，倒不是模仿电影来的，那是他祖母给他的，他祖母叫他好

好做人，交代完这些没多久，他祖母就命归西天啦。不过在 Ａ 面前，你最好别提他祖母。

电话突然又响了起来，简直要把整个车厢的人都吓得从床上跳起来。我赶紧摁掉了电话。那姑娘被面包呛住了喉咙，把我放在桌上的那瓶水抄了过去，拧开瓶盖咕噜咕噜喝了几大口，这才惊魂未定地看着我。"您的朋友这么晚了还打电话啊？"

"真不好意思。"

"您不接吗？"

"他们就是瞎胡闹。"

"这么晚了还打电话，肯定是有什么急事。"

"能有什么急事啊。"

"我觉得，您最好还是打回去问问清楚，没准儿呢。要是真有什么事情可就不妙了。"

"没事的。"我把电话关机了。

"唔……"她还想说什么。

"他们不是我的朋友。"我干脆说。

"哦？这样啊……那……那……"她不知道该怎么说了，支支吾吾了半天，最后小声说，"那也最好还是问问。"

我重新躺回床铺上，靠在枕头上。她把那一堆东西吃了个精光，把包装袋什么的一股脑儿都扔到了餐桌上，叫我

有些不满：她把自己收拾得倒是挺干净。

"姑娘，你操心的事情可真多。"

"叔叔，你关心我，我自然也应该关心关心你咯。"

我听了这话不由得冒火，我什么时候关心过她了？尽说瞎话。

她说完自己倒是笑了，好像知道自己是在胡说八道似的，又追问道："叔叔，您去了这么多地方，哪里最有意思呀？"

"哪里都有意思。"到这个点，我真的有点困了。

"一定有一个最有意思的，你最忘不了的地方。"

"那就是我还没有去过的地方。"

"那哪里您还没有去过呢？"

"乞力马扎罗。"我鬼使神差般说了这么一句。

"那是在哪儿啊？"

"在非洲，坦桑尼亚东北部，靠近东非大裂谷。"我说得跟真的似的。

"您准备什么时候去？"

"我老了，不一定能去那里啦。"

"怎么会呢？您还有好几十年可以活呢。而且，您一定有很多读者，等着看您把那些地方写下来呢。"

"嗨。跟你说话真没意思。"

"为什么？"

"说着说着，我都有些伤感了。"这

是真的。

"为什么？"

"因为你太年轻啦。"

她仿佛明白了什么似的，我看不到她的脸，是猜想出来的，因为她听了这话，有些沉默。也可能没有明白，是假装明白了。

"那不如说说……说说给你打电话的人吧。"

"我说了，他们不是我的朋友，也没什么好说的。"

"那他们是谁呢？"

"是我以前在路上遇到的人。"

"你们做什么啦？"

"我们放过一场烟花。"

这也是真的。有一回我和 A 弄到些便宜价格买来的烟花，当时我们得到了一个机会，觉得能干一票大的。好几十年前，骗子还没有那么多，傻子倒多得很的时候，我们随便就能玩一些小花招把那些最不值钱的东西以高价转手出去，后来这行当开始讲究运营、发展、规模、因地制宜，骗子们合起伙来开公司，广东和福建口音就是被他们弄得没法用的。只有我和 A 还在坚持面对面行骗，坚持只有两个人，用最老派的手段工作，这口饭就越来越难吃了。我们看准了一个走私商，打算用一车烟火伪装成炸药糊弄他，幸好我们没这么干成，但没这么干成的原因是 B 说要给我一个惊喜。当时我开着货车在高速公路上，B 突然打来电话，问我在哪儿，我毫无防备地就说了。B 让我再往前开三千米，那里会有一个废弃的加油站，他们都在那儿等着我。"快一点，再晚就来不及啦。"他当时也是这么说的。等我开到一看，B 果然在那儿，还有 A，L 搂着他还没掰的女友，哦，Y 那时也在。B 叫我把货车上的东西都卸下来，放在一边儿。我老老实实地这么做了。结果刚把那堆烟火卸下来，B 就冲上去把它们点着了。我目瞪口呆，还没弄明白是怎么回事儿呢，就看到见天的烟花一个一个地被连环点燃，咻咻地冲向天空，一簇一簇地在夜里绽开，嘭嘭的声音连绵不绝，简直要把上帝都吵醒，五颜六色

"我说了，他们不是我的朋友，也没什么好说的。"
"那他们是谁呢？"
"是我以前在路上遇到的人。"
"你们做什么啦？"
"我们放过一场烟花。"

的火光像雨一样落下。高速公路上的车都停了下来，不知道发生了什么事。"你疯啦？！"我朝 B 大吼。他们都狂笑不已，然后齐声唱道："祝你生日快乐！"

我傻了半天，然后愤愤地说："神经病！"

"快上车，不然就该来人了。"B 招呼所有人一块儿上了货车，挤在本该是烟花的位置。然后等着我上车。

那一刻绝对是我最想和这些混账脱

离开来，跑到一个他们谁也找不到的地方的时候。

"不过我最后还是上了车。"

"你一定还是被感动到了。"

"不，因为只有我会开车。"

我把这件事抽取了关键信息，简略地说了个大概。等我说完，发现她居然重新坐了起来，好像我说了一件多么传奇的事情似的。

"太棒了！叔叔，你看，你还说没

有故事！"她兴奋地说。

"问题是，那天根本就不是我生日。"

我就知道 A 没有那个胆子做这票生意，才去偷偷找了 B。虽然后来不久那个走私商就进去了，我也算是托了他们的福。但这多少都算是一种背叛，为此我和 A 很久都没有再搭档工作。我没有找他，他也没有找我。只有 B 不时还会笑嘻嘻地提起："怎么样？惊不惊喜？意不意外？"他将此视为自己干下的又一件对全人类的贡献，那口气好像我还该为此感恩戴德似的。他倒是丝毫不记得为了摆平他那些难缠又麻烦的客人，我和 A 不计酬劳地帮过他多少次忙。我猜是因为我们刚刚认识 B 的时候，他找我俩和他玩一些仙人跳的把戏，从那些猪一般的生客手里弄点钱。后来我和 A 都嫌这把戏太低级，根本用不着什么骗术，只要认准了那些客人是过路客，有些身份背景，不好意思把这倒霉事儿透露出去，一般准能成功。我们配合着 B 做了几次之后就不干了，他后来又劝过我们好几次，我们都没答应，他没准儿一直耿耿于怀。

"我觉得，您应该把这些写下来。"她说。

"什么？"

"就是您刚刚说的这些呀。这多么有意思啊。"

"谁会爱听这些故事。"

"那可不一定。不过，您说的这个故事倒是让我想起了一个作家。"她说。

"谁啊？"

"哦，您应该没听过，是一个没有名气的小作家，连名字我也忘啦。我觉得您说的故事和他写的有点儿像。"她说。

听她这么说，我不由得有些紧张。

"他也写了烟花的故事？"

"不不不，他没有。他写的故事完全是另一个故事……怎么说呢，也许只是我的错觉，我总觉得你说的故事和他写的故事，有某种相似之处。"

"他写的故事是一个什么样的故事呢？"

"讲的是有关两个骗子的故事。"

"哦？"她说到这里，我也坐了起来。

"不过叔叔，我有点困了，明天我再和您说那个故事吧。"

"不，你还是现在就告诉我吧。"

"哈哈，您好奇了？"

"对。"

"那个故事也没什么大不了。就是说，有两个骗子，他们呐，不是普通的骗子。当然了，也不能说不普通。他们的不普通主要在于和其他的骗子不一样，比如……"

"他们坚持一些特别老派的行骗方式？坚持下场作战，两个人行动，而且坚决不玩那种电话诈骗之类的小把戏？"

"嘿！您知道的可真多。"

"电影里都是这样写的，就像《老无所依》。"

我有些着急要听她说下去："然后呢？"

"然后呢，就像电影里那样，世风日下，骗子也越来越不好混啦。这两个骗子有一个朋友，是做法律之类的工作，在一家保险公司。有一阵不知为了什么事，他俩闹了别扭，好久都没有再一起搭档工作了。"

因为很久没有干活，那阵子我一下子变得有些窘迫。我猜 A 过得也不好。有一天，不是他，是 L 找上门来。这老兄先是开口谈了些莫名其妙的事情，问我最近过得怎么样啦，有没有约女孩啦，还去不去夜场跳舞啦之类的。总之，就是嘘寒问暖的那些屁话，好像他真的关心似的。他还给我带了一件夹克，我以为是要借给我——我工作的时候总是往 L 那儿跑，找他借些合乎正常人打扮的衣服，谁让他是个绅士呢，那些衣服只有他那儿有。他说："不，这件就送给

你啦。"然后，也不管我同不同意，就领着我上了一家高级馆子。A 也在那儿。我一见这个场景，差点又要气得掉头就走。他们准是又在背后商量好了什么事，就等着我上门挨宰呢。L 非把我摁住，我见好吃好喝的都已经上齐了，唉，那就坐下来听听他们又要干什么吧。结果等到一桌子菜都吃得差不多，A 才开口说了那个生意。

"他们的计划是这样的，那两个骗子假装是普通车主，故意开着车在马路上找别的车子发生点碰撞，然后去向朋友工作的那个保险公司骗保，那个朋友在保险公司干了许多年，同他们合起伙来干这个那是再容易不过了。于是咯，他们就答应了。一开始先是尝试着干了几票，都十分顺利……"

"不不不，"我打断她，"这听起来不太真实。就算再熟练的车手，哪有那么容易，说碰到哪儿就碰到哪儿的，我猜他们先是找了个那种废弃车辆回收厂，趁着没人的时候溜进去练习了好几次。这期间两个人一定还有争执，那个谨慎一些的骗子坚持要多练习几次再上路，那个自命不凡的骗子呢，则是迫不及待就要开始。"

"您说得太对了！"那姑娘忍不住击掌，"我读小说的时候也觉得这里写

得有些生硬，您这么一说就合理多啦。"

最终我拗不过 A，我们练习了差不多十来次吧，就上路开始寻找目标了。头几次不都是那么顺利，不过在 L 的帮助下，我们也拿到了一些钱，不是每一单，有两次我只是撞坏了前车灯，再加上我们没法频繁做这个生意，不然 L 的公司准会怀疑。当然，车子和身份也都得常换。这一来，A 很快就觉得这买卖没什么意思了，"这简直毫无技术含量嘛。"他怀念过去那些需要用到他精湛的表演艺术的好日子。而且，开车的总是我一个人，A 觉得这事儿简直和他没什么关系，他就是坐在副驾驶上，帮我看着点儿目标和位置什么的。我总给他抱怨得心烦。

"然后，有一天。那两个骗子又为了一点儿琐事吵了一架……"她突然停了下来，"叔叔，我总觉得这里写得也不对，小说里写那个骗子平常是个有些懦弱、总是跟在别人屁股后头转的家伙，他那天哪来的勇气去做后面的那件事呢？"

我把窗帘拉开来一些，我和对面的姑娘说了这么久的话，天看着都有些要亮的样子啦。不过还算是黑的，只是我希望它能快些亮起来，好叫这个夜晚赶紧过去。我还惦记着看蒙古包、大草原和像海一样深的贝加尔湖呢。

"人总是会有那么一刻变得不是自己的，"我说，"也可能变得是他自己。"

"您说得可真深奥，"她看着我说，不过很快又继续说下去了，"那是个夏天。"

那是个无比漫长的夏天，L 给我的那件夹克我都还没有机会穿过一次。那一天，我和 A 已经开着车在街上转悠了一整个白天，车的空调坏了，我们只好开着窗户，就算这样，衣服也全给汗水浸透了。好不容易到了晚上，我已经疲倦极了，想赶紧结束这没有收获的一天，A 却坚持要再碰碰运气。为了保险起见，天黑之后收工是我们干这个买卖的一个原则。A 却固执起来，说他预感到今天会有好运。我俩就是为这个争执了一番，A 突然嘲弄我道："上回你干烟花那个买卖的胆量去哪儿了？"嘿！好家伙，他居然敢跟我提这个事。我懒得和他再说，调了个车头准备直接回家。A 还在一旁兀自说个不停，好像我没接他的话，他倒更来劲了似的。我踩了一脚油门，加速往家的方向开去。就是在这时——

"他忘了前面是个小小的十字路口，从左边也刚巧冲出来一辆车，哑黑色的，在晚上实在不怎么亮眼，而且，他根本就没来得及看清那辆车的样子，就一头撞了上去。两人都吓傻了，过了好一会儿才确认各自都还活着。对面那辆车就惨了，被撞得脱离了公路，翻到了下面的草丛里。"那姑娘用一副非常平静的语气复述这一切，让我都错以为当时的自己没那么惊慌。

事实上，是 A 先下车去探查了那辆车的情况。他去了那么久，我差点儿以为他不会再回来了。等到他面如死灰般走回来，我才从他的脸色上觉察到了什么。"死了？"他点点头。我的第一反应是给 L 打电话，A 拦住我。"怎么了？"他没说话，而是叫我也去看看。

"原来他俩撞翻的那辆车里坐着的人，是那个在保险公司工作的人过去的女朋友。"

她说完这句话，车厢里死一般的寂静。我忍不住又掀开窗帘看了看，天怎么还没亮呢。按说现在已经快五点了，太阳应该就要出来啦。其他车厢里的乘客，怎么也一点儿没有起床的动静呢。他们中就没有一个人像我这样，总是无法得到彻夜的安眠吗。他们难道不会像我这样，每到闭上眼睛的时刻，脑海中就浮现出一张脸吗。那是一张没有生气的脸，苍白无比，在黑夜里散发出隐微的光，蓝色的，就像乞力马扎罗的雪。

"后来呢？"我终于开口问到。

"小说的后面写得有些语焉不详，唉，我是不大喜欢这种写法，太多的抒情和莫名其妙的景物描写，看得我头疼，"她说，"总之，他们叫来了另一个朋友，共同商议了一番，都决定不要告诉在保险公司工作的那个人这件事，这里我也看得不太明白，为什么要这么做呢？小说里好像是说，为了他们共同的友谊可以继续。可如果是真的友谊，这么做就太不对啦。"

"你说得对，"我叹了一口气，"你说得太对了。"

我们叫来了 B，B 这才知道为什么客人等了那么久都没有等到 L 的女友上门。实际上我们根本没有时间商议，只是不由自主地形成了那份默契。这必须是只有我们三个知道的秘密。我们安慰自己，按道理来说，这事儿也不算我们的错，事后我们的确也没有被追究任何责任，因为那个路口的路灯坏了。

"故事到这里就结束啦，"她打了个哈欠，"叔叔，您的精力可真好，我已经困得不行啦。"

"你真的不记得这个小说的作者是谁了？"

"不记得了，是在一个杂志上看到的，那份杂志是好几年前的过刊，上个月听说都已经停刊了。"

"这个故事你倒是记得挺清楚。"

"是呀，叔叔。是呀，"她点点头，"虽然有些地方有些生硬，可它写的就像是真的似的。"

"可不。我都差点儿以为是真的了，"我说，"只有一个地方它写得还不够真实。"

"是哪里呢？"

"那个开车一头撞上去的骗子，我猜他当时并不是由于意外才那么干，他应当早就看到了那辆从左侧行驶过来的车。他是故意要那么做的。"

"为什么呢？"

"也许是因为他和搭档赌气，也许是因为他和自己赌气，也许是因为在那一刻……他也不想活啦。他想叫上帝看一眼自己。"

"世界上哪里会有这样奇怪的人呢，"她看了一眼手表，"哎呀，都到了9月10号了。我得赶紧睡了，11号还得交论文。"

"今天是9月10号？"

"是呀，叔叔。"

我突然明白为什么在火车站窗口买票的时候那个售票员看我的眼神有些不对了。

"今天倒真的是我的生日呢。"我说。

"是吗！"她瞪大了眼睛，"哎呀！

我明白了，您的那些朋友……不，我是说给您打电话的那些人，说不定是要给你一个生日惊喜呢！"

"是吗。"窗外总算有一缕光线照射进来，我把窗帘拉紧，好让那姑娘能睡个好觉。

"一定是这样的。"她拉起被子，重新缩进去。

"睡吧，姑娘。"

"还有一件事我弄不明白。"她说。

"什么？"

"假如那个在保险公司工作的人一直不知道他女友的死，那么他会以为她上哪儿去了呢？"

"乞力马扎罗，"我说，"因为他的女朋友一直告诉他，她要去乞力马扎罗。"

"哦，这个小说里可没写。小说的最后就写了他们在那个姑娘的尸体旁边念了一段话，是……唉，那段话太艰涩了，我一点儿也不记得啦。"

那段话是这样的：

尊贵的 X，谛听，谛听！你正在体验清净实相明光的光辉。你应加以体认。尊贵的 X，你现前的智性，其性本空，无色无相，本来空寂，即是真空实相，普贤法界体性。

你自己的这个智性，就是净识的本身，就是普贤王佛。而所谓本空，并非空无之空，而是无有障碍，光明焕发，随缘赴感，喜乐充满的智性本身。

你自己的这个其性本空、无色无相的净识与光明焕发、喜乐充满的智性，二者不可分离，两相契合，即是圆觉法身境界。

你自己的这个光明晃耀、其性本空、与光明大身不可分离的净识，既没有生，也没有死，即是无量光——阿弥陀佛。

你能有此认识，即已足够。将你自己的智性视为成佛的空性，并将它视为你自己的净识，即可使你自己安住在大觉的圣心境界之中。

"您知道得可真多。叔叔，您应该把这些都写下来。叔叔，晚安，我要睡觉啦。"

"晚安，睡吧，姑娘。睡吧。到莫斯科还要好一会儿呢。"

咖喱长濑

文｜匿名作家 007 号

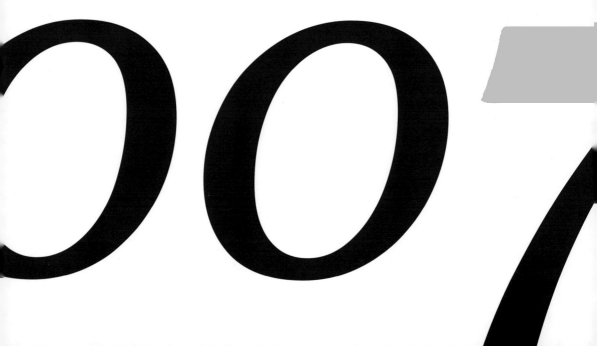

从地铁出来，过闸门踏上楼梯，我抬头望了一眼，离出口还有二十多米。据说新宿站共有数十个出口，我从来记不住自己出来的到底是哪个，但只要对出口外的风景眼熟，在右前方能看到韩国烤肉店，就出对了口。往出口的楼梯特别窄，若上上下下都有人，必须得一方侧身才行。从上方射来的盛夏下午阳光，被谁挡住了，我再抬起头，看见走下来一个二十多岁的女子。贴身长款T恤衫搭上宽裤的一身黑，右身靠着扶手，摇摇晃晃勉强走到楼梯中间平台，便爬上长凳似的防火设备箱，俯身躺下不动了。一群穿西服的上班族三三五五擦肩而过，大家看到女子也并没有缓步。我

走上平台，也继续跟着人流走了几步，但忽然担心起她是否中了暑什么的。拒绝冷漠，播种善良，从我做起，于是我转身走到女子身旁问了一下："您还好吧？"

她举起右手挥一挥。这动作有点滑稽，一点都不紧急。她往外侧过脸，染成亚麻色的短发间，可以看到化了浓妆的眼皮。我便想起这里是新宿，地铁出口临近东京最大最繁荣的歌舞伎町。有人喝到天亮，在路边睡去，直到炎炎夏日让人实在难熬，才醒过来想起回家。也难怪吧。于是我再次转身继续走上楼梯。身后的女子好像说了什么，但不管了。我凝视着上方的出口，心中自问，

现在若有路人问我好不好，我该怎么回答？

从地铁口出来，走到前方的十字路口等红绿灯。我身后的韩国烤肉店是家名店，若碰上中午或傍晚，不管是平日还是周末，都会排起长队。而因为现在是平日下午，店门紧紧关着，也没有那熟悉的烤肉味。我上礼拜刚来过这里。在杂志社当编辑的朋友选了这家店为我鼓劲。"中田终于回东京了，他好像有个故事能说个通宵。"他发消息给一个女作家，女作家又带来一个女摄影师，四个中老年男女边烤肉边由我讲述如何离开了十年的婚姻。这位编辑朋友最近当了主编，没结过婚，反正有换不完的女友。多年前离婚的女作家生于富人之家，在世田谷区的豪宅里抚养一男一女。他们听完我闹得沸反盈天的故事后就满面笑容，举起酒杯扬声："欢迎回到单身世界！"各自喝完冰啤酒，继续烤肉给我吃。反而是那天初次见面的女摄影师樱井，也许是因为和我几乎同龄，或者是因为外貌水平跟我差不多，仿佛感同身受。她用手推推黑框眼镜，然后大声感叹："说不定明天就轮到我了！"

其实樱井的皮肤是好的。滋润，在灯管直照下也没看见细纹。搭上黑色短发，看不太出已人过四十。她刚喝没几口酒脸就红了，说着"终于吃到这里的烤肉了！"拿起筷子快速翻起生肉。她是专门拍 LGBT 题材的，最近一系列作品还得到了国际性摄影奖。女作家介绍，樱井平时住重庆，丈夫也是重庆人，这次是为参加摄影展而回到东京。得知我也是做摄影的，樱井用左手挪开石锅拌饭，探出身子来问："咦，你拍什么呀？"

自动贩卖机。我是开车到日本各个小地方，专门拍摄正在消失的自动贩卖机的。对于那种客人站在前面，自动扫描人影，并提供最适合客人年龄和性别的饮料和甜点的智能贩卖机，我不感兴趣。我拍的是上世纪，按钮便嗡嗡作响，送出烤好的吐司片、煮好的乌冬面、热乎乎的汉堡，那些颇具年代感、几乎绝迹的机器们。每次买饮料就发出十五秒钟的电子音乐，不小心中奖就拼命闪灯让人感到尴尬的机器也不错。樱井歪头点头说道："有意思。不过我好久没看到那些贩卖机了。"她还说，小时候确实看到过，但是母亲不允许她吃那些垃圾食品。

"你的作品在哪里发表？是在他的杂志上？"樱井用拿啤酒的右手指着编辑，续问。编辑替我回答说，其实中田先生出过摄影集，在亚文化圈里卖得相当数量。我心中补道：日本出版界每况愈下，"相当的数量"也有限。在樱井又发问下一个问题前，我决定回问题给她。"在重——重庆那里，日本人多吗？"其实我并不太清楚重庆这个城市到底在中国的什么位置。樱井歪着头，缩缩肩道："应该有一批。还有日本使馆呢。但我不太认识，中国手机里存的号码，一个日本人都没有。"

"哦，那您应该相当融入当地社会，中文也肯定很流利。"我坚持用敬语，也不离开客套话的范围。从发现前妻出轨，经过一番丑恶的交涉后离婚到现在，其实还没有过去多久，在面对和前妻同龄的女性时，我心头还是会不禁浮起一种厌恶感。我的回答也许刺激了樱井的虚荣心，她抬起头笑了一声。她的笑是一笑就在鼻部堆起褶皱的那种。"嘻嘻，还可以吧。反正我先生小飞朋友多，跟他们打交道就足够了。"她还加了一句，应该是一种谦虚的表现："那些朋友们，知道小飞有了日本媳妇就期待不已，把我想象成苍井空那样的女人。哦，在中国，苍井空特别出名，连女孩子都知道她是干吗的，人家把她叫成'老师'。然后朋友们来我家，期待遇见服服帖帖又性感的女性，结果出来一个戴眼镜的女汉子。真想给您看看人家那种盖不住的失望。"嘿嘿，她开口笑道，我假装喝啤酒，不让自己看见她。

编辑忽然用轻松的口气问我以后打算怎么生活。确实，我靠摄影赚的钱根本不够。在大阪和前妻生活的时候，就靠当护士的她。我察觉到旁边的女作家暂停了玩手机的手，开始吃石锅拌饭的樱井也竖起耳朵。我自己也明白今晚编辑请我吃饭，是有意在自己负责的版面里请我开个专栏，这样至少可以赚点房租。"我是想写点东西，但还不知道怎么选材。"我看着烤网上已经烧成黑炭的肉片说。那曾是什么部位的？里脊？牛舌？他微微点头回道："那好，慢慢想。"

那天晚上我们根本没通宵，还是搭乘各自的末班车离去。我回到上个月刚刚搬进的东京足立区低层公寓。之后几天，除了出去买水和泡面都没有出门。整整一个周末，手机一次都没响，邮箱里除了伟哥广告外没出现一个新邮件。距离上次出摄影集，也过了两年多了。我渐渐开始后悔在烤肉店里那么轻松地辜负了编辑的好意。我是否永远失去了钻进日本媒体界的机会？那天我是否应该假装有料可以写，无论如何也去争取到这个机会？躺在九平米的榻榻米房间里，焦虑感让人实在难熬，急速提升的气温和湿度也让我觉得不舒服，我起身穿了裤子，戴上鸭舌帽，决定出门。这种时候出门最好不过了，寺山修司不也说了么，上街去吧。走下四层楼梯到一楼，碰上往居民邮箱里塞插单薄小册子的高龄女性。七月份的太阳高高升起，固定在空中的最高位置一动不动，坐着呼吸都会出汗的下午一点半，她穿着一条像毛毯似的黑色长裙。她长袖衬衫上的丝缎披肩，让我想起小时候母亲盖在家里钢琴上的罩布。我正要擦身而过，她回头投来特别温柔的声音打招呼："您是……402室的中田先生吧？我们就在这附近，有空过来聊聊天。"说完把手里的小册子递给我。

十字路口亮起了绿灯，我背对着韩国烤肉店快步走到对面，想起那个小册子还在裤子口袋里。它是某个宗教机构的足立区支部发行的，粗纸折一半，封面是彩色的，画着西式油画风格的天堂和各种肤色的老少男女，相互携手，满面笑容。打开内页，左上方印着几行红色的字："感谢上帝选中了我们！上帝原谅我！感谢上帝赐我们聪明！上帝原谅我！感谢上帝赐我们智慧！"她怎么会知道我叫中田？她怎么知道我住那房间？我在外面都没挂过牌子呢。我想把这小册子快点扔掉，但路上看不到垃圾箱，只好把它放回口袋里，开始找吃的。

睡到中午，我今天还什么都没吃过。

经过歌舞伎町，走到新大久保地区，周围普通住宅多了起来。这种地方才有廉价美食。也许是个时候找下一个拍摄目标了。这样继续拍摄旧款自动贩卖机下去，总有一天会拍完的。不，在我拍完之前，人家就会腻的。像樱井那样拍摄某种人群？新宿这一带的人也挺有意思的吧。正如小野田宽郎[1]所说，人只有和人在一起时方能当个人。

走了足足十分钟，我还没找出一家能吃饭的餐厅。餐厅倒是有，但都关了门，因为时间不对。今天没戴手表，但看太阳和气温，时间应该还没到四点。算了，喝点冰咖啡，吃汉堡得了。正打算找麦当劳时，我看见一家小餐厅。貌似普通住宅，但外面确实挂着"营业中"的牌子，店外还设有摆放着食品模型的玻璃柜。里面的食品模型都太旧了，咖喱饭模型的米饭和咖喱酱融成一体，天妇罗模型褪了色，装饰的塑料花都倒在了咖喱饭模型上面。店门上贴着红色塑料膜，看不清里面，我还在犹豫要不要进去，但看到店门左右摆满的花盆特别整齐，万寿菊、矮牵牛和向日葵，还有我不认识的几种植物秩序井然，门口还泼了水，看得出店主的用心，于是拉开了玻璃门。这时我才看到玻璃门上几乎快消失的店名："咖喱长濑"（Curry Nagase）。

嘎啦嘎啦。玻璃门发出干燥的轻声。空调温度也还可以，可能比一般的餐厅稍微热一些，但没关系。里面一个客人都没有。当然，时间不对，这是中餐和晚餐之间，正常人都在上班，其他人吃完饭也要找个地方躲起来乘凉的时段。从店后面传来男声的"欢迎光临"，但没看到人出来。我环顾了一下店里。白色桌布上再铺上透明塑料膜的小桌共有五个，我选其中之一坐了下来。另有吧台，但上面的北海道大熊木雕（嘴里咬着鲑鱼）、被抛光到发亮的达摩等摆件默默说明那里并不是给客人坐的。

我想喝水。吧台上有水壶和排列整齐的塑料杯，应该是让客人自助倒水的。菜单在哪里呀？是在吧台上方，一个纸条一个菜名，虽然都旧得变了色，但贴得很齐整。说是咖喱店，但在纸条上一个咖喱类的餐点都没有，都是套餐。刚才的男声问我："您要点什么呢？"吧台窗口的位置刚好在他的腰部至胸口，我没看到他的脸。"我要……炸牡蛎套餐。"

说完才想起，现在并非是吃牡蛎的季节。应该没事吧，这种店哪怕是当季都一般会用冷冻食品，只要从冰箱拿出，放进滚油里就行。"炸牡蛎套餐一个！"刚才的男声快活地说道。从声音的方向来看，这是他回头往后面的厨房说的。啪嗒啪嗒。有人快步从吧台走到后面厨房。"知道了，炸牡蛎套餐一个！"从厨房传来刚才的男声。是兄弟开的店？声音太像了。

吧台对面、我的右手边有个小电视，是国会的预算辩论直播。首相在被质询，什么都没说，只是忍受着。再扭头，看见刚才我进来的玻璃门旁边有个玻璃鱼缸。清透的水里有加氧器，不时出泡泡。里面还有架迷你水车，碰到气泡会一点点地滚动，但怎么看都看不到鱼。也许养的是特别小的鱼？从这里看不清，但是藏在水车后面。哎，刚才其实路走得蛮多的，我想擦擦汗，看到吧台旁边有个餐巾纸盒，我站起来抽了两张。看起来轻盈的纸盒，居然动也不动，仔细一看，才发现那个箱子是固定在吧台上的。每次餐巾纸抽完，那个纸盒是怎么

---

1 小野田宽郎（1922-2014）：日本军人。二战末期被派往菲律宾战线，美军攻占卢邦岛后，小野田与三名同伴躲入丛林中进行游击战。日本宣布无条件投降后，小野田虽然看到美国人或日本人发的传单，但他判断这是敌军的策略，于是决定继续作战。直到战争结束二十九年后，由原上司谷口义美向他下达任务解除和归国命令，小野田才放下武器，向菲律宾军队投降。

换的？人家的习惯有时候难以理解。回到自己的位子前，我无意看见吧台后面的桌子上排列的筷子套。应该是没有客人的时候，店主把一次性筷子一个一个套进纸质筷子套里。每双筷子之间隔了一只手指的距离，排得非常整齐，就像高速公路旁的林荫树，安安静静地、无聊地排列在银色不锈钢桌子上。此刻从后厨传来快活的那个声音："牡蛎炸好了！"

"好的！"一模一样的声音回道。啪嗒啪嗒。轻盈的脚步声回到吧台后面，不久套餐出现在吧台上。"炸牡蛎套餐的客人，让您久等！"怎么听，也都是一个人的声音。这可不就是一人扮演多个角色的装置艺术？不管如何，最后一句是人家跟我说的，这里是冰水和餐点都得自取的自助餐厅。我又站起端盘回来。盘子上有一双套上套子的筷子，摆得和托盘边平行。右边的味噌汤、左边的米饭、中间的炸牡蛎，三者形成等边三角形。一共有五个炸牡蛎，再加一块柠檬，都平躺在白色的陶制平盘上。炸牡蛎的盘子左右，就像月亮和太阳一样放了煮南瓜和腌菜。

先拿起小钵，夹起一块南瓜。从筷子传来一点阻力感，南瓜变黏了。店里的白色灯光并不明亮，但我还是看到南瓜小块的拉丝。闻一闻，似乎闻到一种酸味。放久了吧。我把南瓜放回小钵里。确实，夏天煮南瓜特别容易变质。我小时候家里没有冰箱，晚饭桌上母亲就经常让我吃多点，因为说不定等到第二天就坏了。没关系，我并不是那些会因为这种琐事就扬声责备小餐厅店主的讨厌的小市民。

呼，抬起头，忽然发现吧台上的木雕大熊的位置有点不对，它不是面向吧台正面，而刚好是和旁边的达摩面对着面。达摩凝视着大熊，大熊咬着鲑鱼透过达摩看着后面的我。我的视线回到套餐上，看到腌菜小盘边上有个白色的小球。用手指捏起，好像是个棉球。就是受伤的时候用来消毒用的那种棉球，但这托盘上的棉球已经干了，在店里空调吹来的微风中摇摆着。

吃炸牡蛎吧，这种东西一定要趁热吃。咔刺。我把牙齿沉在婴儿拳头大小的金黄色小块里，接下来那瞬间，我嘴里爆满了臭泥巴味，强烈而简直是变成一个固体的味道直接冲进脑海里。在大脑下判断之前，我的背部做了一个抛钓鱼竿般的动作，让我快速把里面的东西吐出来。餐巾纸不在桌上，而是在几步外吧台上粘住的那纸盒里。我无意中摸到口袋里的纸张，不行不行，这是印着人家的上帝的，我只好把脸往前移，直接吐在眼前的饭碗里。我以为米饭是热的，但我的嘴唇触摸到饭粒的瞬间，并没感觉到温度。它至少比室温还低些。我看见在冷饭上的一塌糊涂，是绿色的。发绿了的牡蛎。我快速把视线移到别处，尽可能不让那些牡蛎闯进视野里，抓住味噌汤的木碗。

吱吱，吱吱。其实我没听到它的声音，只看到它。正要啜入味噌汤的那一刻，在木碗的中间，我看见拨开了味噌汤泡沫的几只脚。一只褐色的有六只脚的甲虫仰身挣扎着。我推开木碗，什么都没想就站起来。我不应该待在这里，得快点离开。不想引起店主的注意，慢慢移动椅子，挺身站起来。盘子上筷子滚转得喀喀作响。端着托盘拿到前方，在吧台上放好。不知道自己还要不要付钱，但也得说一声吧。我克制着自己，努力发出一个适合这小空间的声量："那个……老板——！"

店主一边说"嗨嗨"，一边从厨房靠近吧台来。从我的位置，只能看见他用白色衣服擦着的双手。不太像厨师，邋遢但有点神经质的手。"老板，这味噌汤里……有，有只虫。"

"虫……虫子！？怎么可能！？"

店主的声音一下子紧张起来。我不知道该怎么接，一点一点地往后退："啊……那我回去了。我得回去了。"可回到哪里去呢？能有地方回去吗？我的房间里等着那妇人，她肯定在的，她肯定准备了很多小册子等我回来。店主从吧台伸出两只胳膊，用手抱住自己的头。他的闷声已经接近小孩的尖叫："哎呀，对不起呀，对不起。原谅我呀！原谅我！请您多多原谅我！我，这叔叔呀，是眼睛看不见的啊啊啊啊啊啊啊啊——！"说完，店主在吧台抬起头，把脸面对我。他的大半边脸被白色的脱脂棉贴满，一小块一小块的，不知道用什么东西黏住，反射着从门里射进来的黄昏光线。我的呼吸越来越窘迫。光线变得昏沉暗淡，我却明白，店里所有的东西都是有一点点的不对。乍看之下确实蛮整齐的，但所有的东西要么放歪的，要么根本不应该在那里，或该有的根本没有。根本不是我想的那样。

从店的后面传来啪嗒啪嗒的脚步声，我转头凝视吧台后已经看不清了的空间。"对不起对不起对不起……原谅我原谅我原谅我原谅我原谅我啊啊啊……！"店主还在请求宽恕。

王府井

文｜匿名作家 008 号

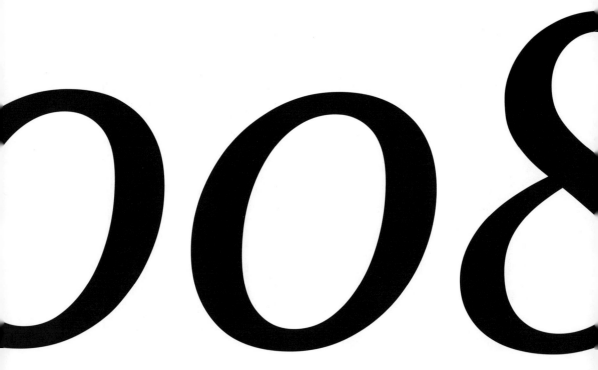

我在爱情上最大的失败，就是过分重视张弛有度的屁股，而忽略了喋喋不休的嘴。为此我将分别在这两方面饱尝恶果。一年以前我青春洋溢，在外语学院的林荫道上看见一个气球般的屁股紧紧地咬合着自行车座，像企鹅溜过冰面一样滑过，立刻就迷上了它。半年以前我未老先衰，看着两张肉乎乎的嘴唇在翻动，翻动，我的裤裆里就垂下去，垂下去。两个月以前，我不厌其烦地说服上述屁股和嘴的主人林小芬，告诉她扁桃腺是个多么多余又藏污纳垢的东西，割掉它，就割掉了和月经一样频繁而规律的感冒发烧；当然，手术之后决不可以说话，决不可以。然而人算不如天算，

半个月以前，林小芬没有走进耳鼻喉科，却骂骂咧咧地到妇科去刮宫。她的血在奔涌，她的语言却更加旺盛，而血止住之后，说话的频率和速度则固定在了新的高度上。她说呀，说呀，非但喋喋不休，而且趾高气扬。我的头也跟着垂下去，垂下去。

到了现在，林小芬正像一个已经生过孩子的妇女一样，在王府井的大街上大摇大摆，我则笑眯眯、恶狠狠地服侍着她。这个主意是她提出来的，她说：我已经补得差不多啦，不过这阵子越吃越馋。遂逼我陪她来这里吃夜市。当然我转述得比较概括，真实的情况是，她回忆了每一次到那里吃的每一种小吃，

神往着，迷醉着，嘴唇越来越湿润。如何如何的炸里脊，如何如何的卤煮火烧，如何如何的爆肚，最后着重描写了如何如何的炸鹌鹑。鹌鹑有如何如何的翅膀，如何如何的肚子，如何如何的大腿，她又试想着这些鸟类是如何如何被炸得一团焦的，它们又如何如何的痛苦。林小芬说到这里，觉得言不尽意，就开始模仿：扑扇着翅膀，扭曲着脖子，表情又辛酸又欢乐，啊，啊，啊，就是这样。我说：好，好，不用学了。我不是已经答应你了么？

对于这个地方，我一点积极性也没有。用吃的东西来堵住她的嘴，这招早已经被证明无效了。她已经消耗了一吨的冰淇淋、牛肉干和瓜子，可是还在说着，说着，就像此时此刻一样：端着一碗紫米粥，捏着一串羊肉串，还有寄存在我手里的两只鹌鹑，它们都光着屁股。我们看到大师傅用一根呲毛儿的竹签，噗刺一声穿过了一只鹌鹑的屁眼，竹签子逆流而上，终于从它的嘴里冒出头来，然后噗刺一声，又是一个屁眼。林小芬看得目瞪口呆，居然暂时忘了说话，但啊的一声，随之而来的是语言更加急速地奔涌：看呀看呀，他就这么扎进去了！你说鹌鹑疼不疼呢？什么呀，怎么可能爽呢？你好坏，哼，哼，你就想着这个。

不过你说，要是把这个市场上所有的鹌鹑都这么穿起来，能有多长？有长安街那么长吗？那全世界的鹌鹑呢？能不能环绕赤道一周？大自然还真是挺神奇的哈？那你说，为什么他把鹌鹑从下面往上穿，而不是从嘴里往下穿呢？

我说：啊？不知道。

她说：因为下面那只鹌鹑怕脏！咯咯咯——

哼，哼，你可真天真，真天真。

我们从街东头走到西头，再走回东头。走了有一万只鹌鹑穿起来那么长，而且是正着穿一次，再反着穿了一次。林小芬还在说着，说着。我的手里已经拿着第五串鹌鹑了，而她还在继续着一个话题，无限引申，无限联想。为什么一个女的那么能说呢，为什么一个男的那么不能忍耐她说呢，为什么这个男的还是忍到了现在呢？她还在说着，说着，我还在忍着，忍着。最悲哀的不是麻木，而是对痛苦越来越敏感。而且她越说我的脚就越软，她越说我的肚子就越胀。我的耳朵和屁股一起危机重重。

等一会儿。

干吗？

我要拉屎。

干吗？

拉屎！

你是不是啊？触景生情了？我刚才说到我哥哥灌肠，我爸爸割痔疮，这些给了你一些触动么？其实还有更触动的呢，你还记得你上铺他表姐么，就是那个肛门息肉的老妇女？我爸说，肛门息肉就好像一串大葡萄，要用激光，呲呲，烧掉它。掉下来一大串肉葡萄，我爸说，拿到灯底下一照，还是半透明，热乎的。

我要拉屎！

去吧。

我愤怒地转身就走，林小芬追上来：你就在这儿找我好么？不了不了，那边银行门口吧，那边没有人。现在几点？你要拉多长时间？八点必须回来啊，你干脆就到香港美食城去好了，假装在那儿吃饭的。也不行，人家会以为你是到那儿要饭的。那儿一听可乐就要十五。你还是往十字路口那边走吧，我记着好像是有个厕所。

好，好。你别着急，多吃点。我又买了两串鹌鹑给她。慢慢吃吧。然后扯开她的书包，拿出一沓餐巾纸，把屁股夹得硬邦邦，两腿笔直地往十字路口走。

喂！一声尖叫，我回过头，林小芬在灯光下攥着两串半透明的、热乎的鹌鹑喊：我跟你说了，八点必须回来啊！

我走出夜市，走过红绿灯，走到对面的街上。这个时候最可怕的不是你的屁股在憋，而是你的心里在憋。当然在家里就不一样了，你可以欲擒故纵，因为多憋一会儿，接下来的快乐就更大。这种情况下反而能憋得长一些。反之现在，我感到心慌，心慌，越是心慌，我越感到肚子里的东西好像一些发面馒头，它们在飞快地胀大，胀大。我的肚子好像一只灌满了水的气球，我拼命地要把那个口儿扎紧，但是压力如此之大，那个小口又怎能抗拒呢？

我一个门脸又一个门脸地寻觅，师傅，哪儿有厕所？师傅，哪儿有厕所？每个人的脸上都是心满意足的样子，好像刚刚才拉过一泡。但是他们说：这儿好像没有，再往前好像有吧。

于是我再往前走，再往前走，已经走出了快一公里。照这样下去，我可能要走到怀柔县，找块野地解决问题。当然这是不可能的，因为如果那样，市政府就需要为城里的市民开通一趟拉屎班车。那么另一种可能，就是方圆数里只有一个公共厕所。按照王府井的人口密度来说，这个厕所要有多大啊，十几层楼，一万多个坑位，以供一万多个游客同时使用。

不可能。政府好不容易才让人民吃饱了饭，又怎么忍心再让他们憋死？我转而怀疑起问过的那些人：都是一些小卖部和服装店的售货员，从最坏的角度来想，他们既无所事事，又唯利是图，对于一个什么也不买的人，看到他变成一只飞进了微波炉的苍蝇，又何乐不为？我立刻跑进一家小卖部说：

给我一包万宝路。

随后漫不经心：这儿哪儿有厕所？

老板是个白嫩的男人，他好像没听见，接过了钱才说：拆了。

为什么拆？为什么？我面红耳赤地喊道。

我他妈哪儿知道。老板同样忿忿地说。

那你说，你们在哪儿拉屎？

我的样子必定很可怕，他迟疑地看了我一眼，慢吞吞地走进里屋。我听见地下呲啦，呲啦地响，老板像一个足球运动员一样出来，左脚和右脚轮流推着一样东西。我探头看见一只塑料盆，上面盖着一个木头锅盖。两只和脸相得益彰的白脚，左一下，右一下。我能听见里面在响：哗啦，哗啦，这么满，看来积蓄了两天以上。但是他丝毫没有急人所急的意思，向我展示完之后，又盘带着进去。哗啦，哗啦。我重新萎靡下来说：

师傅，那哪儿有呢？

哪儿有，哪儿有？老板看着天花板。

我已经聪明多了：再来一听可乐。

你从哪儿来的？小吃街吧？往回走，走回十字路口再右拐，那边好像没拆。

我出来的时候，手机响了。喂？是我呀。你拉完没有？还没有？怎么像分娩一样慢？你是不是肛裂了？要不又便秘了？最近你吃什么了，昨天在食堂吃的炸鸡腿和米饭吧？按说也不应该的呀。别慌，别慌，林彪也便秘，半个月才来那么一泡。所以我说，你们两个应该多吃香蕉，吃香蕉。

比起面对面，接她的电话是一件更痛苦的事。你可以想象，虽然相隔如此之远，但是现代科技又把你的耳朵和她的嘴贴得如此之近。它就在我的耳边说呀说，信马由缰地关心我的屁股。

什么？你还没找着地儿呐？随便找一旮旯算了。有人看见你你就装智障。也好，也好，你可以顺便找个水果摊买两根香蕉，防患于未然。你也快点啊，我都已经又吃了俩鹌鹑了，我吃饱了可不没事儿干么，等到花儿都谢了。现在几点了？那你八点十分必须回来啊，加紧加紧。

而我需要的只是夹紧，夹紧。晚风已经开始凉飕飕的了，我多么想跑两步啊，可又是如此举步维艰。十字路口就在前面，还要多久才能找着厕所呢？也许片刻之后，王府井的大街上会出现一个泪流满面的家伙，路人问：所悲何事？

他将怎么说？长了个尾巴。

或者这个家伙坐在地上哭，路人问：所悲何事？

他又怎么说？坐了个柿饼。

曾几何时，这种事情也是有过的。我的母亲至今津津乐道：我上幼儿园的时候，要拉屎不敢对阿姨说，就自作主张拉在裤子里。当时小朋友们正在吃饭，此举造成我身边的两位一齐呕吐。回到家里之后，我遭到母亲的痛打，更加畏缩，就在她给我洗裤子的时候，库喳喳（我母亲拟声），又是一泡。我妈感叹说，她养了个多么憨厚的儿子啊。

我想着往事，却忽然哈哈大笑起来了，两个行人好奇地看着我。从童年到现在，我一直在和拉屎作斗争。这么想着，我的紧迫感忽然消失了，仿佛我并没有面对决口的大堤，而是正在华灯初上的大路上散步：独自一人，步伐轻盈。

这个时候，我的手机又响了。我看了看表，才八点零二分。她一定又在关心我的进展了。这次她说：出来没有？这次通不通？想想沈昌气功吧：通畅，再通畅。接下来还有那么多话，那么多话。我说：尚未开始。她大喊：为什么这么慢？你拉屎还要前戏呀？对你这样

的，就应该像鹌鹑那样，噗刺来那么一竹棍，不通也通了。你要是怕疼，那就找一个拔子，对着你的屁股一嗯两嗯，就嗯出来了。不管了。我统共已经吃了有八只鹌鹑了，再这么吃下去，我就该下蛋了。八点十分你再不回来我就自己走。哼。

我感到那泡本来已经化解于无形的屎又回来了，而且堵在我的心口，让我气闷，头晕。对比于现在的我，十几年前的那个胖头胖脑的小朋友真是一个潇洒的家伙。他随便拉屎的时候简直身轻如燕。而我已经被剥夺了这种权利，甚至拉屎的时候还要在一张嘴的监控之下，嘴！

我走到十字路口，向右拐过去。现在，一个被反复考虑的问题再次涌上了心头：有多少次，我已经下定决心逃离这张嘴了。我告诉自己，虽然我不能摆脱世界上那无数张嘴，但我为什么不能摆脱对我荼毒最深的那张呢？在我家的床上，在她家的床上，在妇产医院的门口，我一直在默默地计划着，而这个计划只需要一个动作：拔腿就跑，好好地躲起来，永远不在她面前出现。不过这个计划被一再搁浅了，原因是我紧接着又会想：既然我不能摆脱所有的嘴，那我又何必费尽心机地摆脱其中的一张

呢？此时此刻，我再次质问自己：一个血气方刚的小伙子，为什么会如此消极？我们的一生，就是夹着屁股和嘴斗争的一生，既然如此，那么斗争一定要从你身边的那张嘴开始。如果想要从困境中一跃而出，就必须有一个决绝的态度。

试想我顺利地拉完屎以后，肉体和心灵都将进入一种轻松的状况。难道我不想让这种轻松更上一层楼么？那好，伸手拦一辆出租车，回到家里，把门锁死。然后打个电话预订一张到外地的车票，到哪里都可以，很多海滨城市都给我留下了美好的回忆。保险起见，我赶紧把电话线也拔了，然后随便看看书，躺下睡觉。这期间我的门一定会被敲得哐哐响，但是我早有防备，已经用两只避孕套把耳朵塞住了。马来西亚橡胶，不但防水，而且隔音。这样她肯定自己回家去，更完美的结局是被治安联防的同志们请走。如果她不知天高地厚，还在滔滔不绝的话，那些家伙将会用皮带啪啪地朝她的嘴来上两下子，把它打成两段烤香肠。简单粗暴，行之有效。次日清晨，阳光明媚，出行大吉。如果这时报纸上碰巧有一两条交通事故的新闻，那么一切将更加合情合理。而在美丽的大海边上，充斥着毫不逊色的屁股，

我的人生又开放了。这一次，我已经有了充分的戒心，会在那些嘴张开之前，又一次当机立断。十天半个月以后，当我带着清新的海风回来的时候，她的嘴已经找到了另外一双悲剧性的耳朵，我作为流氓，还要假仗义一下，痛哭流涕也不为过。她傲然说：滚你娘的蛋。一个冷笑，一个窃笑，事已至此，皆大欢喜。

这个遐想使我充满了对未来的向往，我立刻把手机拿出来，关了机。这时我看见路边有一个公共厕所。当你下定决心，转机很快就会来了。这是一个历史性的厕所，我从里面出来之后，生活将要走上另外一条道路——一条屁股大行其道，嘴巴毫无机会的道路。我眉开眼笑地走进去，看见厕所里有三个坑，一个脖子上一褶一褶的黑胖子蹲在中间的坑上，最里面是一个留着山羊胡子的老人，他已经很老了，小脑袋好像一个核桃。我只能在胖子的右边就位。两个厕友都很专心，目视前方，让我觉得，在这里拉屎是一件很严肃的事情。我也蹲下来，现在这个厕所里将要有三泡屎落地，一泡已经老态龙钟，一泡正是年富力强，一泡姑且算是青春年少。我向左边望过去，老态龙钟的两只眼睛瞪得很圆，脸上青筋一突一突，看来他遇到了一些困难；相形之下，年富力强则得

心应手得多，而且嗓子里的声音也底气十足。忽然之间，老态龙钟的哼哼声变得高亢了很多，好像被一根木棍硬顶出来似的，一橛一橛地划个小弧线，摔到地上，然而他志在必得的那一橛还没有出来。他吭叽吭叽，让人觉得这是他的最后一泡屎了。年富力强听到这种声音，丝毫没有同情心，而是厌恶地扫了他一眼，然后又转向我，低声说：我操。

由于长时间生活在忧虑之中，我反而失去了勇往直前的闯劲儿，很快落到了年富力强的后面。他屁股下面那个坑位，好像一个肥沃的养鱼塘，不断传出扑通扑通的声音。更加望尘莫及的当然是老态龙钟，他已经变成了一只下不出蛋来的柴鸡，在那儿惭愧地挤着，挤着。很快他就筋疲力尽了，声音也瞬间低下去，只剩下嗓子眼里呼噜，呼噜。但是他锲而不舍，片刻又重新鸣叫起来，很快又衰落下去，然后再挺拔上去。一个老人，怎么能经受住这么大的折磨呢？他的鸣叫持续得越来越短，这个时候年富力强已经长长地吁了一口气，从兜里掏出一截手纸来。他是第一个轻松的人，但却顿了一顿，并没有马上擦，而是意犹未尽地点上一支烟来，歪着胖脑袋，眯着眼睛，好像在听一段时断时续的歌声。

忽然，一段真正的音乐在年富力强的腰上响起来。他把手机拿出来。喂？是你呀，那你在哪儿呢？你先说，我再说。在商场呢？我在酒吧呢，就是王府井这边，我也忘了什么名儿了，好像叫"巴娜娜"，"巴娜娜"。那你干吗呢？买什么了？不是说我陪你去么？我呀，我陪几个朋友坐坐。都等你一晚上电话了。

我惊奇地看着他，大庆一般的脸上油光滚滚，那是幸福的光芒。他脖子上的每一个皱褶都在笑着，更不用说嘴了。关键是你无法想象这样一个声音发自于那么一摊黑乎乎的肉，如此温柔，而且还如此的怅然若失，就像南方的细雨一样。而这条汉子的眼光则猛烈地向老态龙钟盯过去，后者正在鼓起新一轮的冲锋。可怜的老人还没有意识到他的哼哼声有可能传到电话那头去，年富力强已经一膀子撞到他的肩上。老态龙钟被撞得一条腿高高地翘起来，扬起和脸一样皱皱巴巴的屁股，他持续着这个姿态，好像一条正在撒尿的狗，几秒钟之后，那只脚才落回地面。迎接他的是黑胖子凶狠的目光。老人莫名其妙地眨巴眨巴眼，他的眼睛像小狗一样又黑又亮。也许他还没有搞清楚，但是黑胖子马上扭过脸去，声音一点都没有变质：

都谁来了？老赵，老刘，还有李脏。李脏你不知道啊？上次在比萨店见过那厕，对对就是长着狐狸脸的那个。李脏，王露跟你说话呢。黑胖子向对面那堵墙喊道。我几乎想要替他应道：哎，哎，就是我这厕。但是黑胖子飞快地说：他不好意思了。说完咯咯咯地笑起来。电话那边的王露应该也在咯咯咯。这李脏你真得认识认识，神着呢。你记着吗，他原来追过你们班吴波儿，还给人家写情诗：月朦胧鸟朦胧，吴波儿的眼睛更朦胧。对对对，我们还给他编过段子：许教头老树逢春，吴姑娘红杏出墙。

这时我发现老人正在怯生生地看着黑胖子，他的两条腿已经开始抖动。然而后者没有一点停止的意思，李脏和吴波儿的故事还在发展。李脏你别不好意思，都不是外人。你知道么，据说有一回李脏真把吴波儿给领到家里去了，俩人点上蜡烛，开着音乐，气氛特好，结果吴波儿刚一脱袜子，李脏就那什么了。那什么呀，哈哈。吴波儿还说呢：脏哥哥，干吗呢？脏哥哥就说：我有负罪感。说到这里，胖子仰天长笑起来，小小一个厕所，仿佛要被他撑爆了。而老人实在忍不住了，他的青筋又开始羞涩地鼓出来，而且鼓得更加突兀，因为他还需要扼制声带。但是声音还是像泉水一样流出来，来自深处的吱吱声，让人想起一台老式收音机受到了严重的信号干扰，

或者一根钝锯，正在咬着一棵大树。对于拉屎的艰难而又不得不拉，他仿佛也有负罪感。不幸的是，这种声音反而更加明显，黑胖子的一条胳膊像大锤一样抡过去，我听到一声巨大的响动，老人这次飞离了茅坑，整个撞到墙上了。我想，这次可要出人命了。居然还有人因为拉屎被打死。

然而老人坐在墙根，又开始动弹了，而且飞快地站了起来。我想这是因为地面很凉，他受不了。我看到他气喘吁吁地看着黑胖子，山羊胡子一翘一翘。但是行凶者若无其事，还在温柔地说着，这一点比粗暴的行为更加让人吃惊。老人一直站着，但不敢出声。他的目光越来越低，最后盯着自己的脚面，他的手开始自怨自怜地系着裤腰带。那根人造革的腰带干瘪皱褶，上面布满龟裂，如果他拉出屎来，也将像这根皮带一样。我看着他转过身，一小步一小步地挪出去，他的右腿已经动不了了，而要靠左腿来拖动它。在他出门的一刹那，我看见老人的眼圈通红，泪水将要淌出来了。这是最能打动人心的一幕，他吃的盐比我们吃的饭还要多，可是正因为盐吃得太多了，他连屎也拉不出来了。

现在厕所里只剩下两个人了。幸亏我很识趣，很文静，没有到哼哼唧唧的

年龄，否则黑胖子也会把我一把按到茅坑里去。我们都没有丝毫要离开的架势，黑胖子还在说着，说着。而我刚刚决定投奔自由，就把自由用到了对另一张不知疲惫的嘴的倾听上。对此我并没有感到可悲，想听哪张嘴就听哪张嘴，想拉多长时间就拉多长时间，这才是自由。我忽然想起来，我还有一听可乐，甚至还可以把它拿出来，一边喝，一边听着他说；拉屎的时候想做什么就做什么，这也是自由。我的确这么做了。

对于我的举动，胖子倒是吃惊地看了一眼。我用目光告诉他：这有什么稀奇的，这里就是酒吧，酒吧。我们在酒吧里，不就是应该喝吗？如果有条件，我还要再打开两瓶老虎牌啤酒，叫上两杯卡普基诺，和他真正地享受一下酒吧的情调。木制桌椅，煤油灯，一张挨着一张的赝品现代画。然而胖子没有再理会我，李脏的故事告一段落，接下来登场的是老赵。老赵是一个英俊的男子，他刚刚从法国回来。相对于李脏，他的近况更能吸引王露，然而也因为此，胖子故意在描述中回避着，希望轻描淡写地结束他。这个企图引起了王露的不满，她不厌其详地打听，让胖子的声音越来越不满。胖子懒洋洋地说，老赵已经留学归来，正在致力到法资企业当一

个伪军。这么说的时候，老张正在对面"咳""咳"着。老赵现在只喝波尔多红酒，只抽古巴雪茄了。仅仅几年前，他还是一个抽着"中南海"，满街乱窜的混子。而且胖子还压住声音，把话题引向了老赵的私生活。由于先天条件和法国背景，他此时已经成了诸多女性追逐的对象，而老赵准备从中挑选一个能对他帮助最大的，目前已经锁定了某位外贸商人的女儿。可怜的云红，也就是老赵的前女友，老赵出国的钱还是她掏的呢，结果人家给她来了这么一手。

胖子稍微停顿了一下，使劲舔着嘴唇。说了这么多，他一定渴得嗓子冒烟了。但是他不得不坚持着，因为王露在质问他，你们男的是不是都这样？那你还让我怎么相信你？胖子被问得瞠目结舌，连说不是不是。我很想提醒他，别搭理这一套，她明显是装孙子呢。林小芬也经历过这个阶段。然而胖子却低沉地、温柔地说，相信我，相信我，你看不出来我有多在乎你么？这时候我看见他的眼角湿润了，不禁吓了一跳，随后才发现，原来是这里的氨水味儿太浓了，我们已经蹲了四十分钟之久。

而胖子的声音忽然更低了，并且用手捂住了手机的话筒。他的话语转向了另外一个阶段，我只能听见细小的嗡嗡

声了。他变成了一只黑蚊子，在厕所里含情脉脉地飞呀，飞呀，即使听不清楚，我也知道那个永恒的主题:爱情，爱情!爱情就像王露毛衣上的一根线头，需要胖子翻动着嘴唇，说呀，说呀，咬着毛线头，终有一天会把她剥个精光。加油吧，胖子，我已经用耳朵给了你最大的鼓励，虽然我已经感到诧异:为什么你们这么能说呢?难道你们准备用这种频率一直说下去，说一辈子吗?你们也让我对自己产生了怀疑，为什么我就不能容忍林小芬说呀，说呀呢?事实已经证明，我的耳朵并不比别人脆弱，林小芬的嘴也并不比胖子更强劲啊，我们的爱情也并不畸形——现在看来，所有人的爱情都是说呀，说呀。没有语言就没有爱情。更甚者，没有语言就没有科学文化，没有是非对错，没有"文化大革命"和改革开放，没有恐怖主义和反恐怖主义，没有柴米油盐，升官离婚。整个世界就是嘴们在说呀，说呀，嘴们创造了历史——我为什么要那么痛恨一个人过多地说话呢?

胖子的声音重新大起来，抒情完毕，新的故事上演了。这次粉墨登场的是老刘。老刘是一个有着盘根错节的肌肉的男人，能够用胸肌夹住一枚五分钱的钢镚儿。我们可以想象，他是一个保镖，

或者混黑社会的，但是他却选择了一条与肌肉截然相反的人生道路:在某国家机关当上了一名科长。这个故事讲的主要是刘科长和打字员小李，还有刘太太的一段恩怨情仇，然而我已经不再用心听，我开始感到惭愧了。生活本身就是不停地说，这个本质林小芬早就看得一清二楚，而且活得那么专心致志，那么勤勤恳恳，像钱穆先生说的，对我们的生活存有温情和敬意。更可贵的是，她非但独善其身，还毫无私心地关爱着我，给了我那么多语言，那么多生活，现在还在夜市里，拿着一串鹌鹑等着我。天色已经很黑了，晚风让我屁股打战，她还在孤零零地等着，我却放下她，听着别人喋喋不休。打字员小李正在说:科长，你真坏。刘科长说:还有更坏的呐。有一天两个人真的坏上了，却被刘夫人破门而入。我看看表，已经九点多了，这下真坏了。林小芬的嘴可能已经一瘪一瘪地哭了，她给我打了无数个电话，可即使打通了，也再也说不出话来了。我们还有爱情啊，既然爱情就是说呀说呀，不停地说。就像不能失去生活一样，我不能失去爱情。想到这里，我赶快拿出餐巾纸来，但是刚一站起来，我的眼前忽然一片漆黑。我想:可要站稳了，否则会掉下去。然而下半身早已经不属

于我了，它甚至不存在了。

不知过了多久，我才重见光明。我看到胖子正在惊骇地盯着我，仿佛我是一种新奇的动物。仔细再看，才发现他原来拿着手机的手已经空了。胖子看看我，又慢慢垂下头去，伸着脖子，好像在看自己的生殖器。那东西应该还在。我听见胖子感叹着：我操。随即像砸夯一样清晰地吼叫：你丫干什么呐？

我说：我干什么了？

他暴怒着掏出手纸，大刀阔斧地擦着，同时对我说：你丫别走。我看着他擦完，腾地跳起来，拽着我的脖子打了我一个耳光，然后就着我的头发，把我向下按，一直快要舔着茅坑的边缘：

你丫看看，看看！

我在一摊摊棕黄色里看见了一个黑色的塑料壳，它还在诧异地喊着：喂，喂，你听得见么？

我知道，我的命运将要比刚才那位老人还要悲惨了。站起来才知道，他远比我想象的强壮得多。他抡起胳膊来，我连挡也没挡就被打到墙上，一只肩膀好像断掉了。他又无数次抡起来，我如同在惊涛骇浪里翻滚，我能听见脑袋咚，咚地磕在墙上，隐约还听见隔壁两个女人在说：干吗呐？最后他的胳膊像汽车轮胎一样勒在我脖子上，我想我一定满

头鲜血了，而且一颗牙也松动了，轻轻一舔就会掉下来。

怎么办吧，孙子？

我给你捞上来？

捞你妈蛋！

我再给你擦干净？

啪！你舔了我也不能使了。我问你现在怎么办？

王露还在茅坑里焦急地喊：喂！喂！胖子听到这个声音，比她还要不知所措，只能继续捶着我的肚子。咚，咚，咚。等到他停住，我知道，茅坑里只有忙音了。

胖子颓丧地，恶狠狠地说：你说吧。

我不说。我慢慢挪动胳膊，稍微撑开他的小臂，把我的手机拿出来递给他。他二话不说，立刻就拨起来。两分钟以后，他终于打通了：没什么，没什么，信号不好。我使别人的，李脏的。他这个信号好。不过辐射太大了有害健康。没关系，我豁出去了。这不为了跟你说话么，换别人，爱谁谁吧。

我听着胖子在说着，眼前模糊一片。我的血从头发上流下来，挡住了眼睛。胖子的声音还是那么温柔，急促，好像江南的细雨，但他却不时用空着的那只手抽我一个嘴巴。对付我一只手就够了。他们继续讲着老刘的故事，讲完这个故

事，胖子夹着我，好像狗熊在夹一根玉米，向外面走去。我不知道他要把我带到哪儿去。走了几步之后，就变成他拖着我了。现在改成王露在滔滔不绝了，她也有很多故事要讲。这使胖子有机会转过脸来怒视着我。这时候我忽然张开手向他抓过去，他绝对没想到我还能还手，一侧头没躲过，让我牢牢实实地抠中了一只眼睛。胖子大叫一声，但是赶快对电话说：没事儿没事儿，让烟烫了一下，然后呢你说呀。我马上一脚踢在他的生殖器上。胖子马上蹲下了。我照着他的脑袋、脖子踢着，不知道踢了多少脚，踢得腿都酸了，撒腿就跑。从始至终他一声都没吭，在我踢完之后，温

柔的声音还能够响起来：

然后呢，然后呢？

我跑过大街，跑过十字路口，我相信人们都在惊骇地看着我，但是我没有时间擦擦脸上的血了。现在已经九点半了。我这样跑到夜市边的银行门口。你们有没有看见拿着鹌鹑的小姑娘？没有。林小芬的嘴找不到一双耳朵，她一定伤心了，回家了。我拦了一辆出租车，向她的家奔去。我从来没有这样渴望见到她。我在爱情上最大的失败，就是很快忘记了张弛有度的屁股，又没有重新认识喋喋不休的嘴。拉屎只是短暂的休息，不停地说话才是生活的主题。屁股和嘴的辩证法，我将用一生去学习它。

我跑过大街，跑过十字路口，我相信人们都在惊骇地看着我，但是我没有时间擦擦脸上的血了。现在已经九点半了。

我这样跑到夜市边的银行门口。你们有没有看见拿着鹌鹑的小姑娘？没有。林小芬的嘴找不到一双耳朵，她一定伤心了，回家了。

我们是怎么走到这一步的

文 | 匿名作家 *009* 号

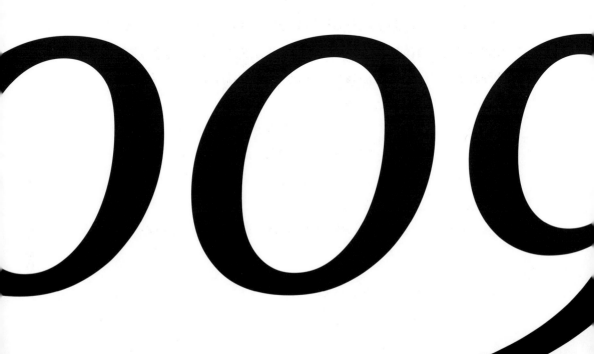

1. 我梦到自己在慢慢地漏气 [1]

"要跟我离婚吗？"我问她。

她从床上抬起看手机的脸。

我意识到妻子三个月没和我说话是在三个月以前。

那天，和同事们喝完酒，女上司借着酒劲说她特别喜欢我。我很早就从她说话声音的变化里知道这一点——对我交代工作上的事她的声音会变得细起来。她和我前两任女友是一个类型——身材高挑，凹凸有致，我不否认可能会对她也有生理上的兴趣。

我送她回家，在车上她靠在我身上，让我去她楼上坐坐。连代驾都知道她什么意思，后视镜里能看到他翘起的嘴角。扶她上楼似乎于情于理无可厚非，但我还是在电梯关门之前逮住她整理头发时露出的清醒，说："看来你进家门是没问题，那我走了。"

这么做不是因为我有任何道德的标准、限制，只因为累，不想把漫

---

1 弗兰·奥布莱恩.第三个警察.刘志刚译.湖南：湖南文艺出版社,2017.

长的一天再延长两三个小时。我已经提不起精神再去吹捧、撩拨任何人。

大概走了三个路口才打到车，中间女上司给我打过一个电话，我没接，她在微信上留的语音我也没听，每一条她都在时限之内撤回了。

丝毫没有守住了什么的成就感，也不觉得遗憾，倒是感到又添了一个新麻烦的郁闷。明天再去救球吧。

回家路上，我想到儿子，他之前说幼儿园有两个女孩喜欢他，所以他需要带两个我从日本出差带回来的小点心，分别在不同的时候给她们，还不能让她们看到对方也吃到了；过了几天，我从上海回家又带了一些糖果，问他是不是再准备双份，他说不用，他打算只给其中一个女孩，而且要让另外一个女孩看到，他要让她难受。狡猾的鬼东西。

之后，想到儿子现在应该已经睡了，才想到妻子，我突然意识到有段时间没听过她的声音了。

她的声音很好听——客观的好听，有些孩子气，却平稳、温暖，含着不刻意的博爱。我们关了灯，躺在床上，我会央求她随便唱首歌，她总是唱那些学生气十足、没有情爱意象的歌。她靠在我身上，一边唱一边伸手揉我的耳垂，

我特别放松，像行道树下的脏冰在春天的阳光下化冻了。

到家，她和孩子都睡觉了。我掏出记事本，对着手机上的记录，翻找、回忆她不跟我说话的时间点。

不说话的起点至少在三个月之前，我无法确定是三天之间的哪一天开始的，怎么回忆都没发生什么特别的事。我们没吵过架，想不起自己做错了什么。微信上还有简单的文字来回，可言语却一句都没有了。

到现在，结婚九年，狡猾的儿子上小学二年级了。别说吵架，我们连发生争论的次数都屈指可数。本质上都是回避冲突的人，家里家外都一样，况且一旦意识到彼此的认真就会住口，这是事先定好的原则。

通常我会听从她的决定，她不需要对我解释得非常清楚，我相信她有必须那么做的道理。要求说清楚的过程有时会让人感到难办。我不想为难她，没有必要。只有在我确定自己掌握着她不知道的信息、百分之百正确，并且结果会对她和孩子有更大益处，我才会提出新的想法，比如，或许我们可以买这一种保险，买那一种户型的房子。最终的决

定仍然交给她来做。我说"可不能怪我啊"，心里也不想为这些家庭决策担责任，在我看来，选哪个其实相差不多，可做决定本身却太沉重了。

回想起来，她只有儿子出生的时候在我面前哭过那一次。因为孩子在她肚子里有些不大不小的状况，医生让她选择是带着风险继续等顺产还是听从医嘱剖腹产，她着急地问我怎么办。

我一开始还笑着说："这你不能问我啊。"

她强忍着阵痛，默默地哭起来。

我立刻说："听医生的，这最保险。"

她说："这对孩子不好。"声音很微弱。

我严厉地说："医生最懂。要不是有风险，为什么人家要好几个人给你来一刀。"

她抓着我的胳膊，抽泣了七八分钟才平静下来，我一再把纸巾塞进她手里，嘴上说着别哭。当医生返回问决定，我跟医生说"剖"，她并没反对，咬着嘴唇点点头，擦了擦眼睛。

那可能是在大事上，唯一一次我帮她做了决定。

儿子出生后，最初的听力筛查没过、泪腺堵塞，网上有文章把这些都归因为剖腹产而不是自主生产，没有经过阴道挤压的过程。她几次面色凝重，我都说，信那些干什么，我也是剖腹产的——其实不是，但我妈在医院挣扎了三十六个小时，我爸精神濒临崩溃，我才出生，我不认为那个过程值得所有母亲尽义务似的经历一遍。在我看来，二十分钟的疼痛可能是值得一试的极限。

我能想起来的她最后对我说的话是让我去接儿子，我说好。她像平时一样说完就毫不犹豫地挂了电话。

"好。"这难道惹到她了么？

在发现她三个月没有跟我说话之后，我试图厘清这三个月来我们是怎么交流的，按说应当早有察觉。

我坐在餐桌边回想，她从卧室出来，到儿子的房间检查一下，出来又看了一眼我，我们没说话，她又进去了。那一眼打消了我的侥幸……她不是碰巧不和我说话，而是她确实不想跟我说话……那眼神里什么都没有，她明明看向我的方向，但又像什么也没看到一样迅速移开了目光。也许她并不希望我回来……

我刷牙、洗脸，走进屋，想着该不该问她这事，但我三个月没察觉，是不是对她太不在乎了。也许过两天就好了，她通常很坦率，会告诉我她心里有什么想法，时机合适的时候她会说的，我这么想着。

一天天等下去，等着等着又有些恼火，这恼火又带着羞愤，偶尔会有"你怎么能这么对我"的想法，考虑着她这么做是不是不尊重我，甚至有时候会有"你冷落我，那么我也冷落你，咱们就扯平了"的念头。每天晚上带着"今天这事没解决"的心烦意乱睡着，唧唧歪歪地又过了三个月。中间不是没有对质的机会和愿望，但本来没什么事，突然扯出这些话头一定添堵，我又缺乏面对的勇气，心里想着自欺欺人的借口觉得拖拖算了，也许某一天，咒语就自然解除了。可生活……所有这样侥幸的想法一旦产生就不会成真。

问她的当天晚上，吃了饭，我们一起看了一集连续剧，她去看儿子的作业，我出门先去看了一眼住在同小区的我爸妈，又跑了二十分钟。出汗不多，但喘得厉害，速度也没有明显提升。

我回家洗了澡，换了衣服，她坐在床上看手机。

我做完了所有逃避步骤，问她是不是要跟我离婚。

她一言不发，从床上起来，直接去了儿子那屋。

这算是一个肯定的回答吗？想不出其他可能了。也许我该庆幸自己至少还没有做出辞职之类的傻事。而我现在来问她，也是拖到不能再拖，要用一个决定来为另外一个决定下决心。

半夜我被儿子捂着嘴从被妻子推入水中的噩梦里晃醒。

他问我对他妈做了什么。

我说，没做什么。

他问我，为什么我妈不和你说话？

我说，我不知道。

"好好想想啊。"

好好想想啊。

2. 想被扼杀的第三个症候就是平和 [2]

我们并不是因为死去活来的爱而在一起的，恰恰相反。

认识妻子之前，我和前女友分手。

她在美国读书，我们异地两年，我想给她一个惊喜，办了签证——以工作上的理由——跑到波士顿去找她，她的同屋告诉我她去纽约实习了，给了我一家事务所的名字。这她之前没提过。我找到那家事务所，在楼外等到晚上十点，她确实出来了，却满脸笑容走向了另外一个人。我庆幸自己虽然拿着花，但站在阴影里，拨了她的电话，她小声说还在学校图书馆，现在不方便。我明明就跟在他们后面，走在纽约的街上。到下一个路口，我把花塞进垃圾桶，转进一个酒吧喝了一杯。

办完工作上的事，我回了北京。

几天后，她在我上班时间给我打电话。

"你来过波士顿了？"

"嗯，去了一趟。"

"为什么不告诉我？"

"想给你一个惊喜。但没碰上。"

"到纽约去找我了吧？"

"没有。没时间。"

"……真的吗？"

"嗯。"我说。

我并不想分手。按照我的算计，即使不分手，我们也是异地，分不分手对我来说都一样，我不提，我们相处的方式也不会有什么太多变化，还会像以前那样网聊、Skype 通话或者直接打长途。

以现实情况来说，我没有任何实际的损失。

"你……你这个人不诚实。"她说。

"跟我在一起也不是因为我诚实吧。"

在她出国前两个月我们才认识，第二次见面就在一起了，然后我们演出了如胶似漆、机场送行的戏码，她哭着走了。我的出现让她在出国前后有了一段时间的情绪波动，甚至曾经想要退学回来。我苦口婆心地全力阻止。那时，她为此生了一段时间的气，认为我对她不够真，配不上她的爱。确实配不上。虽然我锲而不舍地哄了她很久，可那只是亏欠的补偿，直到纽约那晚之前，我还以为她爱我更多。

"你其实不爱我。是不是？"她问。

"当然爱了，你在说什么啊……"我站在公司所在大厦的楼梯间里。明明是防火用的，地上却有一圈烟蒂。

"好吧。你就是这样，回避所有矛盾。"

"我不明白你什么意思……"我轻声说。

……电话里的分手能闹到什么地步呢？我又能说什么呢？几个小时之后，

2 保罗·柯艾略.朝圣.符辰希译.海南：南海出版公司,2012.

她在网上留言给我，说她也不想这样。我没回复她。

在那之后没几天，我爸妈复婚了，他们领证之后欢天喜地地告诉我这个消息，像我还小似的带着我去吃了顿好的，找了个周末又把姑姑、姑父们和他们的孩子叫到一起，加上我爷爷奶奶、外公外婆，一起又吃了一顿。那其乐融融的气氛像香港以前明星俱全的贺岁电影结尾，我有一瞬间以为爸妈那旷日持久、波澜壮阔的离婚只是一场假想的梦。席间，我爸兴致勃勃地问我是不是受到了爱情伟大的感召，计划什么时候跟我那在美国的女朋友完婚。"尽快啊，你也不小了。"我错就错在当时脱口而出说我们分手了。

这一大家子媒婆在饭馆里就开始讨论给我介绍什么样的人相亲，后来的小半年我为了继续扮演乖孩子的角色，顺从地贡献了所有休息日的下午和晚上去和那些不认识的陌生人约会。

从十四岁起，我就断断续续跟女孩子交往，总以一种吃喝玩乐松松垮垮的态度，一旦对方表现出特别的依赖或迷恋，我就迅速失去耐心开始挑毛病、找茬，为对方制造心理压力，又不给她们正面冲突的机会。我很少主动提分手，也不愿意对方在我面前那么说，最后总是渐渐疏远，不了了之。

有好长时间，弄清楚自己喜欢什么人非常难，知道自己不喜欢什么人却相对容易。我不喜欢跟我一样吊儿郎当的人。虽然大家玩得很和谐，也不会彼此强求，但我会越来越厌倦、懈怠，提不起精神。

默默分手之前，我曾对大学时代最后一个这样的女朋友说，羡慕那种内心刚强坚固的人，如果你是那种人多好。

她捻灭了我们一起抽的那支烟，说："为什么说这种话呢，我本来都要爱上你了。"

我大概……正是不想听她那么说吧。

总是被问"你想要什么样的"，回答起来太难了，我摸准了自己的想法之

我想象着那种强有力地控制自己的生活方向的人，
就像奔腾的火车。
对她们来说，我的存在不重要，更不构成任何影响。
这与爱情和婚姻的主旨是相悖的。人们都把感情
关系说成两个人的羁绊。

后甚至感到难以启齿。我希望对方不会被我干扰、不让我负任何责任。并不是说我时刻准备着始乱终弃，可我希望那个"她"即使被我始乱终弃也不为所动。我想象着那种强有力地控制自己的生活方向的人，就像奔腾的火车。对她们来说，我的存在不重要，更不构成任何影响。这与爱情和婚姻的主旨是相悖的。人们都把感情关系说成两个人的羁绊。我讨厌羁绊，那种黏糊糊浪费时间的感

觉让我不舒服，不要那样。

不不不，这不是因为我在家庭生活中受到了什么伤害，我敢说自己没有任何心理阴影。我爸妈虽然有过激烈的情绪爆发，离了婚，但我把那理解成他们"过家家"、体验爱情的一种方式。在名义上离婚的那段时间里，他们还不断以各种理由往来，我打赌他们之间还有性生活，表面上秘而不宣，恐怕我的姑姑们都知道。有时候我爸见过我妈之后的

那种神清气爽让我看了都头皮发麻。理解那种沉溺在浓情蜜意里的渴望……我不要那样。

对我来说，相亲也并无不可，可它的操作方式又像在说，我面对的人不知道自己想要什么、做好了退而求其次的心理准备……长叹一声，可行动上，还是顺从地去参加所谓的联谊，在相亲约会中老老实实付钱。反正我的姑姑们有时会过问我的相亲的花销还会给我一些钱。我把这当成我成年后的压岁钱，毫无心理负担地接受下来。

终于有一天，大姑介绍给我一个姑娘。她忧心忡忡地说，这个女孩工作能力很强，还留过学，人家不一定看得上你呢，你一定要好好表现。

第一眼，我以为她是我喜欢的那个类型的人，看上去人高马大、颐指气使。我心花怒放，完全让她来控制局面。她在选电影的时候挑了一部剧情片，结果在电影中段就哭得像一摊烂泥。我用尽了夹克口袋里所有的纸巾。周围的人都满眼含泪，我的冷漠却昭然若揭……这让我如坐针毡。

出乎我的意料，不久之后，她又约我出来，表扬我的体贴，声音变得非常柔和，流露了对我的喜欢，要让我点菜，说"都听你的"。席间，她害羞地撒了娇。

为了结束这场闹剧，菜过五味之后，我面露难色，问她是不是本质上是个内心柔软、喜欢上谁就小鸟依人的类型。

她说："对对对。"

我说："能跟你描述一下我想找的类型么？"

听过之后，她失望地叹了口气："好吧。"

过了几天，她打电话给我，说想起一个单身的朋友，绝对符合我的要求，但她认为我们应该直接见面。

在约定的咖啡馆，我看到了后来的妻子。她走进来，比我期待的要矮小瘦弱，身材更不是丰满成熟的类型，她的穿着打扮比起我喜欢的放浪风骚更是规范保守到了极点，像一个中学学习委员，我后悔只讲了性格需要没提外观。我一向懂得该降低期望值，但她站在我面前，我迎客的笑容还是没控制住，有些僵硬。

"让你失望了？我是成凯欣。"她这么说着，伸出手。

我慌忙站起来，去握她的手，说："你好，我是郑川。"她的声音很好听，手也恰到好处的柔软、温暖，既不干燥枯瘦也不湿滑油腻。我曾握过冰凉却涂满护手霜散发着廉价香气的手，让我想到蜡像馆。

那天，按照一般的程序，我们看了电影、吃了饭，所有的选择权都交给她，她也当仁不让地大方做了决定，电影不错，大概是因为我们都不认为还会见第二面，边吃饭边兴致勃勃地讨论了电影里的推理和演员的表演，她点的菜也兼顾了创意和美味。愉快的几个小时之后，我在九点左右就送她回了家。没有发生更冒进、亲密、少儿不宜的事。结束在这里很愉快，留有一丝遗憾的回甘。

几天以后，我到客户公司开会，中午被带到他们所在园区的食堂。她在隔几排的座位上向我挥手。我过去和她打了个招呼，下午时收到她发来的短信：周末有时间见个面吗？

我记得她像个中学生一样叼着冰咖啡的吸管，等着我回答和上一个女朋友是怎么分手的，我没讲纽约那一出，只是笑着笼统地说，远距离恋爱总是难以为继。

"那你现在是什么心情？"

"嗯？"

"我……"她认真地瞪着我，闪亮的眼睛。我更喜欢那种烟视媚行、性感之外更空洞一些的眼神，最好看着我又像没看到我一样，而不是这样，我能看到她眼里自己的影子。"我现在，不想

找人谈恋爱，我不相信爱情，"她苦笑着，"你能明白吧？但是……"

我故作困惑地看着她："但是的意思是你想尽快结婚生孩子吗？"

她认真地点头："我想在三十岁之前生一个孩子。"耳边短发的发梢和她的头一起摆动。

我挠挠鼻子，看着她，此时为了尽可能小声，我们离得很近："你是说……需要我……提供什么……还是说……跟你做……？或者……我作为选项之一……先试试？"

她脸红了，低头微笑："……我想找一个相对靠谱的人当孩子的父亲，以后可以跟他说，你爸长这样，他是在什么地方工作，大概是什么人。我现在的收入不高，但一个人把孩子养大问题不大。不需要孩子的父亲担负太多责任。……如果愿意的话，能和我结婚更好，我可以对我爸妈和哥哥嫂子有个交代。你……有兴趣考虑一下吗？"

为什么是我呢？我可以想出一堆自信自负的理由，但……我尝试站在一个单身母亲挑选基因的角度考虑又觉得……也没有什么可喜之处。

"……我确实不想孩子像我这么矮……也希望孩子的父亲至少是大学毕业吧，"她的头更低了，"不用着急回答

我。你可以再想想。"

介绍人到底说了我些什么……

"她说你想找一个能拿主意的。我需要找一个人配合我，共同完成这个项目。"

我稍微调整了一下坐姿，然后说："那什么……我呢……需要结婚。"

她笑了，抬头看我。

"我相亲只是为了结婚。可以你怀孕之后再结。到目前为止，我没让人怀过孕……不是因为没经验，而是因为谨慎……在这方面，"我这么说着，她的耳朵又红了，她似乎发现我在看她的耳朵，把短发从耳后挑下来，我继续说，"我不确定自己是不是一定行。三十岁……你现在多大？我们可以排一下时间表。"我掏出口袋里的本子和笔。

她闭紧嘴，又很严肃地教训我："我认为……你还是应该再想想。"

这回轮到我笑了。

3. 比较天真，比较不负责任，就是说，比较幸福[3]

我对儿子说："不知道啊，你替我去问问？"我怎么知道做了什么惹到她的事……事到如今，越是接触得少，越难分清楚到底我做了什么让她难受的事。

小泥鳅说："你们会离婚吗？"眼里挤出一点儿泪花。

"不是没有这种可能，但你没什么可担心的，我对你的感情不会变啊……你妈还是会一如既往爱你。"

"反正你也不怎么爱我。"他抱怨着。

平常他说话还挺注意的，作为一个七岁的小男孩，在我看来，他太懂得察言观色了。但……因为我也是这么过来的，也没有什么教育他的立足点。我在他那个年纪靠装病维护父母关系，至少他之前不需要这样。

"你不问我想跟谁？"他问，又立刻接上一句，"反正不是你。"

到底是什么让我们的对话变得这么直接，远没有他和别人说话时那么巧妙。

"这……当然是跟你妈对你有好处，我对你的成长作用不大，不过我还是会经常去看你。"对于坏情况，我总是做好心理和物质的准备。在意识到我和妻子三个月没有说话的那一晚，我已经想好了到小泥鳅大学毕业之前大部分问题的处理方案。实际上，这套预案在他出生前我和他妈妈就商量过。现在只需要做些细节的调整。比如，我可能还是比预计的要更喜欢他一点儿，即使他是我见过的最狡猾的小孩儿。抛开血缘关系，我仍然能确定自己喜欢他。

"比现在花更多时间在我身上？"他这么问着，扎了我一剑，看着像只是脱口而出，继续委屈地说，"完整的家庭对小孩儿很重要啊。"不知道他在模仿哪个老师的语气。

"你不是普通小孩子啊。"我笑着说，好久没和他说这么多话了。

我和成凯欣讨论生孩子的事的时候，她说："你要想清楚风险啊，有了孩子之后，如果我们离婚，孩子未来有问题都会怪你。因为我肯定会尽全力对孩子好，但你恐怕就算用了最大力气，别人也会觉得你不是尽责的父亲。"

"我使不出最大的力气，当不了卖力的父亲，只能在有限的范围内尽量做。至于责任……解决所谓传宗接代的历史包袱，我还得感谢你呢。其他的……我对不对孩子好，孩子长大都可能有问题，

你说是不是。我爸妈对我挺好，你看我不是还是有人格缺陷吗？"

她沉思了一会儿，问我这会不会遗传。

"你应该能把他掰回正道吧。"我笑着摸摸她的头。

我们认识一个月之后就搬到一起住了，按部就班地按照备孕时间表，监测着她的激素变化，在指定的时间段做爱。不知道是不是因为有共同的目标，所有的一切都挺和谐，起床、睡觉的时间，姿势，对猫的态度，达到高潮的时间点……

我望着她举着双腿靠墙的样子。她害羞地说："别看。"

不再看她，我随手抓起一本书，另一只手撸着我的猫，她又问我："你刚才在想什么？想谁？"

"你不需要知道。"没法和别人描述我那时候在想什么，总是很不专心，我的身体和意识像分离着。身体自行其是，意识从旁观察。这种状态导致高潮好像也没有多高，所以我对性也没有痴迷、投入的感觉。如果对女孩子描述我近乎冷漠表演的真实感受，似乎在说她们并

3 罗贝托·波拉尼奥.地球上最后的夜晚.赵德明译.上海：上海人民出版社,2013.

没有那么迷人。

"你会不会想象一些丰满、身材特别好的人？"她问。

"没想过。你在想谁？裘德·洛？"我反问她。

她忽然不再说话了。我看了看她。她脸红了。

没多久，验孕棒出现了两条红线。我们在两天之内分别见了她的家长和我的家长，再安排两家家长一起吃了一顿饭。我的姑姑、姑父们责怪我从来没有把成凯欣介绍给他们过，他们还给我准备了好多更好的相亲对象，他们说她太矮了……比我奶奶还矮一截。我敷衍地反驳道："反正我自己选的你们就死活看不上。"她们又立刻否认说："不是不是，没那回事，你喜欢就行。"

很快就去领证了，安排了酒店办婚礼。她本想简单处理，我说不想以后再被这种事烦，第一次仪式做足了，他们就没话说了，就算跟她离婚我也不会再结了。

说这些的时候，我很平静，她却抓着我的胳膊看着我说："……你难道没想过如果找到一个更符合你心意的人，你……我真搞不懂你为什么会这样……"

"我的心意……可能更接近于……一人一猫或者两猫过一辈子吧……需要的时候，谈谈恋爱啊，搞搞露水情缘啊，约约炮啊……人生终点挥挥手不带走半片云彩地五分钟之内死掉，多好。"我闭上眼，歪了头，吐了下舌头。

睁眼的时候，看出她明显不高兴了，听她板着脸小声说："我打乱了你的计划。"

"不是你，我的想法要实现起来比实现你的还要困难，这些关心我的人会在几十年的时间里不断地用他们的爱给我施加压力，让我觉得对不起她们。对不起那些爱，对不起那些好……遇到你很好啊，互相帮忙嘛。"我笑着晃晃她的胳膊。

我们办了一场三十桌的婚礼，我父母、她父母都哭了，她在那一天换了七套衣服，拍了许多美轮美奂的照片，我们说了复杂的婚姻誓言，在交换戒指的时候，她不可思议地浑身直抖。"怎么了？……"我满心疑惑，但还是尽量表现得喜悦和幸福。

去结婚登记处领证之前，我跟她说如果反悔还来得及，她问我孩子怎么办。决定了要去做的事就义无反顾。我喜欢身边有这样的人。做别人要求我的事的时候，我也可以这样。可如果让我自己思考，我会觉得做决定与选择太难，太费心。像一开始答应她的那样，只要她不退缩，我可以配合。

敬酒到大学同学那一桌，他们问你们是怎么认识的。我编了一个真假参半的故事，说我是第二次遇到她的时候感到心动。他们起着哄笑成一团，端着酒杯对她说我上学时候是多么散漫无聊，又要求我们做带有色情意味的游戏。她沉默着不配合。我笑着抱起她走到了下一桌，她吓了一跳，瞪着我，又很快有几秒短暂的平静。

当天我还是喝多了，早上醒来，她穿着婚纱靠在我身上，手里揪着我的西装上衣领子。我看看她还别着花的头顶，又看看天花板，心想，我如果是一个爱她的人，或者，我如果能多爱她一点儿，该多好。

她那么轻，心那么重。

那时候我们都没想到过了两周之后，孩子会没了。

不知道是不是和婚礼的劳累有关，医生在产检的时候告诉她孩子的心脏已经不跳了。她做了引产。在那之前我也不觉得孩子跟我有什么关系，一直保持着轻松的态度，但医生问我要不要看一

下的时候，我还是说看一看，看到的时候，我心脏的位置真的感到被狠狠捏住般的疼。面对那个小小的已经有了人形的身体，我感到从未有过的非常真实却难以描述的痛苦。任何比喻相比之下都不够，都太草率轻浮。

她肯定哭过，但没在我面前。我没告诉她孩子的样子，更没说我看到那个太小的身体之后，想的是，我这种人都心疼，她会多么伤心。

能做什么呢？

我问她需要我做什么。以前她说得总是很具体，想吃什么，想去哪里，想做什么。

她对我说："我没事。"

我说："也许我们该离婚，你该找个你爱的人试试。这种事可能是警告。我们的做法不受认可。"

她低着头："你不信这个。"

我正是因为相信命运的既定路线才不想多思考多挣扎。

"再试试吧。"她说，"再试试。"

"好。"我握着她的手。

后来，我们搬进和我父母同一小区的房子，算了时间，开始做准备的时候，她却发现自己怀上了，我们一边想比上次做更充分的准备，一边又心存恐惧，

好在最后有惊无险。小泥鳅出生之后，全身黑黑的，皮肤微微起皱，腿伸得很直很长，躺在保温箱。我去看他，他只肯睁开一只眼。她问我孩子是不是很难看。我说肯定会变漂亮。但他很不争气地黄疸了好长时间。她住了几天院，把她和孩子接回家，月嫂也就位，我爸妈、姑姑、姑父们轮番来帮带孩子，好长时间家里一直乱哄哄的，很难有两个人说话的时候。

等我们能两个人躺在床上的时候，已经是孩子满月之后了。他在大床旁边的小床里。

我问她想要什么生日礼物，下周就是她三十岁生日了。

"什么也不想要了，"她对我感叹说，"这一切好像一场梦。"她翻过身，对着孩子的方向，"你有计划和我离婚吗？"

"嗯？卸磨杀驴该是属于你的操作才对啊。我计划什么？"

"但这对你有什么意义呢？"

"……相比之下，这很有意义吧。"

"孩子让你喜欢吗？我让你喜欢吗？"

"没有让我不喜欢的地方啊。"

"你快乐吗？晚上都睡不好。"

"……快乐于我有何用？"我笑起来，"现在这种平和的感觉应该是一般、正常的幸福吧。"我把手放在她肩上，她没有表示不愿意，我轻轻搂着她，从她的肩上看小泥鳅，他正向空中伸着小手。

去登记小泥鳅的名字之前，我跟她说，如果有朝一日离婚了，她可以把孩子的名字改成什么，说了三四个选项。她都没接话。

"你不出声，会让我有点儿担心。"

"担心什么？"

"担心我说错了什么……"担心事情和我以为的不一样。

所以……我到底说错了什么让她不再和我说话呢？

我劝小泥鳅回他床上睡，不然一会儿他妈突然出现，我们都会很尴尬。

他不情愿地走了。

可我实际上不觉得她那天晚上会回到这屋来……

4. 事实上，正是这种改变人生的经历让你认识到生活的不变性[4]

不说话的半年，我们之间并不是没有交流，而是不太需要言语。

她在微信上还是会打字给我下一些指示，但那些话都只需要"是""好"这样简单的回答，通常是向我通告她的决定，比如周六上午带儿子上完课之后要去我父母家吃饭。我说好。我问那我去找你们？她就不回复了。大意是你随便。

需要说什么事情，常靠电话，小泥鳅是中间的传话筒，他本来就喜欢打电话，一听说她要给我打电话总是抢着说"我来我来"，我接起她的电话来，总是孩子的声音。我能听见她在电话那边对小泥鳅说："跟你爸说……"

生活的运转不受言语静默的影响，可连我没头脑的爸爸都看出成凯欣在逃避我。我出声的话，她立刻沉默，低下头，甚至离开现场。

他很严肃地问我，你们怎么了？

我说没什么。

他更严肃地以过来人身份说："夫妻之间要有问题得尽早解决，不要拖。"

我嘴上敷衍着，谁知道被我一拖就是这么久。

表面上，我对她是不是跟我说话不怎么在意，可我心里已经把所有可能把她惹毛的事想了无数遍，确认我都躲开了那些"坑"，自认为对她还不错——客观的不错，我对孩子也还不错——客观的不错。本来成凯欣就不是那种会一天到晚问我在哪儿、跟谁在一起的人。我们的关系不是建立在爱上，我不需要在那些事上对她耍心眼、有所隐瞒，可更重要的是，我对婚外情毫无兴趣。如果我特意不回家，躲在一个地方玩游戏、发呆、听相声、看书、睡觉的可能性要比出去跟什么人约会的可能性更大。我越来越困惑。可总该有起因，不然怎么会让她在那么小的家里，利用有限的门和墙，避免和我相遇或者对视。

这几个月，我确实很忙。可能跟项目组的女上司有关，她工作狂、精益求精、天马行空让这个项目组比我以前的那个忙许多。通常我半夜才回家，在客厅的卫生间洗漱之后小心翼翼地爬上床，早上醒来，妻子已经送儿子去上学

4 杰夫·戴尔. 杰夫在威尼斯，死亡在瓦拉纳西. 北京：新星出版社，2012.

了。好容易一次晚上九点两个人都在家里，也是各忙各的。她并不是只忙孩子的事，也有压力很大的工作任务。虽然我们还睡在一张床上，但真正清醒地面对面的时间变得很有限。

中间我还有几周出差，在外地就是白天工作、晚上应酬，虽然没有喝到不省人事，但喝了酒之后晕头涨脑在电话里还会招人烦，我不想大半夜再去给她打电话或视频。本来我也不是勤于嘘寒问暖的体贴丈夫，微信里打字也很少。真需要我的时候，她会直接来电话的。

偶尔休息日在家，她带孩子去上课，我在家闷头睡觉，醒来就是吃饭，有时是儿子打电话过来把我叫醒，告诉我他们正准备在英语教室或者钢琴老师家附近的饭馆吃饭，让我也过去。这可能是我们一周之内唯一一次同桌吃饭，但我到的时候他们通常吃得差不多了，留下我那份，我吃饭，她和儿子说话，我对这种场景习以为常。

……

习以为常。

……

与此同时，诡异的是……我们还保持着一个月三至四次的性生活，在发现她不跟我说话之后，我有些犹豫，她却

会靠近我，搂着我的脖子，甚至吻我的脸和嘴。我到指定时间靠近她，她不拒绝，相反我认为她挺配合，似乎还有点儿喜欢。她本来在床上话也不多。我心里满是疑惑，可那种时候，我怎么能问得出口，看着她微眯的双眼，不想打破那种亲密的融洽。通常事后她会抓住我的胳膊蜷着待一会儿。每到此时，我都有一瞬间觉得我们没什么问题。

可并不是这样。

……我打开灯，转身抓住她的双臂，几乎是骑在她身上强迫她看着我，我从来没有激烈地对待过她，从未对她发过火，这么做让我心里发虚。我在干什呢？要问出什么来呢？只是让她坐实讨厌我的结论，让她亲口承认要和我离婚吗？

"为什么不跟我说话了？"

她看了我一眼，又把愤怒的目光离开，想从我手里把手臂甩开，想把我推开。

"我干什么了？"

她不回答，继续默默地挣扎。

"要跟我离婚？"

如果不是我的问题，那只能是她的问题了。

"喜欢别人了？"

她气得瞪圆了眼睛看着我。

她还光着身子，当然我也是，但我在这时候问她这种问题……

也许更有自尊心的人就不去询问答案了吧。他们早就知道这种不说话的冷暴力意味着什么。她想要严守着一个秘密，独自惩罚我。

"不能这么对我。"我说着，头疼欲裂，放开手。

她轻轻按着我的太阳穴。

"如果你是觉得想离婚，没有什么原因，只是讨厌我，也可以啊……我可以当主动提离婚的那个。我对小泥鳅也不会有什么太大变化……都能安排好……"我说着，她放下手。"我以后不会再问了。"

我穿衣服下床，去吃了止疼药。晚上躺在沙发上过夜，知道她过来看了我一下，也听见她去看了儿子。

算是殊途同归吧……这一切与我最开始预料的差不多，我想我们不相爱的话，多半会离婚，最多坚持到孩子上大学。这可能是我们早就给自己立的旗标，怎么都绕不过这一步。现在这样，总是该离婚吧。那时以为我不会有什么感情波动，现在似乎仍然是平静的，可我又很清楚地感觉到并非如此……

早上很早就跳起来，收拾好沙发，

开始做早饭。儿子迷迷糊糊地出来，爬上凳子，看着我："你们和好了吗？"

"没有。"

"那怎么办？"

"不是说了，你没什么可操心的。"

看着她去换了衣服出来，望见我，她又低下头。

"还不想和我说话吗？"我把热牛奶的杯子和放了煎蛋的盘子放在她面前。

小泥鳅看看我，又看看她。

几年前我有一阵也很忙，一礼拜能出差三次，我们也有聚少离多的感觉，有天早上她感叹自己好像很久没和我说话了。我说我在美国的同学，夫妻俩也特忙，都是靠各自上班开车的路上在电话里聊。她说她同事的丈夫跟她同事约定，每天吃早饭的时候至少说二十分钟话。我说咱们不会输给他们。那之后，我们每天早上都说说前一天遇到了什么，曾经有说有笑，为了聊天而早起、早做早饭。"不能输给某某某"变成了一个梗，她会突然说："今天还不到时间。"我知道，其实早过了。

我一点儿也不反感和她说话，这我在最初认识她的时候就感到了。我很少发起对话，可几乎她说什么我都不觉得厌烦，无论是她工作上的事，还是孩子学校里的事，我都听得津津有味，喜欢她描述事情的声音、节奏和方式。让我有这种感觉的女性并不多。虽然我能跟前女友一天打好久的电话，但我总是一边玩游戏一边听她说话，她说的那些事不是已经跟我说过许多遍，就是只和她有关，只需要我附和。

"二十分钟。"我说。

她抬头看着我，又把眼睛垂下，问小泥鳅是不是准备好了去学校要带的衣服。

"二十分钟。"我说。

她看着我，叹了口气："跟你没什么可说的。"

我们……怎么就变成这样了呢？

即使我们不是因为相爱在一起的——那有什么了不起的……大部分人都不是因为相爱而在一起的吧，找个人过下去而已。

小泥鳅酝酿了好一阵才开始抽泣，他在猛吸鼻子："你们要干什么。"带着哭腔。

她像泄了气的皮球，长吁一口气："可能没别的办法了吧……"

5. 在某个时刻，他们的沉默开始变得意味深长、令人激动 [5]

我们按照新的时间表去拜访双方的父母，告诉他们我们要离婚的消息。

我爸妈似乎早就料到会走到这一步，就像他们当初曾经劝成凯欣再考虑一下和我结婚的事。他们认为我那种轻佻、玩世不恭、冷漠的生活态度会伤害过分认真的她。这一点他们大概是对的。而现在，他们像只是尽责任一样劝我们再想想，然后就问起小泥鳅的安排和以后的财务问题。

"一切都要先考虑周全，以后……

两个人分开一阵，新仇旧恨就来了，你们现在看着算是和平分手，后面情绪上来了还是不好说，趁冷静的时候多想想清楚。"我妈说。他们建议成凯欣带着小泥鳅还住在我们现在的房子里，让我去别处，这样他们在一个小区，还能经常见到他们。

我虽然苦笑着抱怨，但这个结果和我们商量的是一样的。

我妈忧心忡忡地看着我，不久就哭起来。成凯欣劝了她好久。

我爸妈这边算是容易的，难的是她父母那边。

一开始，我自认为知道她为什么会找上我。和我见面的一个月之前，她还有一个交往七年的男朋友，两人在大学期间就在一起了。订了婚，她也收了前男友母亲送的钱物。可之后没几天，她出差早回家了一天，目睹了前男友和他另外一个女朋友躺在床上的情景。当天回家前，她在机场扭伤了脚，两个同事好心帮她拿东西送她回来，随着她鱼贯而入。一望到底的一室一厅……如果没有别人在场，也许她会自己默默吞下这苦果，仍然和渣男结婚。是这局面，让她没了退路。

见到她父母的时候，我才知道她面对的真正压力是什么。几个小时之内，她父母没有说过一句她的好话，言语间好像她高攀了我，每句话都在贬损她，我听了很不舒服，甚至忍不住顶撞了几句。婚后，我又见过几次她哥，一旦他在场，她父母就会让她更难堪，我总是尽量扯开话题。

了解了她父母，我也更明白了她当初选择我的原因，各方面都比她哥好一点点，多少是希望用我这样一个人堵住她爸妈的嘴。

进她父母家门之前，我跟她说，让我说，她不要出声。她点点头。

可是……无论我铺垫了多少话，在他们听出我们要离婚这个信息的时候，还是像氢弹爆炸一样，两个人都从沙发上弹起来。她爸立刻对她乱加猜测、破口大骂，甚至要上手打她。

我不得不挡在他们俩之间："您这是干什么……不要这么说……她没做错什么。"

"那你们好好的离什么婚！！"

"都是我不好，不是她。我照顾不好她和孩子。"

"她应该照顾你们！肯定是她没做好。"

……我把她从那个家里拽出来，脑袋里还嗡嗡作响。是我们的生活太平静了吧。我都不知道该怎么对付她爸的那些恶言恶语。

"他不该那么对你。"我说。

她叹了口气："没事儿，我早就习惯了。"很快又闭紧了嘴。

"真的要离婚么？"最近几天，我总是问她这句话。

5 乔纳森·弗兰岑.自由.缪梅译.海南：南海出版公司,2012.

"不然能怎么样呢？"她也总是这么回答。

"没有挽回的余地吗？"这是我第三次，也是最后一次问这个问题了，"我做错了什么？"

这是她最后、也是第一次回答："没有别的办法了。你也没做错什么。"她自顾自向前走着，我追上她，抓住她的胳膊。她转身看着我："你错了，想错了……错的人是我……是我……"

我无力地放下她的手臂。

实际上，我在心里曾无限次构建我们分手的情景，从来没想过会是她喜欢了别人。为什么不考虑这种可能性呢？是因为我在心里也觉得她没有魅力，在贬低她吗？不是……并不是……是我觉得她对家庭完整性的重视程度远远高于我。她不会这么做。可我自己却很危险。偶尔我会有想破坏一件事完整性的冲动，就像猫有时候会把桌上无辜的花瓶打翻在地，就像小时候我妈说新买的书包很贵，不要弄脏，我到了学校就把它扔在操场上踩成了灰色。我才是那个会有破坏欲的人，越重要可能越会将其毁灭。所以，在我心里，每一次都是我向她和小泥鳅道歉，并不是我爱上了什么人，而是我要无赖，伤害了他们。我想过很多种备案讨好他们，修补我可能造成的间隙。

如果她爱上别人，那个别人又愿意和她还有小泥鳅共同生活，我该持什么态度才对？祝福他们。

你好。对，她是我前妻，这是我儿子。请你好好照顾他们。……因为我这个人没什么家庭责任感，所以……不，我不意外。你肯定是更好的人。

……更好的人……

我跑上前想问她那个人是谁，但在追上她之前，我又站住了。

……问什么啊……

我们按照定好的时间在离婚办事处门口会合，检查了三四遍要带的东西，竟然一样都没落下。过程也出奇顺利，让我怀疑有关政府人员阻挠离婚的消息都是无稽之谈……

我已经搬进了公司附近一个相对宽敞的一居室，从离婚办事处出来，带她去看。本来我觉得房子还不错，没想到她突然挑三拣四，说这里不好那里也不成，从窗户的隔音程度到热水器的类型，一无是处。是这样的吗？又觉得她说得都有道理。但最后她又站在客厅，看了看说："只要你觉得合适就行，我没意见。"她转身打开冰箱："你……多买点儿鸡蛋吧……"

我从她身后搂住她，靠在她身上，下巴贴着她的头顶，她艰难地把冰箱门关上："别闹。"

"给我解释原因吧，"我说，"都结束了。推理小说的最后，需要解谜篇。"

她不说话。

"婚也离了，不需要再对我使用冷暴力了吧。"

她不说话，回身望着我。

"我现在也不会说什么你告诉我哪儿错了我改，改也没意义了。对吧？告诉我你想跟什么别的人过，不用说名字，我不会有意见，我的意见也不重要，"我看看餐桌上扔的离婚证，"毕竟我距离我想要的生活现在只差再养一只猫了。"老猫留在了家里，因为它和小泥鳅也很亲，每天总是在小泥鳅写作业、弹琴的时候蜷在他床上，睡觉也睡在他旁边。

我知道自己本质上懒惰、荒唐，但又为自己比真正的那种人活得费劲而感到不公平，也许以后会变成更货真价实吊儿郎当的人，不用再假装认真养家过日子。可在我不知道自己的伪装露出了怎样的破绽的时候，却遭到了队友的彻底否定。这让我想起来就难受。

她小声地说："我都说了，这不怪你。"

"给我一个踏实……"

"是我……违约了吧。"她舔了舔嘴唇。

"什么啊？"我笑起来。

"你还记得我们约定的前提吗？你肯定记得。"

"我们……不是因为相爱在一起。"

她皱着眉："你跟九年前没什么不一样，可是我……我这半年多每天都在想我们之前约好的事。"

大半年之前，有一天我在加班，她给我打电话，说小泥鳅烧得很高。我跑回家，和她一起把小泥鳅抱到医院。那天她也在发烧。后半夜，他们俩并排打点滴。我在他们俩的病床之间小声地学她唱歌，他们俩都笑。

后来……我的老板问我是不是想升合伙人，几乎是强迫我去参加内部面试，但我当着其他高管嬉皮笑脸地说我不想担负业绩责任。他一怒之下让我换到最忙的项目组。通知我这件事的时候，我告诉他，我觉得妻子太辛苦了，想多些自己的时间，多分担些家里的事。他说，别找借口，男人重心要不在事业上也养不好家，你先干一阵再说吧。

这些我没跟成凯欣商量，她肯定说她没问题，因为她一直认为她在孩子的事上负有更大责任，甚至是唯一的责任人。这正是偏离我最初设定的地方。可能我不会对内心强大的人产生影响。可她的存在会影响我的轨道。我不瞎，不是看不出一个孩子——还是个很乖的孩子——外加工作压力让她累成什么样。好几次我做饭、洗碗的时候，她坐在沙发上听着小泥鳅练琴就睡着了。还有一次，她在屋里默默撕纸，在工作上失去了一个重要的机会，因为有人说她投入了太多时间照顾孩子。

最后的最后，我本想帮她，却变成我更忙。回家笑嘻嘻地说，后面半年多可能辛苦你了，她果然说没事。

春节之后我就换组了，围着美艳、跋扈的女上司团团转。曾经有一次我手机落在家里，成凯欣正好调休，特意跑了一趟帮我拿到公司。她进来的时候，我们刚跟一个公司的客户开完会，送他们出去。我把她介绍给女上司，她们彼此打量，她把手机给我转身就走，我追上她，送她到楼下。我在她身后呵呵地笑着："怎么，你吃醋了？"她只说了一句："下次我叫快递给你送来。"

可那之后我们还说过话，我曾经回想过这件事很多遍，不觉得它会造成什么实质性的影响。

"是么？这件事引起的？"

她不说话。

"那之后你还跟我说过话啊。"

"对，后面挺长时间还是正常的，"她说，"是我渐渐起了变化。我从那时开始，每天都想确认，你是不是喜欢那个人，你是不是喜欢我，你爱不爱我……"她说话的声音越来越小。

"我跟她……我只是在等项目结束好申请换组……再说现在是她想把我调走……"不不，现在解释这个根本不是必要之举。

她像在嘟囔似的说："我起初以为过一阵我就会放弃这种念头，这几年来，我时不时会想向你确认，但之前都放弃了。"

"我当然喜欢你啊。"

可接下来才是致命一击，她说："我知道，如果我问你，你就会说喜欢我，爱我你也说得出口，你心里怎么想你也不清楚，对吧？"她望着我，"我怎么能相信你？你怎么证明爱我才能让我相信？如果我信，我就会对你有太多期待。再往后，我就变成了依恋你的女人……你知道这意味着什么吗？"

……我会对你厌倦。

"我觉得这是个死循环，"她低下头，"我不知道怎么才能出去。"

现在是我说不出话了。

"是不是从你嘴里说出来爱我，这不重要，而是我感到我可能正在变得……正在变得感到没有你不行。吹牛的人是我，说我一个人可以，不需要别人，也不需要你……如果我问你，你是不是会接受这样的我，你是不是能承受我给你的压力，你怎么回答？你会说，好，可以，行。也许就像你对你家人给你的压力一样去应付，可你然后呢？"

我没说话。

"这不是很奇怪么……如果我爱你，我是该让你过你想过的日子，还是非要用孩子绑住你让你和我过日子？"她苦笑着，"我怎么都想不出答案，所以，不想让自己有机会问出口。"

我不知道该哭还是该笑，这是得到了爱的表白还是从根本上的否定？跌跌撞撞地坐在冰箱旁边的椅子上，不由分说地拽住她，让她坐在我腿上。

我靠着她，她轻轻揉我的耳垂。

我还记得向她颤抖的手指上套戒指。

婚礼之后，我们每年到婚礼纪念日会一边喝酒一边拿出婚戒戴一下。她以为我不想戴是为了在女同事面前装未婚，其实我桌上就放着小泥鳅的照片。那对戒指很漂亮，我怕我会弄丢。

回忆婚礼现场，她的手指很纤细，但因为她在发抖，导致我一再失准。我先确认了她并不是打算反悔，又小声地笑着对她说："你可是我们之中强大的那个。"

她望着我："如果我不是呢？"

这时我笑着为她套上戒指："别动摇啊！"她看了我一会儿，深吸了口气，不再发抖，为我戴上了戒指。

深吸一口气，憋住

文｜匿名作家 010 号

我穿过迂回的走廊，站在二楼的窗口。推拉窗外的高大栗树把建筑握在手里，零碎的天空在幽暗的绿色里时隐时现，鸽子咕咕叫，枝叶间透下的光被热风吹得飘飘散散。

远处两个小孩儿在挖花园的沙土玩耍，一条黑狗从绣球花丛里叼出一个黄色网球。不一会儿，树干后面又闪出一个小孩儿加入了他们的队伍。这时，苏医生出现了，他身材魁梧，走起路来左右摇晃得厉害。他的手掏在肥大的白大褂口袋里，站在那里和小孩儿说话。孩子们仰头看着他，随后带上小桶和狗走了。网球在地上一蹦一跳地滚到了青苔石板边，苏医生坐在台阶上抽了支烟才上楼。

我从后门出病房楼，沿着石板路转了个弯向栗树走去。很多小飞虫在树荫里起飞，我走过去时它们围着我的小腿打转。

敲了三下门，没有回应我就推门进去了。办公室里没有人，冷气开得很足。门边的洗手池有一层不易察觉的灰垢，墙上贴着洗手五步图，上面有皂泡正在干结。一张揉皱的纸团在垃圾箱旁边被冷风吹得前俯后仰，我站在一块稍微松动的地板上等着。

第一张办公桌是李主任的，上边躺着一架飞机玩具，李主任的小儿子在上边留下了一串牙印。第二张就是我经常来的桌子了，我站在这张桌子面前和桌子的主人进行过许多次对话。上面除了专业书籍，还有一盘古尔德的CD。我拉开了椅子坐下，盯着随时有可能被打开的门。桌子上的绿植很茂盛，我抚摸着它们，用指甲在一片隐蔽的叶片上掐了几个印儿。

刚拿回来的CT已经被我放在桌子上了，我正想干点什么别的事情的时候，门被推开了，桌子的主人苏医生进来了。苏医生是我的主治医，他的耳朵上挂着口罩，看见屋里有人，他立即将口罩带子扯到另一个耳朵后面盖住了大半面部。

"片子出来了？新买的这件裙子吗？"口罩后面的苏医生说。

"嗯。"我一次回答了他两个问题。

"好看吗？"

"好看。"苏医生回过头来看了一眼才回答。

"我跟你请假，明天晚上可能不在病房住。"我接着说。我得得到苏医生签名的假条，然后把假条交给张护士，他们才不会把电话打到我妈妈那里。

"是吗？为什么不在病房住？"苏医生站在洗手池边洗手，他打了三遍洗手液，每一遍都严格按照墙上的洗手五步图搓洗。

"我男朋友要来看我。"

"这样啊，你男朋友在哪里？"

"在北京，从北京坐高铁过来。"

"你们同级？他正在读大学？"

"对。在科大读电气自动化。"

他擦干了手，拉开椅子坐下来，对着光看我的CT，他断断续续地说：

"你看，这里的病灶……还有这里……比上月钙化了一小部分，恢复得还可以。"

"那我可以出院了吗？"我坐在了苏医生对面的椅子上。

"恐怕不行！"

苏医生很好说话，我没太听过他拒绝过谁的请求。他的同事说，苏医生你帮我值次夜班行吗？苏医生说，行！张护士说，苏医生你下去吃饭能给我带个煎饼果子上来吗？谢谢你。苏医生说，没问题！有一次，李主任在网上买东西，为了凑单让苏医生买一瓶生发洗头膏，苏医生也答应了。我觉得所有的人都可以拜托苏医生，当然，我也是所有人中的一个。我刚做完手术的时候，对苏医生说，我妈妈回家了，你能帮我买件内衣吗，不掉色的内衣？我本想捉弄他一回，没想到苏医生想了一会儿也说，好啊……他真的给我买回来了一件，一个兜可以装我两个，我提着他给我买的内衣，开窗扔了出去，它不偏不倚地掉在病案室的楼顶上。

"恐怕不行"，他这样回答我还是很意外的，当然不是针对我的病情，而是指他说话的语气。他又从柜子里拿出我上次拍的片子，两个放在一起对比。

"这是慢性病，战线长，我一开始就跟你说过了……并且，病灶还在继续钙化。"苏医生接着说。

空调显示二十一度，我感觉有些冷，苏医生的额头上却有汗珠冒出来。我把腿放到了椅子上，用裙子裹起来，又问他：

"那估计还要多久才可以出院？"

"最少半个月……可能还要多，"苏医生起身把遥控器拿过去，关掉了空调，"待烦了吗？"

"这地方没人待得上瘾吧？"我索性把鞋子也脱掉放在了地上，"再不走要错过很多事情了，很多事需要我去做。"

"没什么比你好起来更重要了。"苏医生说。

我已经在这里住了两个月，手背上的静脉已经有一排针眼了。即便这样，我也拒绝他们给我用静脉留置针，那样的话到哪里都向别人提示：我是病人。

这时，李主任进来了，他顺手打开了空调。我穿上鞋，把椅子让给他。

苏医生又问了一些问题，最后好像没有什么需要问了，我开门走出了办公室，顿时觉得外边的空气湿热舒服。门关上了，我想起来他最终没有给我开假条。

苏医生每周五会来查房。他戴着口罩站在我的病床前，眼睛会看看窗外的树。他总是给我拉开窗帘，我和同病房的小姑娘都不喜欢他这样。强烈的阳光让我变得慵懒，产生虚弱的错觉。苏医生耳朵上的红痣在太阳里像一滴血，鬈曲的头发让他看起来一点也不坚定。

"你应该吃点有营养的。"他指着桌上的烤肉拌饭外卖盒子说。

"妈妈上周来了吗？"张护士问我。我说没有。

我觉得查房麻烦极了，我一点也不喜欢他们查房。

"今天可好？"查房的时候，苏医生经常这么问我。护士长递给他的病历本，他的手握着圆珠笔在本上写着什么，写完看看挂在口袋上的表，填上时间。

周一李主任来查房的时候，苏医生会跟在后边，把我的病历本递给李主任，李主任会这么问：

"今天感觉怎么样？"这让我想到李维。

李维也会像李主任那样问我：

"今天感觉怎么样？"

李维是我的男朋友，他明天会坐高铁从北京来看我。我们是高中同学，从一个月前开始谈恋爱后我还没有见过他，准确一点说，从高中毕业离校他送我一盒咖啡方糖那天我就没再见过他。

李维还问我：

"你是处女吗？"

"我不是处女，我是双子哎……"我说。

"哈哈哈！"李维回我。

过了一会儿，李维又问我：

"亲爱的，你的胸第一次被男人看是什么时候？"李维的问题让我很恼火。但闲着也是闲着，没有李维，好像也没有人跟我天天聊天了。这样来看，我就平静了很多。

我想告诉李维，我的乳房还没有被男人看过，但是仔细一想，我对李维说：

"是一个半月前，苏医生看的。"

苏医生说 CT 显示我的胸腔里有积液，已经把我胸廓撑得变了形，要进行一个微创手术。

那天，妈妈带着她和继父生的妹妹来看我，她们帮我付完医药费就走了。

妈妈说希望我快点好起来，然后继续去她的美甲店工作。妹妹的地包天好像越来越严重，她带上了正畸的牙套，还送我一个手工灯笼，上面画了一只夸张的小黄鸡。她不坏，并且喜欢与我亲近，但我不喜欢她，我相信只要我坚持，总有一天她也会不喜欢我的。

那时的梧桐树还是嫩绿色的，桌子上铁盒里我吃干脆面收集的英雄卡还差两张，好像总是晴天，窗台上的蕨类植物疯狂地飘落孢子。护士接过我没喝完的方盒牛奶，让我脱光上身侧躺在手术台上，掉色的红色内衣把我皮肤染得微微发红。我的手无处安放，就让它们垂在腿上。手术台很舒服，我的背被苏医生用手推了一下，他让我往左躺一躺。苏医生的手很凉，我打了一个激灵。那时候，我觉得他肯定看到了我微微发红的胸。

苏医生做助手给我推了麻药，我从湖蓝色的医用帘上方能看到他的脸。他照例戴着口罩。我给人做美甲的时候也戴口罩，美甲店里的人工作的时候都戴口罩。但医生可以修改人体和器官，我却只能对人的指头刚刚蹭蹭。

术后我躺在床上等待苏医生来给我打药，阳光从遥远的地方渗进来，融化进我的眼皮里，从来没有这么舒服。不知道有没有睡着，我仿佛看见很多个自己在下沉，这些我都是一次性的，像棉球一样被扔进水里。它们越来越靠近平放的巨大镜面，好像要到深处去把原先的我交换回来。我醒来后不想睁开眼睛，感觉所有的物体都是潮湿的，躺在有污渍的床上，茶杯、桌子湿漉漉的，天花板也在滴水……

李维说，医生看过不算，我7号就去看你。7号就是明天。

从苏医生办公室出来，我准备从门诊大厅穿过去，到外面走走。一个老太太拦住我问去哪里挂号看病，我看到旁边有一台自助服务机，就把她领过去，告诉她这个机器就可以办理挂号。我正要走，她拉住我，让我帮忙。当我说到需要先投进去二十块钱办卡的时候，她问我可以不办卡吗？她和儿子从乡下来，儿子得了肾病，并没有很多钱。说完老太太指着自动门旁边的座椅，那里坐着她病恹恹的儿子。他正在用手摩擦脚踝，很不友好地看着我。

老太太面露难色，但我不想帮她。没有钱还来看什么病，不如在家等死，我为她和她的儿子感到绝望。我口袋里正好有张崭新的二十元纸币，但上面的号码正好是李维的生日，我还想着明天

送给他，所以我不想现在就花掉。我说没有卡恐怕不行，挂号必须得办卡（"恐怕不行"让我想起了苏医生）。我看见她皮革脱落的鞋子，对她说，看完病卡可以退掉，钱也可以退回来，她才在机器上继续操作下去。

我先剪了头发，然后去了两个街区外的动物园。长颈鹿在阴凉里咀嚼树叶，鄙视地看着我，根本不理会我的冰棍，它的眼睛在雾气里有些迷离。我把冒着冷气的冰棍从栏杆里抽回来，舔了一口，再不吃它就要全部滴在我手上了。动物园即使在周末也没有几个小孩，他们不会来这里晒大太阳。近处只有几个保洁阿姨坐在石凳上乘凉，即使我把冰棍扑通扔进了小水池，她们也装作没看见，栏杆里的卫生不归她们管。我在栏杆上擦了擦黏糊糊的手，准备去看李维说的那个飞机模型。

本来打算等他来了一起去看，但来都来了，我准备先去。飞机模型被摆在一个小广场上，水泥地表的温度让我疲惫。机身上的蓝漆已经脱落大半，机翼也不在一条水平线上。我很失望。

"嘿，你好啊。"我看见一个穿工作服的女人站在广场上，她明显是在对我说话，因为四周没有别人了。

她走近我，左手拿着扫帚，右手提

着盛垃圾的簸箕，簸箕里有一根未融化的冰棍，我在仔细辨认那是不是我刚才丢掉的。

"你好啊，你现在还住巨人小区吗？我那会儿就看见你了。"她摘下套袖，一副要与我长谈的样子，说完她笑吟吟地朝我走过来，浅蓝色的工作服让我感到清凉。

"你不记得我了？我住巨人小区6号楼416，你那时候还到我们家玩过。"我想起来了，她是仝姨。因为她，我认识了"仝"这个生僻的姓氏。仝姨在我们家对门住过半年，那时候妈妈还在剧院上班。妈妈从来没有正眼瞧过他们一家人，还嘲笑这个住了一个月就把自己钥匙留给邻居的傻女人。仝姨说是为了预防自己忘带钥匙，但是她住在那里的半年时间从来没有用到我们家的备用钥匙。我一直想能不能用那把铜钥匙趁他们家没人的时候进去看看，但另一个胆小的我说那样不可以。至于去仝姨家玩我完全没有印象了，她们搬走后，住进去的人家换了新的防盗门，那把铜钥匙先是被用来支撑一个坏掉的相框，后来也不知被丢到哪里去了。是的，仝姨走后没多久我妈妈穿着剧院的大摆裙从窗户里跳到楼下，一丛灌木挂住裙摆救了她的命。

"仝姨你好啊……"她变胖了，还修了眉毛，显得更好看了一点，我差点没认出来。仝姨也说我变漂亮了，小时候皮肤黑得不像样子。

她用钥匙打开护栏，邀请我进去参观，飞机模型里面凉快很多。她说护栏只有附近学校的小学生上科学课的时候才会打开。仝姨让我坐在一块铁台上，上面有很多她从动物园草地里拔出晒干的艾草，幽幽的香气和铁锈的味道混合在一起。

仝姨说她下岗了，在这里打扫卫生很辛苦，收入也不多，有次还被狒狒咬了手指。她让我看那些伤疤，我看不出哪个疤是狒狒咬的，哪个疤是她自己割伤留下的。不过她的手很标致，虽然有些粗糙，但是绝对可以算得上是一双美人的手了。我工作的时候看过无数双手，它们都不是完美的。我清楚什么样的手搭配什么风格的指甲好看，但是主人却想让它们变成另一个样子，我也很细心地把它们打扮好，跟主人的气质统一，让主人高高兴兴地离开。要是能碰上一个客人，她说你看着弄吧，我会很开心。要是只工作就好了，只和指甲打交道，不用聊天，不用拉拢她们下次还来光顾。

跟以前一样，仝姨还是健谈的，一刻不停地在说话，说北门的保安很凶，说保洁阿姨与他眉来眼去。后来，全姨拿出动物园发的酸奶请我喝，还给我一块剩馒头让我去喂猴子。

最后，全姨问我："你怎么样？你从小就很聪明，肯定过得不差。"我很想把医院的腕带给她看，说我病了。但我终究没有把口袋里的腕带拿出来。

吃了晚饭，天气还是很热，我径直去往附近的游泳馆。一路上我在看宾馆，我在想明晚和李维住在哪一家，我要不要去火车站接他什么的。该死，明天早上还去不去找苏医生开假条呢？医院电话打到我妈妈那里就不好了。我想除了我病危或者死掉，医院最好不要再打电话打扰她了。早知道是这样的结果，我一开始就应该编一个别的理由。

我很享受把头埋进泳池里，水中悬浮着极小的毛绒、皮屑，它们随水的波动游弋，随时可以消失。游了一个来回以后，我披着浴巾坐在泳池边休息，一个男人抓着蓬松的头发坐在我身边的椅子上，我眼睛近视，他开口说话了我才知道他是苏医生。苏医生总是戴着口罩，有的时候还戴着两层，我几乎没有看清过他摘掉口罩的样子。

"你现在还不应该下水游泳的。"苏医生说。

"苏医生，你也来这里游泳？我已经好了。"

"你经常来吗？我昨天也看见你了，昨天我坐在那里，"他用手指了指深水区旁边的椅子，"太远了，没有和你打招呼。"

"不常来……你头发还是干的，还没下水吗？"我问苏医生，他摇头笑了笑。

"这里很好，有音乐，古尔德演奏，巴赫《英国组曲》。"苏医生说道。

"你很懂啊。这曲子是好听。"我摘掉泳帽，拧了拧湿头发，向苏医生那边挪了下屁股，离他近了些，想看看他长什么样子。

苏医生突然想起来什么似的：

"我有一套古尔德，可以卖给你。"

"多少钱？"其实我并不想花钱买什么CD。这都什么年代了，谁还会买那玩意儿，况且我也没有钱。

"我想卖三百块。"他说。

"二百五怎么样？"我们俩都笑了。

"好。二百五可以。"苏医生说道。他又恢复了什么都说好的时候了。

这几天，内科五病房的人都发现了，苏医生在变卖他的东西。他把手表卖给了隔壁病房的陪护，把皮包卖给了放射科的雷阿姨。他好像最喜欢他的菩提子手铐，手铐也被卖给了张护士。现在他又要把 CD 卖给我。大家买苏医生东西的时候都会嘻嘻哈哈地和他讨价还价，苏医生都说好，这个价钱可以。

趁着苏医生都说好的时候，我问他能不能明天早晨给我开张假条，因为明天下午李维就要到了。

苏医生又抓了抓他的头发，他问：

"你出去和男朋友住会做那种事吗？"

我对他的问题感到很奇怪。

"做爱？嗯……应该会吧。"我说。

"那恐怕不行，你现在还没有完全好，不能过度劳累，游泳也是一样，不能游太久。"

我看着他，他可能觉察出了我的质疑，说道：

"你不信可以上网看，上面也是这么写的。"我觉得苏医生有点蠢，哪有医生这样说的，完全是在毁坏自己的权威。

我拿出手机开始上网，回复了李维的几条消息。苏医生坐在我的旁边，喝着一大瓶碳酸饮料。我开始玩一个几何杀人游戏，苏医生把一整瓶饮料都喝光以后，凑过头来看我玩游戏，指导我哪种枪好用。

后来他从包里拿出两个蒸汽眼罩，给我一个戴上，我们半躺在排椅上。没过多久，眼罩开始发热，很舒服，苏医生说什么我就没有听清了。游泳馆里的人声经过水的过滤更加真实缓慢，时间忽暗忽明，空气内已到处都是 7 号。我又开始感觉多个自己在下沉，沸沸扬扬地下沉，一喊我的名字，它们就聚拢在一起。它们想要沉到很远的地方见到将来的我，看看最近这些日子我到底是怎么了。我还梦见有个人一直在找我，他好像已经来了，但他就是混在泳池里紧紧盯着我，不肯站出来。我小声问苏医生，可不可以在我出院的时候告诉我妈妈……我的身体状况其实……不适合在她的美甲店工作了……美甲这件事……让我过度劳累……

从落地玻璃里看出去，马路上已经升起灯火，汽车走走停停。距离游泳馆关门还有两个小时，回到病房也是无聊，和李维聊天有的时候也很乏味，他一天总是问我很多问题，似乎我们可以聊的话已经全部说完。

我放下浴巾，对苏医生说：

"再游一个来回吧，现在人不多了。"

苏医生朝我摆摆手，有点不好意思地说：

"我不会游泳。你也别去了，你还

是回医院吧，别太累了。"

"你不会游泳？那你干吗到这里来？"我惊讶地问。

苏医生没有说话。

他戴上泳帽，下到泳池里，我发现他果真不会游泳，我感觉这件事情好玩极了，等晚上回去我要说给李维听。

我自告奋勇要教他，他很乐意学。

"苏医生，首先你要学会放轻松，不要怕。水很浅，你很高，不合适你可以马上站起来。首先练习把头埋进水里。"

苏医生爽快地说：

"好。"他把头慢慢放进水里，但立刻抬起了头，他说水往鼻子里钻，好像不行。

我仔细想了想说：

"要像做 CT 时一样：深吸一口气，憋住！"

他大笑了起来，还小声重复了一遍：

"深吸一口气，憋住。好！"他又试了一次，隔了半分钟才把头抬出来说：

"好像可以了，"他照我说的做了很多次，最后一次说，"我学会了，继续往下吧。"

我接着教了他漂浮、蹬水，他的肢体很不协调，有点笨拙，但他学得很快，自己不断练习。

途中我去接了一个电话，重新回到泳池的时候，刚刚那首曲子又开始播放了，曲子里有些甜腻的哀愁。苏医生很开心地向我展示他的进步。他问我电话是否有事，我说我男朋友李维打来的。李维明确地说，明晚不和他一起睡的话就暂时不来看我了。

"你知道,高铁票很贵……"李维说。

我给他发了一个最便宜的飞机杯链接，还跟他说：

"滚你妈逼！"

苏医生借了我的鼻夹，说很好用。他靠在泳池边，随着水的波动一跳一跳的。他看着我，欲言又止的样子。最后他抹了一把脸上的水说：

"你们怎么不好好谈恋爱……"

苏医生可以自己游一段距离了。在最后一次尝试中，我看见他蹬了两下水之后在水里挣扎了一下，我游过去，把他扶好。苏医生紧张地大喘气，咳了好几声，显然是呛水了。

我拍了拍他的头说：

"你不要紧张，你一次可以憋气很长时间，在水下不要喘息……不要怕……没什么好怕的……"他叹了很长的一口气，接着他把头放在了我的肩膀上，我觉得他身上热乎乎的，他凑在我的耳朵上说：

"那套碟片，我不要你的钱了。"

大雨下起来了，雨滴倾斜着削去尘土，用力拍打铁皮、柳树和动物。声带已经擦出火花，眼睛里也有大量水分流出，我胸腔里的声音越来越大，越来越快，逐渐盖过了所有，那是飞机起飞的声音。

我觉得池水有些凉，忍不住向他高大的身体靠了靠，我还用手抱了一下他的肩膀，脸蹭着他的脖子：

"苏医生……你一定是怎么了吧。"

7号，苏医生没有来医院。医院的人谈起苏医生的时候讳莫如深，他们告诉我：苏医生永远都不会再来了。我想问得再详细一点，可是没有人告诉我我想知道的了，别的他们根本不懂。

李主任成了我的主治医。李主任做的第一件事情就是拿出我昨天拍的CT，对着阅片灯观察。他的儿子用嘴叼着那架飞机玩具在办公室里走来走去，模拟飞机起飞的声音。突然飞机滑落，小男孩把模型捡起来，斥责我说：

"别伸手去接！"

李主任把他的儿子推到一边，认真地跟我说：

"你现在可以出院了，后期恢复在家吃药休养就好了！定期来复查。我给你开出院单，你去办手续吧……"我走出办公室，把腕带摘下来，丢进垃圾桶。

妈妈打来电话，她说："你终于好

了，虽然刚出院就到店里工作很辛苦，但是要妈妈临时招到一个优秀的美甲师很不容易啊……所以你还是要来的……来吧。"

今天是 7 号了，7 号天阴起来了，很凉快，终于没有太阳了。我坐在病房楼后门的阶梯上，栗树比昨天更茂盛，绣球花也开了，是浅绿色的，没有香气。小孩子们又来花丛里挖土玩了，那个黄色的网球停在自行车轮边，没有一条狗来理它。我把准备送李维的那张纸币全部花了，买了两包话梅奶糖，分给小孩子们，他们很开心，邀请我一起挖土。我问他们，昨天那个高高的医生跟你们说了什么啊？其中的小男孩一脸疑惑地想了会儿说："对不起……我忘了……"

我背着包漫无目的地行走在路上，云很厚，看来要下大雨。我没有钱买动物园的门票了，于是我绕着钢筋围栏走了一圈，在从里面的河水流出的岸边找到了一个缺口，我从那里爬了进去。今天全姨没有上班，我想给她做个美甲来着，看来也不能如愿了。

没有了阳光，乌云翻滚，风也起来了。巨大的飞机模型伸着翅膀，离天很近，它有了真飞机的严肃认真，等在广场上。

我趁没人的时候越过栏杆，打开舱门走进去，又把门关上，闪电雷声来了，风吹得螺旋桨呜呜响。我躺下来，弧形的器件让我想起 CT 机，昨天的这个时候我躺在扫描床上，随着床慢慢推移，停住，机器里有个女人说：请深吸一口气，憋住！又推移回来，小型照相机围绕我的胸部高速旋转……我开始不自觉地模仿机器旋转的状态，一种奇怪的声音从我使劲咬合的牙齿间发出，我觉得很熟悉，意识到这种声音一个叼着飞机的孩子曾模仿过。

大雨下起来了，雨滴倾斜着削去尘土，用力拍打铁皮、柳树和动物。声带已经擦出火花，眼睛里也有大量水分流出，我胸腔里的声音越来越大，越来越快，逐渐盖过了所有，那是飞机起飞的声音。

图书在版编目（CIP）数据

　鲤·匿名作家 / 张悦然主编 . -- 北京：北京日报
出版社 , 2018.4
　ISBN 978-7-5477-2956-4

　Ⅰ . ①鲤… Ⅱ . ①张… Ⅲ . ①短篇小说—小说集—中
国—当代 Ⅳ . ① I247.7

　中国版本图书馆 CIP 数据核字 (2018) 第 064683 号

主　　编：张悦然
文字总监：周嘉宁
运营总监：高　翔
特约编辑：张诗扬
责任编辑：许庆元
书封绘画：巍
内文插画：甘　木
装帧设计：山川制本 workshop

出版发行：北京日报出版社
地　　址：北京市东城区东单三条 8-16 号东方广场东配楼四层
邮　　编：100005
电　　话：发行部：（010）65255876
　　　　　总编室：（010）65252135
印　　刷：山东鸿君杰文化发展有限公司
经　　销：各地新华书店
版　　次：2018 年 4 月第 1 版
　　　　　2018 年 4 月第 1 次印刷
开　　本：720 毫米 ×1000 毫米　1/16
印　　张：15.5
字　　数：160 千字
定　　价：55.00 元